Wolfgang Louis

Die zerbrochenen Engel

fihl Verlag

ISBN 978-3-942025-20-1

1. Auflage 2010
© 2010 by fhl Verlag Leipzig
Alle Rechte vorbehalten.

Lektorat: Ulrike Rücker
Layout: Cornelia Votrubec
Titelbild: Wolfgang Louis
Satz: fhl Verlag Leipzig
Druck & Binden: Schaltungsdienst Lange o.H.G., Berlin

Ein Verlagsverzeichnis schicken wir Ihnen gern zu:
fhl Verlag Leipzig
Eichendorffstraße 14
04277 Leipzig
www.fhl-verlag.de

fhl-Erzählungen

Inhalt

Die Karnickel in der Ferne 7
Höhere Sphären 13
Das Sündenregister 21
Der Harem des Harran-Al-Mera 28
Temperaturen einer Ehe 38
Nieten 46
Tischgesellschaft 54
Der Nagel 60
Urlaub in Tillern 72
Wie man sich den Galgen ertrotzt 90
Der Gorilla 97
Der Fahnenträger 102
Wettlauf der Zahlen 113
Die Mau-Mau-WM 119
Der Husten 128
Die große Schlacht 141
Wespen 157
Wasser und Bier 165
Der Einzige 174
Spuk in Deutschland 179
Der Besteckputzer 188
Ein System von Löchern 195
Ein Selbstmörder 202
Die Aubergine 210
Im Nobiskrug 221
Die zerbrochenen Engel 227

Die Karnickel in der Ferne

Anfangs waren die Geschichten meines Großvaters harmlos und einschläfernd. Streng genommen war es auch nur eine, die er uns zu erzählen pflegte, eine solche, die nach unserer Meinung die Bezeichnung gar nicht verdiente, weil sie sich nicht an die Regeln für gute Geschichten hielt. In einer guten Geschichte, fanden wir, musste etwas Besonderes passieren, etwas, das sich weit über unseren im Ganzen gesehen doch ein wenig langweiligen Alltag erhob. Ein Mord, eine komische Verwechslung, eine peinliche, gefährliche, in jedem Fall außerordentliche Situation. Stattdessen erzählte der Großvater immer nur von seiner Reise in die Stadt, wie er sie als junger Mann unternommen hatte. Für unsere Begriffe muss diese Reise eine herbe Enttäuschung gewesen sein, da sich offenbar gar nichts zugetragen hatte, das den Stoff für eine gute Geschichte hergeben wollte. Er hatte sich verschiedene Kirchen und Museen angeschaut, auf hübschen Plätzen Kaffee getrunken, zwei Postkarten geschrieben – kurz: lauter Dinge, die wir uns auch so hätten vorstellen können, für die kein erzählender Großvater nötig gewesen wäre. Wenn wir ihm trotzdem zuhörten, so darum, weil er alle diese Nichtigkeiten auf verblüffend lebendige Weise zu schildern wusste. Zwei, drei Sätze und wir glaubten selbst auf einem belebten Platz zu sein, wir hörten die Tauben auf den Regenrinnen, sahen die Spatzen über die Kaffeehaustische hüpfen und ärgerten uns momentweise zusammen mit dem Großvater über den eben erst gekauften Stift, der nicht richtig schreiben wollte. Trotzdem konnte uns nichts, egal wie detailliert und farbenreich beschrieben, davon abbringen, an dem Erzählten herumzumaulen. Da müsse doch noch was anderes gewesen sein, wollten wir ihm ein wenig auf die Sprünge helfen, eben wie jemandem, der knapp davor ist, etwas Hervorragendes abzuliefern, wenn er nur ein klein wenig die Ausrichtung seiner Talente korrigieren würde. Wir hätten auch nichts daran gefunden, hätte er sich dieses andere, das noch gewesen sein müsse, ausgedacht. Dass sich das Erzählte streng an die Wahrheit zu halten hat, gehörte für uns nicht zu den Regeln, welchen eine gute Geschichte gehorchen muss. Natürlich wünschten wir den Eindruck zu erhalten, es sei alles wahr, und wir hätten auch bei jeder Unstimmigkeit unbarmherzig eingehakt. Wenn nur das egal wie Irrwitzige seine eigene Logik befolgte, so wären wir vollauf zufrieden gewesen. Vielversprechend kamen uns stets die Karnickel vor: Der Großvater war an einem frühen Morgen durch den Stadtpark spaziert und hatte sich über die Menge der herumhuschenden Karnickel gewundert. Solange er die Tiere beschrieb, war er ganz in seinem Element. Wir sahen die wackelnden Stummelschwänze, die langen Hinterbeine, hörten das Knispern, wenn die Zähne auf Grashalmen knabberten. Aber zu unserem Verdruss mündete diese großartige Einleitung in nichts als dem Staunen darüber, dass es im Stadtpark so viele Karnickel gab.

»Wie lang waren denn die Zähne?«, wurde gefragt, mitten hinein in die nähere Erklärung zu des Großvaters Staunen.

»Das waren schon tüchtige Zähne«, gab er zu.

»Können die Karnickel damit in die Füße beißen?«, war die nächste und unserer Meinung nach die beste Frage, die sich stellen ließ, die einzige, deren Antwort, sofern sie gut gewählt war, uns brennend interessiert hätte.

Der Großvater schien sich zu bedenken. Natürlich nicht, weil die Frage tatsächlich problematisch gewesen wäre, vielmehr weil er ahnte, dass seine Antwort über den weiteren Verlauf seiner Erzählungen entscheiden sollte, dass wir es endgültig satt gewesen wären, immer nur von nicht funktionierenden Kugelschreibern zu hören, dass ihm mit der Frage ein vielleicht letztes Angebot gemacht wurde, endlich einmal die Richtung zu wechseln, hin zu einer Erzählwelt, die etwas mehr zu bieten hatte – wo gekämpft und gebissen, gefrevelt und gequält und weniger räsoniert wird. So simpel die Frage auch sein mochte, so stellte sie doch eine geradezu schicksalhafte Weggabelung dar. Sollte alles bleiben wie gehabt oder sollte er die alte Manier abstreifen und sich auf ein neues Terrain wagen? Ein noch unbekanntes, in dem er sich hoffnungslos verrennen könnte. Und auch wir ahnten die Bedeutung des Moments und bettelten mit den Augen, er möge sich doch endlich fürs Unwegsame entscheiden.

Ganz ohne Zweifel tat er sich selbst den größten Gefallen, wenn er dann mit bereits schwitziger Stirn bekannt gab, dass man sich allerdings vor den Karnickeln in Acht zu nehmen habe. Denn erst mit dieser Antwort leitete er die Blütezeit seines Erzählens ein. Von nun an war er nicht mehr nur der gemütliche Opa, der mit wenigen Sätzen einen Marktplatz zu schildern versteht. Es war auch kein Maulen mehr zu hören und wenn eins von uns eine Frage einwarf, so nahm der Großvater sie gierig auf, wie einen Hinweis, an den sich der nächste Sturzbach wild wuchernder Fantasien ansetzen ließ. Es war, als wäre endlich ein innerer Schlagbaum aufgegangen – hin zu einer Welt, von der wir immer schon gewusst hatten, dass sie uns der Großvater präsentieren könne.

Zunächst waren es die Karnickel, die sich zu gefährlichen Bestien verwandelten, deren böswillige Angriffe sich nur mittels verschiedener Zauberdinge abwehren ließen – gespornter Schuhe zum Beispiel, die sich mein Großvater, wie wir nun erfuhren, damals besorgt hatte. Nicht so bequem wie Postkarten und Kugelschreiber, versteht sich. Etliche Abende füllten all die Schwierigkeiten, welche damit verbunden waren, sich solche Schuhe zum Schutz gegen Karnickel zu beschaffen. Und natürlich hatten sich mit diesem endlich erworbenen Besitz die Probleme noch lange nicht erschöpft. Da tauchten aus dem nebligen Stadtpark Zwergenvölker auf, die mit der Kunst begabt waren, die gespornten Schuhe wieder von den Füßen zu zaubern. Eine Kunst, die sie auch eifrig ins Werk setzten, weil ihnen von den Karnickeln für jedes Paar verschwundener Schuhe zwei Wundermöhrchen zugesteckt wurden, mit denen sich wieder anderes zaubern ließ, das ich hier gar nicht vollständig aufzählen möchte. Wenn wir von diesem ganzen Fratzenzeug den Erwachsenen gegenüber erzählten, so wollte uns niemand glauben, dass es der Großvater war, der uns den Unsinn erzählt hatte. »Was ist denn das für ein Quatsch!«, hieß es streng und jede Fortsetzung unterbindend.

Und doch mischte sich sehr bald ein neugieriges Wundern in die Stimmen. Der Großvater war schließlich ein ringsum angesehener Mann, ein würdiger, stets gut gekleideter Herr, der fantastisch erzählen konnte, wenn auch leider immer nur von seiner langweiligen Reise in die Stadt. Natürlich zielte die Neugierde nicht auf die Zwerge und Karnickel. Aber es waren doch einige, die lange schon den Verdacht hatten, der Großvater habe sich mit dem, was er tatsächlich auf seiner Reise sah und erlebte, stets zurückgehalten. In der Stadt lebten schließlich andere Menschen als bei uns, Menschen mit anderen Ansichten und Gewohnheiten, mit einer Neigung zum Unbotmäßigen, Frechen und Gewalttätigen. Hierüber hätte man durchaus etwas mehr zu erfahren gewünscht, die alten Vorurteile gern mit einigen Belegen versehen gehabt. Und weil niemand gerne von Dingen erzählt, die vom Publikum für langweilig empfunden werden, jeder sich vielmehr aus seinem Fundus früher oder später dasjenige auswählt, das große Augen und offene Ohren heraufbeschwört, so wurde eben den Erwachsenen gegenüber nichts weiter von Zwergen und Karnickeln berichtet, sondern von den Einwohnern der Stadt. Um etwas mehr Futter für solche Berichte zu haben, wurde dann der Großvater angeregt, sich gleichfalls etwas mehr in diese Richtung zu begeben. Was er uns vortrug, leiteten wir weiter, stets bedauernd, dass es uns nicht gegeben war, so plastisch zu erzählen wie der Großvater. Und also erschienen endlich auch die Erwachsenen, weil sie sich die Sache nun doch einmal genauer anhören wollten.

Wir Kinder waren stolz darauf, in der nicht völlig unberechtigten Meinung, der Großvater und sein Erzähltalent sei gleichfalls unser Werk. Es wäre uns nicht eingefallen, nachzuhaken, was denn nun aus den Karnickeln wurde, die plötzlich aus allen Geschichten verschwanden. Immerhin schimmerten sie noch hervor, denn auch die Stadtbewohner besaßen, wie nun zu hören war, ungewöhnlich große Zähne und vermehrten sich in einer so ausufernden Weise, dass immer neue Straßen und Häuser gebaut werden mussten. Und doch sei es unmöglich, mit den Geburten Schritt zu halten. Kein Platz und keine Straße, wo nicht Heerscharen von Obdachlosen herumlungerten. Mit blitzenden Augen schilderte er den Anblick dieser Menschenmassen so gekonnt und wortgewandt, dass jeder ahnte, er hätte noch über jeden Hosenknopf Bescheid geben können.

Da räusperte sich einer der Erwachsenen mit einer Miene, aus welcher alle Zweifel fortgewischt waren, in der sich nur mehr das Gehörte spiegelte. »Sind die gefährlich?«, fragte er halblaut. Jeder ruckte voller Erwartung den Blick zurück zum Großvater und wieder hätte es alle Spannung aus den Gesichtern gelöscht, wenn sie sich als harmlos und gutmütig herausgestellt hätten. Es war vielmehr abermals die Pflicht des Erzählers, Bestien daraus zu machen, gegen die man sich – wenn auch diesmal nicht mit einem Zauberstab – so doch mit einem Knüppel zu wehren habe. Brutale Volksmassen, die sich unweigerlich übers Land ausgießen mussten, weil in der Stadt kein Platz mehr war, die auch über unsere Hügel herabströmen würden, gleichgültig gegen alle Ordnung, nur von dem Drang beseelt, weiterzuleben.

Wir Kinder fanden dieses düstere Szenario bei weitem nicht so spannend wie Wundermöhrchen und Spornschuhe. Aber es war ja für die Erwachsenen erfunden. Ein Meisterstück, mit dem der Großvater seine ausgefeilten Kenntnisse gleichfalls vor einem gereiften Publikum unter Beweis stellte; ein Meisterstück, das nicht nur abgenickt wurde, sondern zum Selberwerkeln veranlasste, das über Wochen hinweg jeden dahin trieb, das Hingeworfene in fieberhafter Aufregung zum obersten Gesprächsthema zu erklären. Und doch war's gleichfalls so viel wie ein Abschied, eine Bravourhöhe, die sich kein zweites Mal erreichen ließ, weswegen die Kräfte in dem Gefühl, das Äußerste vollbracht zu haben, abflauten.

Wahrscheinlich wäre ohne dieses Opus major kaum jemand an seinem Sterbebett erschienen. So aber waren alle versammelt mit verzweifelten Gesichtern, weil sie noch mehr erfahren wollten – nicht über Postkarten und im Park hoppelnde Karnickel. Und einer trat auch vor bis ans Kopfende mit flehenden, zerquälten Augen. »Sag doch!«, sprach er. »Sag uns doch, wann sie kommen sollen!« Aber der Großvater starrte nur mit leerem Blick auf die redenden Lippen und wusste keine Antwort mehr zu geben.

Höhere Sphären

Alois Steiger, Schlosser von Beruf – wenn auch nur mehr privat in diesem Metier beschäftigt – hatte auf der Dachterrasse seiner Wohnung, die sich im achten Stock eines Mietshauses befand, ein Gerät so groß wie eine Anrichte hergestellt und aufgebaut, dessen Zweck sich auf Anhieb nur schwer hätte erraten lassen, vage an eine Folterbank, einen Operationstisch erinnerte, tatsächlich aber dazu dienen sollte, ihn selbst, den Konstrukteur und Erbauer, zu einem vorgegebenen Zeitpunkt in den Himmel zu katapultieren.

Stapelweise Papiere mit Zahlenkolumnen wurden später in der Wohnung entdeckt, die sich wohl, wenn auch in katastrophaler Unordnung, auf technische Details des Apparats, auf die Berechnung des Stichtags sowie auf diejenige der Flugbahn bezogen. Diese Nachlässigkeit innerhalb der Aufzeichnungen stand allerdings im Widerspruch zu seiner ansonsten zur Präzision geneigten Natur. Und wenn sich Einzelheiten aus dem Notierten auch nur schwer erschließen lassen, so ist doch anzunehmen, dass er selbst sehr genau darüber hätte Rechenschaft ablegen können. Das Unternehmen hätte auch gar keine Ungenauigkeiten geduldet, da es nämlich galt, zu einem auf die Minute genau berechneten Zeitpunkt eine exakt anvisierte Stelle am Himmel zu treffen. Es mussten also bei der Herstellung des Katapults sowie bei der Bestimmung des Abschusstermins alle Regeln hinsichtlich der Flugbahn und Geschwindigkeit minutiös beachtet und koordiniert werden.

Als eine nicht in den Griff zu bekommende Schwierigkeit entpuppte sich, wie sich Alois nach zahlreichen Versuchen und Abänderungen eingestehen musste, die Konstruktion des Abzughebels. Natürlich wäre es an und für sich kein Problem gewesen, einen funktionierenden Hebel anzufertigen und dann im vorgesehenen Moment zu betätigen. Jede Konstruktion aber, die er sich ausdachte, war mit dem Nachteil behaftet, dass einiges an Kraft nötig war, den Hebel zu verstellen, sich folglich der Wurfkörper im Augenblick des Abflugs in einer die Flugbahn beeinträchtigenden Unordnung befand. Vorgesehen und, wie er meinte, von außerordentlicher Wichtigkeit war es aber, beim Davonfliegen mit der Korrektheit eines Kunstspringers die gestreckten Beine aneinander zu legen, den Kopf gerade zu halten, die Arme und Hände gegen Hüfte und Oberschenkel zu pressen. Dies auch nicht allein der Physik zuliebe, sondern gleichfalls weil er dem Punkt am Himmel in einer angemessen würdigen Haltung entgegen streben wollte. Eine Weile lang mühte er sich ab, die Hebelkonstruktion mit einer Zeitverzögerung auszustatten, welche es möglich gemacht hätte, nach dem Ingangsetzen noch rasch auf der Katapultliege die gewünschte Positur einzunehmen. Einfacher wäre es möglicherweise gewesen, den Apparat mit einem elektrischen Knopf zu versehen. Er war aber, vielleicht auch weil er von der Sache nicht genug verstand, der Meinung, der Katapult habe auf rein mechanische Weise zu funktionieren; und weil es ihm beim besten Willen nicht gelang, eine verlässliche, rein mechanische Zeitverzögerung einzubauen, entschied er zuletzt, sich nach einem Gehilfen umzusehen, einem Gehilfen, der, vielleicht gegen Bezahlung, nichts weiter zu tun hatte, als eben am Stichtag den Hebel für den Abschuss zu betätigen.

Nicht weit von seiner Wohnung gab es ein Café, wo Alois kein Unbekannter war. Das heißt: Kaum jemand hätte seinen

Namen gewusst und jeder, der öfter vorbeikam, pflegte ihm bestenfalls zuzunicken. Regelmäßig hielt er als Gesprächsthema her, wobei sich stets herausstellte, dass zwar niemand genau sagen und erklären konnte, welche absurden Ideen es waren, die Alois vertrat, man aber doch zumindest darin übereinstimmte, es sei ein merkwürdiger und nerviger Mensch, vor dessen Gesellschaft nur gewarnt werden konnte. Danach aus sah er nicht, wie alle wenigstens mit einem Kopfwiegen zugaben. Immer tadellos gekleidet und frisiert. Weit entfernt von dem grobklotzigen Habitus, durch den sich gewöhnliche Handwerker auszuzeichnen pflegen. Eher wie ein Gelehrter, der wegen gesellschaftsfeindlicher Ansichten seines Lehrstuhls enthoben wurde.

Kam er herein, nahm er gewöhnlich die Tageszeitung, bestellte Kaffee, rückte den leeren Aschenbecher ans entfernte Tischende, zog ein silbernes Etui aus der Brusttasche und setzte die Lesebrille auf. Alkoholisches trank er nie, selbst wenn er einmal bis in die Nacht auf seinem Stuhl sitzen blieb. Gesellten sich andere Gäste an seinen Tisch, so war er nie verlegen, ein Gespräch einzufädeln. Mehr oder weniger überraschend erwähnte er einen Gegenstand aus der Zeitung, den er sodann abschätzig kommentierte. Je nachdem ließen sich die Leute auf das Thema ein, gaben ihre eigenen Ansichten zum Besten, pflegten aber doch sehr bald wortkarg zu werden, sobald nämlich Alois zu dem überleitete, was allgemein seine Idee genannt wurde. Eben wegen dieser Idee nahm im Allgemeinen kaum jemand ein zweites Mal an seinem Tisch Platz. Irgendwie um Sphären ginge es – aber, wie gesagt, fand sich niemand, der im Anschluss über das Vorgetragene etwas detaillierter hätte Auskunft geben können. Es gab mehrere Gründe für dieses mangelhafte Echo. Zum einen pflegte er Nachfragen zu überhören, bestenfalls zum Anlass zu nehmen, mit seinen Schilderungen an völlig anderer Ecke neu anzusetzen. Hinzu kam, dass er während des Redens unablässig auf die Tischkante starrte und wenn er doch einmal den Kopf hob, so pflegte er dies mit geschlossenen Augen zu tun. Fernerhin war alles von einem süffisanten Lächeln begleitet, geradezu wie wenn er als eine Art Prometheus fungiere, der an seine Zuhörer austeilt, was ihnen von den Göttern nicht zugedacht war. Nur selten war einmal jemand, der sich infolge dieses Eindrucks geschmeichelt fühlte. Für diese wenigen besaß Alois einen sicheren Instinkt. Erschien ein solcher am Tresen, allein und mit nach Gesellschaft hungerndem Blick, so gab ihm Alois sehr bald mit den Augen ein Zeichen, sich doch für ein Gespräch an seinen Tisch zu setzen.

Wilbert war einer von denen, die sich auf solche Weise einladen ließen. Ein blasser, etwas traniger junger Mann, gerade erst in die Stadt gezogen – wegen eines Studiums, dem er keinen Sinn abzugewinnen wusste und das er darum nur pro forma betrieb. Mit zerwühlter Frisur, zerquälten Augen, wie übernächtigt, von einem Muss des Schicksals gefoltert. Alois erriet auf Anhieb, was den jungen Mann bedrückte, entlockte ihm einige Brocken seines Lebenslamentos, nickte dazu mit der Miene des Kenners und leitete dann über zu seiner Idee, worin das Höhere zur Sprache kam. Von einer Welt des Besseren war da zu hören, von einem wunderbaren Ort, wo für jedes Gelüst die Befriedigung in Reichweite zu haben ist, wo es tanzt und zwitschert, wimmelt von Engeln und Jungfrauen und natürlich nichts studiert und bezahlt werden muss.

»Ich weiß ja nicht!«, murmelte Wilbert wie ein noch gänzlich unerfahrener Bordell-Besucher.

»Das Paradies steht offen, man muss sich nur hinbegeben«, beteuerte Alois mit einer Geste, als wäre ihm diese Weisheit soeben von der Zimmerdecke zugefallen.

Gleichfalls über die korrekte Art des Hinbegebens wusste er Bescheid, wenn er hiervon auch zunächst noch nichts preisgab, vorerst ausholte zu einem kosmologischen Vortrag, worin in einer nicht gerade leicht nachvollziehbaren Weise die verschiedenen Sphären beschrieben wurden. Wie gesagt, war selten ein Zuhörer, der an der Komplexität des Geschilderten nicht gescheitert wäre, der also im Anschluss auch nur ungefähr hätte zusammenfassen können, wie die Welt im Sinne des Alois vorzustellen sei. Leute mit philosophischer Bildung glaubten hier und da ein bekanntes Element in der langen Rede wiederzuentdecken, hakten bisweilen auch ein, wurden aber so kategorisch überhört wie die Demonstranten auf einer Papst-Ansprache. Beeindruckend war es aber doch. Zumindest für diejenigen, die einmal aufs Selberreden verzichten konnten, die bereit waren, vielleicht aus Mangel an eigenen, unter einer Schütte nie gehörter Vorstellungen auszuhalten.

»Klingt ja verrückt«, äußerte Wilbert und obwohl er von dem Abend nicht viel mehr mit nach Hause nahm als die Gewissheit, dass offenbar die Welt doch nicht allein aus Straßen und Kneipen bestand, war er durchaus gewillt, sich den Vortrag noch ein zweites und drittes Mal anzuhören. Etwas Tröstliches, geradezu Familiäres ging für ihn von den Worten und derem Redner aus. Alois begrüßte ihn auch jedes Mal mit dem Lächeln, als wären in dieser Welt der Zweifel nur sie beide in die Wahrheit eingeweiht. Ganz besonders in diejenige einer Sphärenausbeulung, wie Alois sich ausdrückte, welche an einem gewissen Tag und Ort stattfinde und welche es möglich mache, von derjenigen Sphäre, in welcher man sich als ordinärer Mensch befinde, durch einen gezielten Flug in die höchste und beste zu wechseln.

»Ist ja Wahnsinn«, lächelte Wilbert.

Alois eröffnete sodann, dass er eben diesen Sprung vorzunehmen beabsichtige. »Und du, du könntest mir dabei helfen.«

»Ich? Ja wie denn das?«

Da er die Einzelheiten erfuhr, zupfte er an seiner Unterlippe. »Bist du denn sicher?«

»Sehe ich aus, als wenn ich nicht wüsste, wovon ich rede?«

Wilbert fand, dass er nicht danach aussehe, und war dann einverstanden, wenn auch etwas zögerlich, mehr unter dem angenehmen Eindruck, von einem bewunderten Menschen gebraucht zu werden, als weil ihm alle Bedenken ausgeräumt schienen.

Diese Bedenken traten erst am folgenden Vormittag deutlich hervor, und er hätte sich der Bitte nun doch verweigert, wäre es möglich gewesen, diese Verweigerung unverzüglich auszusprechen. Sowie er Alois abends im Kaffeehaus wiedertraf, war der Vorsatz nur noch halb so lebendig und verdämmerte dann ganz unter dem Sirenengesang des anderen.

Folglich erschien er am ausersehenen Tag auf unsicheren Knien und ohne sich zuvor klar entschieden zu haben, ob er nun den Hebel des Katapults tatsächlich bedienen wollte. Die ungelöste Frage sollte sich indes erübrigen. Alois führte ihn in die Wohnung, wo auf einem Sessel der Sofagruppe ein dritter ins Unternehmen Eingeweihter saß. Harald, stellte Alois vor, woraufhin Harald kurz mit dem Kinn nickte, ansonsten die Miene und Haltung eines Türstehers beibehielt. Die muskulösen Arme fest über der Brust gekreuzt, die Füße in ihren gelben Turnschuhen in breitbeiniger Pose auf dem Fußboden, das narbige Gesicht mit schmalen Lippen und Augenschlitzen unbeweglich, wie auf das Programm eines Fernsehers konzentriert.

»Harald ist mit mir zur Schule gegangen«, erklärte Alois, worauf der Genannte ein abermaliges Nicken sehen ließ. »Wir haben uns zufällig heute Morgen auf der Straße getroffen. Er braucht etwas Geld. Du weißt ja, dass ich mich nie besonders für Geld interessiert habe. Und da habe ich mir gedacht, ich gebe ihm, was er will, wenn er mir einen kleinen Gegendienst erweist. Das heißt: eigentlich dir, Wilbert. Ich meine, du kannst natürlich ganz frei darüber entscheiden, ob du willst oder nicht. Harald jedenfalls will nicht.« Der Genannte schüttelte den Kopf. »Ein gewisses Risiko ist schon dabei. Ihr müsstet sofort die Feder zurückkurbeln. Denn wie gesagt, es ist nur ein kurzer Moment, den ihr nicht verpassen dürft.«

»Ich weiß nicht«, stotterte Wilbert, wenn er auch im Grunde seines Herzens ziemlich sicher war, mit der Ansicht Haralds nicht zu differieren.

»Natürlich«, beschwichtigte Alois. »Es kommt ja auch etwas unvermittelt. Warum ich nicht schon eher daran dachte! Stell dir vor! Wir beide – da oben!«

»Klar. Das wär was«, äußerte Wilbert unter Schwitzen und während er ein nervöses Zucken des Augenlids zu beruhigen versuchte.

»Überleg es dir! Obwohl: viel Zeit hast du nicht mehr zum Überlegen. Harald jedenfalls würde das für dich machen. Stimmt's Harald?«

Man begab sich auf die Dachterrasse zum Katapult, neben dem auf einem Nachtschränkchen ein Quarzwecker stand. »Wenn der große Zeiger auf die Fünf rückt, dann ziehst du den Hebel«, erklärte Alois. Harald beugte sich vor, betrachtete das Ziffernblatt wie einen nie gesehenen Gegenstand, dessen Sinn ihm aber doch unmittelbar einleuchtete, was er dann auch mit einem Nicken bekannt gab. Alois nahm auf der Liege Platz, sprach ein paar Worte des Abschieds.

»Und?«, fragte er. »Vier«, antwortete Harald, bereits den Hebel in der Hand, die Beine für den Kraftaufwand in entsprechender Positur. Ein letzter Seufzer des Alois, ein Klingeln beim Vorrücken des Uhrzeigers und unter einem Rumpeln, welches die Steinfliesen der Terrasse mitzittern ließ, schnellte die Feder hinauf, schleuderte den Menschen von der Liege davon in leichtem Bogen und geradewegs dorthin, wo eben die Sonne hinter einer Wolke hervortrat. Die Zurückgebliebenen hielten sich die Hände an die Stirn. Harald indes nur kurz und nebenher, da er bereits nach der Kurbelstange gegriffen hatte, um Feder und Liege zurück in die Ausgangsposition zu befördern. Wilbert tapste wie dem Davonfliegenden hinterher über die Terrasse, starrte auf die brettförmige Silhouette, die jetzt auf dem Hintergrund einer nächsten Wolke dahinsegelte, dann doch aus der Form geriet, Arme und Beine erkennen ließ, wieder dem Erdboden entgegen strebte und schließlich ganz unzweifelhaft jenseits der Pappelkronen ... – »Na komm schon!«, unterbrach Harald die Betrachtung und während er mit den Händen auf das Polster der Liege klopfte, wie um zu prüfen, ob nichts an Stabilität eingebüßt habe.

»Er ist ...«, stotterte Wilbert, nach den Pappeln zeigend.

»Kommst du jetzt!«, kommandierte Harald und weil die Sache keinen Verzug duldete, schnappte er sich den Jungen, zwang ihn auf die Liege, hielt den Zappelnden im Schwitzkasten, während er mit der freien Hand, ohne die fatalen Folgen zu bedenken, nach dem Hebel griff; denn nicht allein, dass er somit eine würdige Flughaltung unmöglich machte, er wurde auch mitgerissen, wenn auch auf anderer Bahn; am Ende aber doch nicht so verschieden, um den umfangreichen Sportplatz jenseits der Pappeln zu verfehlen, wo bereits ein Fußballspiel unterbrochen, die üblichen Anrufe getan worden waren, so dass eine aus der Nähe herbeifahrende Polizeistreife gerade noch Zeuge des Weiteren wurde.

Versteht sich, dass einiges an Nachforschungen nötig war, bevor man die Fälle als geklärt ansehen konnte.

Das Sündenregister

Während der ersten Wochen meines Aufenthalts war es meine Aufgabe, mir sämtliche Sünden, die ich im Verlauf meines Lebens begangen hatte, in Erinnerung zu rufen, um sie sodann in leserlicher Handschrift auf dem mitgegebenen Papier zu notieren. Nur in Stichworten, hieß es. Aus meinen Aufzeichnungen sollte lediglich hervorgehen, unter welcher Rubrik das jeweilige Vergehen einzuordnen war. Es spiele auch keine Rolle, ob ich die Liste nach einem System anlege, die Sünden also chronologisch oder auch nach Gewichtigkeit sortiere. Allerdings sollte ich nicht vergessen, mein jeweiliges Alter stets zu erwähnen, da sich natürlich entsprechend die Bedeutung verschiebe, die Untat eines Minderjährigen je nachdem, aber doch zumeist mit weniger Sühnepunkten bemessen werde als eine Gleichartige, die sich ein Erwachsener zuschulden kommen ließ. An erster Stelle jedoch sei Vollständigkeit gefordert. Erfahrungsgemäß empfehle man mir, auch dasjenige anzugeben, von dem ich nicht mit Sicherheit zu sagen wüsste, ob es sich überhaupt um ein sühnebedürftiges Vergehen handle. Der Registrator würde hierüber Bescheid wissen und solche Leergeständnisse entsprechend mit einer Null versehen. In jedem Fall seien solche Überflüssigkeiten weniger störend als ihr Gegenteil. Denn wenn einmal die Liste bearbeitet und ausgewertet sei und ich mich dann eines weiteren, nachzutragenden Passus erinnere, müsse die ganze Rechnung noch einmal getan werden, womit ich mich, nicht zuletzt beim Registrator, höchst unbeliebt machen würde.

Ich begab mich also mit einem Stift und Stapel Papier in meine Zelle und begann mit der Niederschrift. Zunächst notierte ich das Schwerwiegende, für das ich nicht lange in der Erinnerung kramen musste. Sodann ließ ich in Ruhe mein ganzes Leben noch einmal Revue passieren, wobei ich konzentriert auf jeden Zipfel einer fast schon vergessenen Schandtat lauschte und, ganz wie es mir anempfohlen worden war, selbst scheinbare Lappalien nicht mit nachlässigem Blick ungeprüft vorüberhuschen ließ.

Zugeben muss ich, dass ich – und nicht allein infolge solcher Gründlichkeit – ein beachtenswertes Konvolut zusammenbrachte, beachtenswert schon allein wegen des Umfangs, und da ich schließlich an der Tür des Registrators klopfte, den Stapel meiner Beichte auf seinem Schreibtisch ablegte, kam prompt ein: »Ach du lieber Gott! Sie meinen wohl auch, wir hätten hier nichts zu tun!«

»Ich habe mir sagen lassen«, gab ich kleinlaut zurück, »ein Zuviel sei lobenswerter als ein Zuwenig.«

»Ja, ja, schon gut«, brummte der Kerl, ohne weiter von seiner Arbeit aufzusehen. »Vor übernächster Woche ist das nicht fertig. Und dass Sie mir dann nicht damit kommen, es sei Ihnen noch was eingefallen. Solche Leute sind hier überhaupt nicht gern gesehen.«

Ich beteuerte, dass ich mich mehrfach von der Vollständigkeit meiner Angaben überzeugt und gewiss keinen einzigen Nachtrag zu beantragen hätte.

»Da sind Sie nicht der Erste, der das behauptet«, muffelte der Registrator und gab mir dann mit einer Handbewegung zu verstehen, ich möchte mich aus seinem Büro wieder hinausmachen.

In den nächsten Tagen erwartete ich voller Spannung und Ungeduld die Auswertung meiner Unterlagen. Nicht anders als jemand, der sich endlich zu einem Zahnarztbesuch entschlossen hat und dann im Wartezimmer dem Bohrer entgegenfiebert, den er jetzt so rasch wie möglich angesetzt und wieder vergessen haben möchte. Drei Wochen lang hatte ich in einem solchen Wartezimmer auszuharren, bis endlich zusammen mit meiner Sündenliste diejenige der errechneten und nun ausstehenden Bußübungen in meiner Zelle eintraf.

Ich will es nicht verheimlichen, dass mich die Papiere erschütterten, dass die Anzahl der Übungen, wenn ich auch in Anbetracht meines umfangreichen Sündenkatalogs auf eine lange und strapazenreiche Ableistung gefasst war, bei Weitem meine Erwartungen übertrafen. Im ersten Augenblick fühlte ich mich versucht, Widerspruch einzulegen, erinnerte mich dann aber, dass infolge solcher Beschwerden, sofern sie sich als ungerechtfertigt erweisen, die Menge der Sühneübungen vergrößert zu werden pflegte und dies, wie man betonte, nicht unbeträchtlich, eben aus dem einsichtigen Grund, von vorschnellen und für den Registrator mit unnötigen Nacharbeiten verbundenen Reklamationen abzuschrecken.

Die Liste selbst zu überprüfen, erwies sich als ausgesprochen schwierig, wäre zumindest an einem Nachmittag kaum zu bewerkstelligen gewesen. Und also fügte ich mich in das errechnete Ergebnis, beantragte einen Sühnegehilfen, welcher über den korrekten Ablauf der Übungen zu wachen hatte, und entschied dann, mich erst einmal den 74 Tausend Kniebeugen zu widmen. Hierfür hatte ich mich zusammen mit dem Sühnegehilfen in eine freie Sühnezelle zu begeben, wo der Mann auf einem Schemel Platz nahm und dann nach jeder zehnten Beuge einen Strich auf dem entsprechenden Formular notierte. Vorweg hatte er mir geraten, am ersten Tag nicht gleich tausend zu machen. Fürs erste – und in Anbetracht meiner nicht eben athletischen Konstitution – seien hundert keine schlechte Leistung. Im Übrigen würde er mir empfehlen, die Übungen nach der Art ihrer Beanspruchung portionsweise auf den Tag verteilt abzuleisten. Sinnvoll wäre es zum Beispiel, morgens eine Anzahl Kniebeugen in Angriff zu nehmen, um dann nach der Mittagspause mit den schriftlichen Strafarbeiten fortzufahren.

Ich verzichte darauf, eine genauere Schilderung der Bußübungen hinzuzusetzen, zumal jeder moderne Leser über dieses Kapitel hinreichend Bescheid weiß. Ich will mich auch nicht mit Klagen über den Gehilfen aufhalten, lediglich erwähnen, dass ich, da ich aus bloßer Langeweile die Kniebeugen mitzählte, mehrfach im Anschluss von seinem Papier ein anderes und in der Regel schlechteres Ergebnis ablas. »Schon möglich«, gab er zu und korrigierte die Strichpakete. Trotzdem konnte ich mir eine gereizte Bemerkung über diese Nachlässigkeit nicht verkneifen. »Himmel Herr Gott!«, stöhnte er auf. »Was erwarten Sie denn! Meinen Sie vielleicht, das ist ein Spaß: den ganzen Tag Kniebeugen zählen!«

Vielleicht war es diese wegwerfende Bemerkung. Vielleicht auch die Tatsache, dass ich, mehr von geistig orientiertem Naturell, keine besondere Befriedigung an den Übungen erlebte. Denn auch die Schreibarbeiten waren eher stumpfsinnig. Nichts weiter hatte ich zu tun, als in makelloser Schönschrift, die mir keine Schwierigkeiten bereitete, etliche tausend Mal den Satz ›Ich will mich bessern!‹ niederzuschreiben. Jedenfalls lockte es mich, und nicht zuletzt in Ermangelung eines anderen Gegenstands der Beschäftigung, während der Freistunden mir nun doch einmal die Berechnung meiner Sünden und Bußen genauer zu besehen. Die komplizierte Vorgehensweise, die sich mir im Verlauf mehrerer Wochen nach und nach erhellte, hier auseinanderzusetzen, würde, wie ich meine, zu weit führen, wenn auch ein solches Referat für andere Betroffene zweifellos nützlich werden könnte und ich will mir gegebenenfalls beizeiten und auf anderem Papier doch die Mühe machen, zumal ich voraussichtlich auch in den kommenden Monaten an Freistunden keinen Mangel haben werde. Vorerst soll der Hinweis genügen, dass ich, nachdem ich einmal das Konzept begriffen hatte und die Bußrechnung selbst vornehmen konnte, geradezu ungeheuerliche Fehler entdeckte – Fehler, die sich allesamt zu meinen Ungunsten auswirkten. Und da ich die korrekte Anzahl der Sühneübungen mit derjenigen, der bereits abgeleisteten verglich, musste ich feststellen, dass ich meine Schuld längst abgegolten hatte, ja bereits über ein Guthaben verfügte.

Man wird sich vorstellen können, wie mich diese Entdeckung empörte, wie ich sofort hinlief zum Registrator, dort auch nicht länger zaghaft und voller Hochachtung anklopfte und hereintrat, vielmehr mit der Wut über eine auf meine Kosten veranstaltete Schlamperei.

»Hab ich's nicht gesagt«, kläffte mir der Registrator entgegen. »Jetzt ist Ihnen doch noch was eingefallen.«

Weniger ein-, als aufgefallen, stieß ich hervor mit der gepressten Stimme desjenigen, der sich gerade noch eine Flut an Verwünschungen verbieten kann. Und da ich meine Beschwerde vorgebracht hatte, verzog der Mann angeekelt das Gesicht, schüttelte den Kopf wie über eine Lächerlichkeit. Jetzt erst, da ich nicht länger in eingeschrumpfter Haltung vor seinem Schreibtisch stand, stieß mir auf, was für eine widerliche Erscheinung der Kerl bot. Fett und glatzköpfig, mit nässenden Augen und wulstigen Lippen, die von einer Farbe waren, als wenn er gerade Blaubeeren gegessen hätte.

»Na dann legen Sie Ihren Kram ins Regal!«, kommandierte er. »Nicht da! – Was denken Sie denn, wer Sie sind! – Auf das unterste Bord damit!«

Natürlich wollte ich mich mit diesem Antrag in der Registratur nicht zufrieden geben. Dies vor allem, da ich, wie mir mein Sühnegehilfe schulterzuckend erklärte, in meinen Übungen ohne Einschränkung fortzufahren hatte, solange die Sache nicht bearbeitet und für richtig befunden worden war. Immerhin so viel erfuhr ich von anderen Schreibtischen, dass ich, sollte sich mein Widerspruch als gerechtfertigt erweisen, für meine überzähligen Bußübungen einen Gutschein ausgeschrieben bekäme. Ein Gutschein allerdings, der nach Ablauf von vier Wochen wieder verfalle. Auf meine Frage, was mir denn ein solcher Gutschein nütze, sagte man allen Ernstes, ich könne ihn zum Beispiel an andere Insassen verschenken. »Meinen Sie vielleicht, ich mache hier Kniebeugen für irgendwen!«, empörte ich mich und ich war auch in den nächsten Wochen nur mehr voller Empörung, scherte mich nicht länger um die Aufseher, die für jeden Fluch Strafzettel an meinen Sühnegehilfen weiterleiteten. Während ich mein Pensum an Kniebeugen absolvierte, malte ich mir die Schandtaten aus, mit denen ich die Rechnung wieder quitt machen wollte, kam allerdings jedes Mal zu dem ernüchternden Ergebnis, dass sich, sofern ich mich nicht aufs Morden und Brandstiften verlegen wollte, das täglich anwachsende Guthaben im Verlauf von vier Wochen gar nicht aufbrauchen ließe.

Natürlich war ich nicht davon abzuhalten, regelmäßig in die Registratur hereinzuplatzen und auf eine etwas schnellere Bearbeitung zu drängen. »Der Antrag liegt ja immer noch im Regal!«, wetterte ich, ohne jeden Gruß und Bückling vorauszuschicken.

»Sagen Sie mal: Was bilden Sie sich eigentlich ein, wer Sie sind!«, schrie der Registrator zurück.

Und da ich im Folgenden meiner Wut keine Schranken mehr setzte, nicht einmal vor unflätigen Ausdrücken zurückschreckte, zückte er prompt den Strafzettelblock, und während er hastig kritzelte, was ihm soeben zu Ohren gekommen war, fiel es mir ein, mein Guthaben hier auf der Stelle einzulösen, mir keine halbherzigen, nur von einer Rechnung angereizten Untaten abzuzwingen, vielmehr der Gewalt ihren

Lauf zu lassen, wo sie angestachelt wurde, erst nach dem Brieföffner, dann nach der Kinnlade zu schnappen und das Gerät dem Fettwanst in sein Blaubeermaul zu stopfen.

Ob meine Rechnung aufging, weiß ich bis heute nicht. Drei Jahre sind es jetzt, während deren ich, mit Kniebeugen und Schreibarbeiten beschäftigt, auf meine Quittung warte. Eine Quittung, die es mir am Ende zweifellos ermöglichen wird, mehr als nur einen Brieföffner in die Hand zu nehmen, vielleicht sogar ungestraft die ganze Sünden-Behörde abzufackeln. Eine Vorstellung, die mir schon seit Monaten und während der endlosen Kniebeugen eine geradezu berauschende Genugtuung gewährt.

Der Harem des Harran-Al-Mera

Rabin sagte, ich solle aufschreiben, was verbrochen wurde. Ich sei doch der Einzige unter uns, der hierfür Talent besitzt, was ich ja bereits bei der Abfassung des Bittbriefs bewiesen habe. Er will den Text mit in den Westen nehmen, wo man solche Geschichten unterhaltsam findet und wo man, vielleicht nicht besser, so doch anders denkt über die Dinge, von welchen diese Blätter handeln sollen.

Natürlich freut es mich zu hören, dass man auf anderen Kontinenten mein Vergehen eher belächeln, als bestrafen würde. Aber nicht darum willigte ich ein in Rabins Vorschlag. Was hilft es mir schließlich, wenn andere Menschen mit anderer Richtschnur messen, solange diejenige, neben welcher ich gerade stehen muss, mich für mangelhaft befindet. Vielmehr begrüße ich die Aussicht, dass mir bis zum kommenden Morgen über der Schreibarbeit die Vorausgedanken an diesen Termin ein wenig zerstreut werden. Dann nämlich wird derjenige meine Zelle betreten, der lernte, wie die verschiedenen Äxte zu handhaben sind, wie man damit kleine und größere Teile lostrennt von einem Ganzen und wie man dies schnell, sauber und kunstgerecht vollbringt. Zusammen mit dem Meister wird sein Lehrling hereinkommen, welcher den Hackklotz und die Tasche mit den Werkzeugen trägt. Der Meister wird den Jungen anweisen, wie und wohin der Block zu stellen sei, aus seiner Mappe das mich betreffende Formular hervorkramen, mit einem Kreuzchen als erledigt kennzeichnen und dann dem Laufburschen kundtun, welches besondere Beil, Schwert oder Messer für die Operation nötig ist. Indessen werde ich stumm die Wirk- und Arbeitsstätte des Meisters betrachten, wo zahlreiche Narben und Kerben von des Mannes reicher Erfahrung erzählen, bis endlich der Kerl Bescheid gibt, ich solle darauf strecken, was zu entfernen ihm aufgetragen wurde.

Aber eben von dieser Aussicht hoffte ich mich loszumachen und darum begebe ich mich über die Treppe der Erinnerungen zurück auf jenes Podest, wo ich noch vor kurzem stand und sehnsüchtig hinauf starrte nach allen höher gelegenen Flecken, nicht ahnend, dass mich auf einem solchen dieser Hackklotz erwarten sollte. Der Absatz, von dem ich meinen Aufstieg machte, war gewiss trostlos, nur dass ich mich damals nicht wie heute vor einem bevorstehenden Verlust ängstigte, sondern von der Sorge gequält war, ich hätte überhaupt nichts zu verlieren.

Welcher Irrtum! Euch alle, die ihr, wie ich damals, jammert, es sei da nichts, das man euch nehmen könnte, so allerschrecklichst verlumpt und verlassen wäret ihr – lasst euch belehren: Es ist da noch etwas, das ihr mit Sicherheit behalten wollt, von dem ihr völlig irrtümlich annehmt, es würde keinem Menschen einfallen, euch dieses zu rauben! – Aber ich wollte beginnen und endlich diesen allerabscheulichsten Gedanken entlassen.

El-Bada heißt das Dorf meiner Herkunft. Wir haben dort genau sechsundzwanzig Wohnhäuser, eine Weinschenke, die *Dattel* genannt, einen Haar- und Bartscherer, einen kleinen Basar und schließlich und vor allem den Palast des Harran-al-Mera. Harran-al-Mera hat Verdienste und Ämter. Über die Verdienste wird wenig erzählt in El-Bada. Was die Ämter anbelangt, so würdigen alle im Dorf, dass Harran-al-Mera die Stelle des Oberkassenwarts am königlichen Hof bekleidet, außerdem diejenige des rechts stehenden Wedelträgers, dass er fernerhin den Zucker für die Nachspeisen seiner Exzellenz portioniert und endlich auch das letzte Wörtchen bei der Vorwahl der für den königlichen Gebrauch zugedachten Mädchen zu sagen hat.

Wer Nüsse verwaltet, hat selten Mangel an solchen. Folglich war Harran-al-Meras Palast voll gestopft mit solchen Gütern, die er bisweilen während seiner Arbeitstage ausrangierte und zur weiteren, möglicherweise nur vorläufigen Lagerung nach El-Bada schickte. Blickdicht in Wagen verpackt verschwand alles dies über die Hauptstraße und hinter den gusseisernen Palastpforten. Eine Menge alter, abgegriffener Münzen, einige Stapel verblasster und verfilzter Wedel, Säcke voll verpappten Zuckers und natürlich und vor allem eine lustige Schar junger Damen, welche zwar für den Harem seiner Exzellenz nicht als untauglich befunden worden waren, sich aber vorerst, sozusagen, einer gewissen Eignungsprüfung noch zu unterziehen hatten.

Wir Einwohner von El-Bada hätten dem Wedelträger alle verfilzten Wedel dieser Erde gern gelassen. Auch von dem Zucker zu nehmen, wäre uns nicht eingefallen. Was die Geldstücke anbelangt, hätten wir uns zwar nicht viel darum bekümmert, ob noch die Aufschrift gut zu lesen war, und gern genommen, wenn uns einer davon hätte geben wollen – allein, ich weiß von keinem in El-Bada, der hiervon anders als im Spaß redete.

Wohl aber wurde stumm und ratlos geschluckt, wenn von Harran-al-Meras Harem die Rede war. Und dies hatte seinen Grund in der unglücklichen Tatsache, dass in El-Bada zwar sechsundzwanzig Männer wimmelten, die aber allesamt vor ihren trostlos einsamen Abenden in die *Dattel* flohen. Natürlich waren auch einige wenige Frauen in El-Bada, aber doch nur solche, die niemand haben wollte, von denen allein die Hohen des Landes meinten, sie müssten uns genügen. Tatsächlich war's die Nachlese einer Nachlese, die man uns da für hinlänglich zusprach. Denn beträchtlich war die

Schar der Vornehmen und Adligen, die zahlloser Weibsbilder bedurften, darum ihre Kundschafter ausschickten, in ihren Kutschen die Dörfer zu durchkämmen und zu pflücken und einzusammeln, was einem Harem als weiteres Schmuckstückchen dienen konnte. Und diese Sitte wurde so gründlich und schon so lange gepflegt, dass jede Stadt und jedes Dorf einem geplünderten Himbeerstrauch glich. Zwar gab es Hoffnungsvolle unter uns einfachen Männern, die ihr Bündel schnürten und auf Suche gingen nach einem hübschen und freundlichen Gespons, aber es war doch allüberall das nämliche traurige Bild. Stets kamen auf hundert Mannsbilder bestenfalls fünfe der anderen Hemisphäre. Und diese fünfe! Wer hätte sie haben wollen? Wen hätten sie herausgelockt aus den von Seufzern übervollen Schenken?

»Ich hörte wieder welche!«, rief uns fünfundzwanzig Betrübten der zur *Dattel* hereintretende Hassan zu.

Er rief's wie einer aus der Wüste, der Regenwolken sah, die sich aber nicht über seinem ausgetrockneten Leib und Landstrich hatten abregnen wollen. Mit halb eingesunkenen Beinen, die Hände wie zum Gebet gefaltet, die Augen gegen die Decke gerichtet, die Brauen zu solcher Linie verzogen, dass es aussah, als schluchze und weine er gleich – also stand er vor uns, die wir sehr wohl wussten, was er meinte, und tief bekümmert in unsere Schnauzbärte murmelten.

»Ich habe sie kichern gehört!«, fuhr Hassan fort. »Hinter der Plane des Wagens war ein Kichern. Ein Kichern so allerliebst wie das Klappern und Klickern von Perlen, die über einen Marmorstein hüpfen, so sanft und lieblich wie das Lispeln reifer Getreideähren, das Knistern der vom Winde hingeblasenen Sandkörner. Was müssen das für Lippen sein, über welche so farbenreiche, immer zuckersüße Laute plätschern! Zart benetzte, geschmeidige Lippen, die sich auftun und wieder zusammenfügen wie die Flügel der Schmetterlinge.«

Die ganze Gesellschaft starrte auf Hassan mit tropfenden Mäulern, die Schläuche der Pfeifen schlaff in den herabgesunkenen Händen oder mit den noch vor dem Auftritt zum Anstoßen emporgehobenen Weingläsern in der Luft zitternd.

»Was nutzt uns deine Schwärmerei!«, grummelte Awfi in die Stille hinein. »Es sind die Weiber des Harran-al-Mera. Verwahren wird er sie wie seine Münzen, Wedel und Zuckerbrocken, ohne dass jemand anderem an dem Genusse teilzunehmen erlaubt wäre.«

»Aber was sollen dem Harran-al-Mera alle die Weiber!«, rief Hassan, jetzt nicht länger mit schmachtender Miene, sondern wütend, die Faust durch die Luft schickend. »Hunderte sollen es sein und wie viele, frage ich euch, säbelt er, wie sie gesäbelt zu sein wünschen!«

Ein beifälliges Murmeln wogte über die Bärte der Männer.

»Hör auf damit!«, protestierte Awfi. »Lass dir eine Pfeife bringen und trink deinen Wein mit uns!«

»Sechsundzwanzig Schritte müssten diese zwei Beine tun«, jammerte Hassan fort, »und es wäre dem dritten ein Ausflug über hundert weiche Hügelwiesen! Und warum sollten wir nicht! Sind wir denn Kinder, die lieber mit Murmeln spielen, oder Greise, denen schon im Sitzen das Herz flattert! Was stopfen wir nicht endlich den Harran-al-Mera in einen seiner Zuckersäcke und erlauben uns die Rundfahrt!«

»Recht hat er!«, kam's aus den Reihen der Zuhörer.

»Schluss mit dem Rumsitzen!«

»Es könnte allerdings passieren«, unterbrach Rabin den aufkeimenden Lärm, »dass dieses tollkühne Unternehmen unsere Misere nur in einen endgültigen Bankrott verwandelt. Natürlich ist es längst an der Zeit, nach einem Ausgang aus unserem Elend zu suchen. Statt aber einfach drauflos zu stürmen, wie Berserker ohne Panzerhemden und Voranmeldung, schlage ich euch vor, dem Harran-al-Mera die Sache erst einmal höflich zu hinterbringen. Wir werden ihm mitteilen, dass wir nicht länger willens sind, auf die Mörser für unsere Stößel zu verzichten, zumal er selbst von den bitter benötigten die Regale übervoll hat. Wir werden es ihm freundlich mitteilen. Wir werden ihm einige Hände voll gezuckerter Worte zuwerfen, ihn daran erinnern, dass die, die zwar die Ramme, aber kein Fass dazu haben, keine Butter stampfen können, und dass, wenn nicht bald das Vermisste unter uns ausgeteilt wird, El-Bada demnächst einer verödeten Molkerei gleiche.«

»Wenn er das einsehen könnte!«, klagte Awfi, wieder den Pfeifenschlauch auf den Schoß herabsenkend.

Da war niemand, der nicht die gleiche Meinung halblaut ausgeseufzt hätte, und weil man fand, dass Rabins Vorschlag klüger war als derjenige des Hassan, stimmten alle zu, einen Bittbrief gemeinsam zu verfassen und diesen dann dem Harran-al-Mera zu überbringen. Rabin war es auch, der genügend Herz besaß, sich mit der Schriftrolle vor den Sessel des Oberkassenwarts zu wagen, ihm die Bitte mit lächelnder Miene und einer Stimme wie lauter Dattelsirup vorzutragen.

Später unterrichtete er die fünfundzwanzig anderen, wie die Audienz ausgesehen und was sie erbracht habe.

Auf den Knien war Rabin durch den Empfangssaal bis vor die Füße des Harran-al-Mera gerutscht, hatte sich dann ganz zu Boden geworfen und fünf Minuten lang sowohl die rechte als auch die linke große Zehe des Harran-al-Mera geküsst. Endlich hatte ihm der Geküsste mit einem leichten Stoß des linken Fußes zu verstehen gegeben, dass es nun des Küssens genug sei, woraufhin Rabin sein Haupt wie ein Taucher aus dem Wasser erhob und mit abgeäscherter Stimme sprach: »Edelster Oberkassenwart, rechter Hand stehender Wedelträger, Zuckerportionierer der königlichen Nachspeisen und

Vorwahltreffer des allererlauchtesten Harems – lass mich noch ein Weilchen länger diese linke deiner Zehen küssen!«

»Es reicht! Es reicht!«, wehrte Harran-al-Mera das Angebot ab und stieß dem Rabin mit dem Fuß so hart gegen das Kinn, dass sich für einen Augenblick des Bittstellers Honiglächeln in eines aus Weinessig verwandelte.

»Sag, was du willst, du Kaffeesatz dieses Landes! Und dann scher dich zurück auf deinen Kompost!«

Für einen Moment bedachte Rabin, ob er nicht gleichfalls aus dem Schatz seiner Flüche und Verwünschungen einen hervorkramen sollte, ließ es aber dann und nahm stattdessen die Schriftrolle zur Hand.

»Hochgeachteter und aller Welt beliebtester Oberkassenwart, rechter Hand stehender Wedelträger, Zuckerportionierer der königlichen Nachspeisen und Vorwahltreffer des allererlauchtesten Harems! Deine glücklich zu deinen Füßen kauernden Knechte möchten dir sagen und mitteilen, dass in diesem unserem Dorf, welches den Namen El-Bada trägt, alle Kammern, Scheunen, Vor-, Neben- und Rückgärten sowie die Felder und Wege und überhaupt jeder Ort und Flecken, den man nennen könnte, so leer an Weibern ist, als würde denselben diese Gegend so wenig bekommen wie den Walfischen die Dünen der Wüste. Wenn sonst alles Getier seine Lockrufe mit den Winden verschickt und bald auch Antwort erhält, so zwitschern allein wir Männer aus El-Bada unser Begehren vergebens in die Runde und wie wir auch die Muscheln der Ohren hinstrecken in alle vier Richtungen des Himmels, so will doch von keiner Seite sich das Stimmchen aus der lieblichen Kehle eines Weibchens melden.«

»Ja und?«, warf Harran-al-Mera ein mit einem Gesicht, als hätte ihm Rabin vorgelesen, er habe morgens seine Bartschere vergeblich gesucht, dann aber doch wieder gefunden.

Rabin ahnte, dass der sorgfältig ausgearbeitete Text hier so viel wie ein Winterteppich für die Maulwürfe war, nahm sich aber doch zusammen und fuhr fort: »Wohl! Es gibt ihrer dreie in El-Bada, welche einen ausgehungerten Mann nicht aus ihren Schlafkammern fortjagen würden. Aber es sind doch solche, erhabener Harran-al-Mera, die wir bereitwillig gegen den Fußnagel einer deiner hundert Schönen tauschen wollten. Freilich wäre deinen ergebenen Knechten mit Fußnägeln nur wenig geholfen, weil sich doch hiermit ein Säbel noch viel unzureichender wetzen lässt als mit den fünf Fingern einer Hand. Und dabei sind es prächtige Säbel, welche deine Dienstbeflissenen unter den Gürteln tragen. Fest wie das Kernholz der Zedernbäume. Prügeltüchtig wie die Schlagkeulen der Bergbewohner. Wohlgeformt wie die Minarette der heiligen Moscheen. Nur geschliffen müssten sie werden. Und dieses nicht mit ordinären Wetzsteinen und Schleifeisen, sondern mit jenem einzigen Reibefutteral und jener wunderbaren Schabehülle, wie du sie hier in deinem Palast in so mannigfacher Ausführung verwahrst. Denn was wären das für Säbel, die nicht scharf gesäbelt würden? Nutzloser Plunder. Gewehre, die in die leere Wüste feuern. Stifte, die ihre Tinte auf die Teppiche verkleckern. Pfeifenschläuche, deren Mundstücke niemals zwischen die Haare eines Bartes drangen. Ist es nicht Sünde vor dem Allmächtigen, das, was er so glücklich erfand und bastelte, ungenutzt stehen zu lassen oder nur glücklos zu handhaben? Sind wir denn Greise oder ahnungslose Knaben, dass uns verwehrt ist, die Säbel nach alter Säbelweise zu benutzen?«

»Ja was!«, fauchte Harran-al-Mera, die Augen geschlossen, die wulstigen Kinnlappen in die Breite gedrückt, die Nasenflügel angeekelt in die Höhe gezogen. »Dann steckt sie euch doch einander in die Ärsche!«

»Das – hat er gesagt?«, unterbrach Awfi die Erzählung, den Pfeifenschlauch von sich werfend, vom Stuhl aufspringend und mit so rotem Gesicht, dass Rabin allein um des wiederholten Satzes halber bleich wie ein entdeckter Verräter wurde. Allerdings war es noch niemandem eingefallen, sich mit Awfi, der nun wie ein schnaubender und stoßwütiger Bulle in der Mitte der Schenke stand, einmal im Fingerhaken oder Armeniederdrücken zu messen. Hinter dem mächtigen Schnurrbart donnerten jetzt Flüche hervor, welche jeden – er wäre auch gänzlich unbeteiligt – zum sich neigenden, um Gnade wimmernden Hündchen machten.

»Dieser Gottverlassene hat es gewagt zu sagen, wir sollten die Säbel ...!«

Unmöglich war's, auf jede einzelne Welle der nun folgenden Flut an Verwünschungen zu merken. Lampenschirme und Nasenflöten drohte er aus Harran-al-Mera zu machen. Den Hintern wollte er ihm zu einem Harmonikabalg zerschlitzen, die Hoden zu Dudelsäcken aufblasen, Bart- und Schamhaare zusammenkleben und tausenderlei mehr, das, lediglich aufgezählt, gar keinen Eindruck vermittelt von dem Zorn, mit welchem Awfi alles heraussprudelte.

Sowie er aber seiner ersten Empörung Luft gemacht hatte, trat er hinaus und stapfte schnurstracks auf den Palast des Harran-al-Mera zu.

Niemand versäumte es, ihm zu folgen. Die Palasttore wurden aufgestoßen, die Wachen teils zusammengeschlagen, teils davon überzeugt, nicht gegen, sondern mitzuhandeln. Sodann betraten die Männer – nicht auf den Knien, sondern den Sohlen der Füße – die Räume des Harran-al-Mera. Was diesem geschah, weiß ich nicht genau. Die einen sagen, Awfi habe ihm einen Messingstößel in die Öffnung des Hinterleibs gerammt. Andere behaupten, es sei ein Besenstil, eine alte Weinflasche oder auch ein Regenschirm gewesen. Ich selbst hatte bis zur Gerichtsverhandlung geglaubt, man habe ihn lediglich ins Badezimmer eingeschlossen. Gestehen muss ich nämlich, dass ich zu derjenigen Gruppe zählte, die weniger auf Rache aus war, als vielmehr darauf, möglichst rasch in die Gemächer der aberhundert Frauen vorzudringen.

Der einzige unter uns, der zwar mit drang, aber im Anschluss straffrei ausging, war Rabin. Soweit ich erfuhr, hat er sich von einer der drei Dorfweiber bezeugen lassen, er habe ihr am betreffenden Nachmittag beigewohnt. Die Richter taten sich schwer, die Sache zu glauben, denn die Zeugin war eine, der die Zähne im Mund standen wie die Zacken einer Spieluhrtrommel und die eine Stimme laut werden ließ, als säße ihr eine Flöte mit ausgeleierten Klappen in der Kehle. Aber Rabin hatte dafür gesorgt, dass auch ein Großvater und ein achtjähriger Bruder der Frau behaupteten, sie hätten Rabin die Stiege morgens hinauf- und bis zum Abend nicht wieder hinabgehen sehen. Natürlich wird Rabin dieses Zeugnis nicht völlig umsonst erhalten haben. Zweifellos hätte jeder zum Preis erst einmal unschlüssig den Kopf gewiegt. Indessen! Der Mann verschaffte sich doch den gütlichsten Ausgang des Abenteuers. Denn alle wir anderen fünfundzwanzig ... – In der Nachbarzelle schlägt die Tür auf. Der Lehrling trägt polternd den Hackklotz herein. Für den Schluss der Erzählung wird mir die Zeit kaum ausreichen. Ich hätte mich vorne etwas kürzer fassen sollen. – Gott steh mir bei! Hassan ist nicht mehr der ganze Hassan. – Der Klotz wird aufgehoben, wummert gegen die Laibung der Tür. Des Meisters Schritte hallen durch den Gang. Schon klappert der Schlüsselbund. – Den Schluss des Berichts muss ich schuldig bleiben. Aber ich denke, es ließe sich ohnehin nur mehr aussprechen, was bereits erraten wurde.

Temperaturen einer Ehe

Eine Zeit lang hatte ich den Eindruck, es sei meine Frau, die mich am Nachdenken hindere. In gewisser Weise war dieser Verdacht auch berechtigt. Wenn ich mich nach dem Frühstück mit einer zweiten Tasse Kaffee in mein Arbeitszimmer zurückzog, so war aus den anderen Räumen unserer durchaus weitläufigen Wohnung ein nie abreißendes Herumkramen zu hören. Da wurden die Möbel abgeputzt, Geschirr vom einen ins andere Zimmer getragen, Schranktüren auf- und zugezogen, Stühle verrückt, mit Tellern geklappert. Ein unentwegtes Gewusel, aus dessen Klangteppich bald der Staubsauger, der Pürierstab oder sonst ein lärmiges Gerät hervor platzte. Es wäre schwierig gewesen, dagegen vorzugehen. Zum einen, weil jede Einzelheit durchaus ihre Berechtigung hatte, zum anderen, da ich es schon seit langem vermied, irgendetwas auszusprechen, das sich zum Gegenstand eines Zanks hätte eignen können. Rückblickend muss ich zugeben, dass sich ein halbwegs ausgeglichener Zustand meiner Ehe nur so lange aufrechterhalten ließ, wie ich dazu bereit war, den Mund zu halten. Schon allein ein ärgerliches Mienenspiel konnte hinreichen, um meine Frau in ein tagelanges Türenschmeißen hineinzutreiben. Diese leichte Reizbarkeit war es denn auch, weswegen ich es mir nicht herausnahm, auf den Flur zu treten und etwa darum zu bitten, das Staubsaugen auf einen anderen Termin zu verschieben. Wenn mir dies zu Bewusstsein kam, glaubte ich mich jedes Mal rasch davon überzeugt, das Geräusch sei doch kaum der Rede wert; im Vergleich zu einer Bohrmaschine oder einem Presslufthammer von geradezu lächerlicher Harmlosigkeit. Und weil ich einmal dabei war, in diese Richtung zu denken, fiel es mir prompt ein, dass ich doch in Wahrheit nur nach einem Anlass suchte, um meine Gedanken von einem schwierigen Gegenstand abzuziehen. Eine willkommene Ablenkung, die mich von einem sinnvollen, aber eben unbequemen Nachdenken wieder zurückholte auf den Boden des Alltäglichen mit all seinen minuskelhaften Ärgernissen. Wäre so ein Kopf mit einer besseren Messlatte versehen, die jederzeit deutlich zu erkennen gibt, welchen tatsächlichen Wert eine Erscheinung besitzt, es würde gewiss ein Staubsaugergeräusch einen nur geringen Betrag auf der Skala erhalten. Und wenn man dann neben dieser fast nicht vorhandenen Bedeutungssäule die anderen erblickt, die weit in die Höhe reichen in eine dunkelrote Farbe hinein, welche so etwas wie Dringlichkeit signalisiert – wer würde sich da noch schamlos und über Stunden hinweg mit einer so klar gekennzeichneten Nichtigkeit wie etwa dem Staubsauger und seinen Geräuschen beschäftigen. Aber so klar ist eben nur das Wenigste. Vielleicht auch gar nichts. Wenn ich den Eindruck hatte, es sei da etwas Wesentliches, worüber ich nachdenken sollte, so war's eben nur ein Eindruck, der sich an nichts festmachen ließ. Denn eben damit war ich damals ausschließlich beschäftigt: in Gedanken nachzutasten, was dieses wesentliche Etwas sein könnte. Aber da war keine Grafik, nicht einmal eine halbwegs verständliche Formulierung, nichts als ein vages Gefühl, das völlig danebenliegen konnte, das außerhalb eines moderaten Abschnitts regelmäßig die Extreme durcheinander würfelt und etwa Heiß und Kalt verwechselt. Und wenn ich mich hinsetzte, dem Eindruck nachzugehen, so war es mir beim besten Willen nicht möglich, irgendetwas Greifbares auszumachen. Das heißt, es war mir zwar, als rückte ich näher heran an etwas, das mir den Eindruck erklärt hätte, aber es schien wie ein Vakuum, eine Leerfläche, die sich meinem Verstand entzog, ein Etwas, das sich durch keine Eigenschaft kenntlich machen ließ. Trotzdem war es mir unmöglich, meinen Eindruck zu beschwichtigen, denjenigen, dass dieses nicht erkennbare Etwas eine Bedeutung besaß, die weit über alles andere, dem ich mich zuwenden konnte, hinausreichte. Es liegt mir fern, das Gesagte für irgendeine religiöse Feierlichkeit zu missbrauchen. In Wahrheit nämlich geschah es mir beinahe ständig, wenn ich mich diesem Etwas nähern wollte, dass ich darüber einschlief und es wäre gleichfalls völliger Humbug zu behaupten, ich hätte im Anschluss etwas geträumt, das sich erläuternd auf das Vorherige bezog. Es schien mir eher, als wenn ich meinen Verstand zu krampfartigen, ihm gar nicht möglichen Bewegungen gezwungen hätte, bis endlich mein Körper sich genötigt sah einzugreifen, mich einschlafen ließ und dem geschundenen Gehirn die Möglichkeit verschaffte, den verquirlten Faden wieder zu lockern und zu glätten.

Meistens weckte mich eins der Haushaltsgeräte und ich erhob mich dann, um mir aus der Küche eine dritte Tasse Kaffee zu holen. Meine Frau saß dann oft bei einem zweiten Frühstück vor einem Butterbrot, das sie zuvor in geradezu winzig kleine Häppchen zerschnitten hatte. Mit ruckartigen Bewegungen führte sie diese Häppchen zum Mund, kaute und schluckte hastig, den Blick mit weiten Augen hierhin und dorthin schickend, so dass es mich jedes Mal an ein Huhn erinnerte – ein Gedanke allerdings, dem ich jeden merkbaren Ausdruck verbat. Auch sonst pflegte ich mit meiner Frau kein Wort zu wechseln über das, was mich beschäftigte. Ich hätte im Voraus sagen können, welches Gesicht sie gezogen und was sie mir dann geantwortet oder besser gesagt: entgegen gefaucht hätte. Ich wäre krank im Kopf, ein Verrückter, der seinen Irrsinn pflegt, indem er den ganzen Tag lang im Sessel sitzt und an den Details seines

Irrsinns tüftelt. Vor Jahren hatte ich es mir einmal erlaubt, auf solch einen Angriff die Frage zu entgegnen, ob ich denn besser den ganzen Tag lang staubsaugen sollte. Ich gebe zu, es war schäbig. Schäbig insofern, da ich mit dem Satz nur in rhetorisch verbrämter Form den Vorwurf aussprach, es zeuge von einer weitaus größeren Idiotie, wenn man, wie sie, nichts als die Hausarbeit im Kopf habe. Etliche Wochen wollte in unserer Wohnung kein noch so kleiner Moment des Friedens einkehren. Selbst wenn sie gar nicht im Haus war, schien mir aus allen Gegenständen eine keifende Stimme entgegenzuschallen. Jeder Lichtschalter und Kaffeelöffel schien voll und ganz die Meinung meiner Frau zu teilen. Und auch mein Arbeitszimmer war nur eine dünnhäutige Vakuole, die bei jedem Geräusch erzitterte und zu platzen drohte. Unter solchen Gegebenheiten ließ sich überhaupt nicht mehr nachdenken, ja ich erinnere mich, dass ich nur stundenlang das Teppichmuster anstarrte, von einem Gefühl der Beklommenheit gelähmt, durch welches sich kein einziger Gedanke hinauf und ins Freie wühlen konnte. Ich fand es darum klüger, nichts zu sagen. Selbst wenn sie mich in der Küche begrüßte mit einem »Du Sesselpupser!«, ließ ich mir nichts anmerken, lächelte wie über ein Kompliment nur um des Friedens Willen. Was geht es mich an, dachte ich noch. So lange kein Streit ausbricht, da will ich doch zufrieden sein. Wir sind eben grundverschieden, dachte ich außerdem, eine Missehe, die sich leider nicht so ohne Weiteres wieder auflösen lässt. Dachte ich – und es sollte mir ein Beleg dafür werden, dass gleichfalls die Gedanken sich nur in sehr unzulänglicher Weise auf die Bezeichnungen von Heiß und Kalt verstehen.

Wahrscheinlich hätte sich nie etwas geändert, wenn ich wenigstens den Eindruck gehabt hätte, in meiner täglichen Beschäftigung irgendwelche Fortschritte zu machen. Aber nicht einmal die Frage, was es denn nun war, worüber ich dringendst nachzudenken hatte, wollte fassbar werden oder wenigstens ahnbar. Es war, rundheraus gesagt, eine vollkommen unfruchtbare Beschäftigung. Egal, was ich in Gedanken formulierte, auseinander nahm und zurechtrückte, so war doch im Anschluss absolut nichts zu bemerken, das sich als eine nützliche Veränderung bezeichnen ließ. Der ganze Vorgang schien allein dafür gut, mir meine Unzulänglichkeit vorzuspiegeln. Und ich begann tatsächlich, mich unwohl zu fühlen. Das abstrakte Leiden verlangte nach etwas Gegenständlichem und ich glaube, dass es völlig konsequent war, wenn sich dieses Bild dann in meinem Verdauungsapparat einnistete.

So unerfreulich es sein mag, von solchen Dingen zu hören, so komme ich leider nicht umhin zu erwähnen, dass ich in der Folge an einem sehr unregelmäßigen und schmerzhaften Stuhlgang litt. Ein Stuhlgang, welcher die Konsistenz von halb getrocknetem Zement besaß, dem ein beinahe untypischer Geruch anhaftete, eher an den Qualm minderwertiger Zigarren erinnernd, und der durchzogen war von rätselhaften weiß schleimigen Fäden, die wie die Hagelschnur im Hühnerei aussahen. Ganz besonders diese Schnüre beunruhigten mich, da sie mir wie abgesonderte, spiralig verdrehte Hautfetzen vorkamen, vielleicht auch aus einer Kolonie von fadenartigen Geschwüren stammend, die womöglich an meinen Darmwänden siedelten und den Kanal nach und nach verstopften. Allein aus solchen Befürchtungen versteht es sich, wenn ich dann eines Vormittags mich einmal darüber beugte, mit einem aus der Hosentasche genommenen Bleistift eine dieser Schnüre freilegte und genauer begutachtete. Ein Moment, den ich wiederum nicht von anderen Augen betrachtet zu haben wünschte. Und da ich mich wieder aufrichtete, den Bleistift reinigte, die Klosettspülung betätigte und schließlich zur Tür sah, die ich häufig abzuschließen vergaß, stand meine Frau in der Laibung, einen Putzeimer in der Hand, mit einem wie erstorbenen Blick, ein Blick, wie er möglicherweise auf der Grenze zwischen Leben und Tod getan wird, an welchem die Erinnerungen vorbeirasen und der sich, wenn auch materiell zum letzten Male dem Phänomen gehorchend, vom Fluss der Zeit verabschiedet und keine Gegenwart mehr kennt. Ein Blick aber auch, den ich nie erwartet hätte und der sich bis heute meinem Verständnis entzieht. Noch während sie mich mit leeren Augen anstarrte, glaubte ich, sie würde sogleich in die gewohnte Manier umschwenken und mich mit ihren verächtlichen Kommentaren überschütten. Ich hätte wie sonst nur blöde gelächelt, wäre nicht im Mindesten versucht gewesen, eine Erklärung abzuliefern und wäre schweigend zurück in mein Zimmer gegangen. Es schien aber das, was sie gesehen hatte, etwas völlig Vergessenes angerührt zu haben, eine Wahrheit, die bis dahin gut verpackt und aufgehoben, sich nie bemerkbar gemacht hatte. Jedenfalls ließ sie den Putzeimer fallen und verschwand, ohne etwas gesagt zu haben.

Zunächst wollte ich das verschüttete Wasser aufwischen. Weil ich aber fürchtete, meine Frau würde im nächsten Moment zurückkehren und meinen gewiss wenig geübten Versuch, den Fußboden zu reinigen, mit einer ihrer Schimpftiraden versehen, darum ließ ich alles liegen und schlich in mein Zimmer.

Aber es sollten schreckliche Stunden sein, die ich dort auf meinem Sessel verbrachte. Obwohl ich keine Gründe hätte äußern können, war ich doch überzeugt, es sei etwas Wesentliches an den Tag gekommen, etwas im höchsten Maße Beängstigendes. Ich hätte mir gewünscht, zu einem winzig kleinen Insekt zu schrumpfen, zu irgendeinem Tier, von dem keine Rede ist, das unbemerkt unter dem Teppich seinem geringfügigen Alltag nachgeht. Wäre jetzt der Staubsauger angegangen, ich hätte das Geräusch begrüßt als etwas Wohlvertrautes, als eine Ankündigung dafür, dass alles bleiben sollte, wie es war. Aber es war über Stunden hinweg nichts aus der Wohnung zu hören. Eine Grabesstille, wie ich sie mir oft gewünscht hatte, um ungestört meinen Gedanken nachzuhängen, die jetzt aber wie ein tonloser Schrei auf mir lastete.

War denn meine Frau vielleicht verschwunden? Ich versuchte, mich zu erinnern, ob irgendwann die Wohnungstür zu hören gewesen sei. Schließlich erhob ich mich, trat auf den Flur und sah in jedes Zimmer.

In einem dieser Zimmer befand sich ein alter bis zur Decke reichender Kleiderschrank und ich weiß bis heute nicht, warum ich, noch bevor ich den Gang durch die Wohnung abgeschlossen hatte, sogleich auf diesen Schrank zusteuerte und die Türen öffnete. Jedenfalls lag sie dort im Dunkel unterhalb der Mantelsäume, zusammengekrümmt, stumm und bewegungslos wie ein Gegenstand, der dort seinen abgesprochenen Platz hat. Ich erinnerte mich, dass sie sich früher bereits auf ähnliche Weise versteckte und dass es sich als wenig empfehlenswert herausgestellt hatte, sie auf dieses Benehmen hin in irgendeiner Weise anzusprechen. Eben darum drückte ich die Türen wieder zu und verschwand zurück auf meinen Sessel.

Nicht erleichtert oder beruhigt. Im Gegenteil von einer Angst durchwühlt, vor der wahrscheinlich nicht einmal ein Insektenkörper hätte flüchten können. Und dabei war draußen herrliches Wetter. Sonntagswetter. Ich stellte mir vor, wie in anderen Wohnungen der Geruch des fertigen Mittagessens durch die Zimmer wehte, wie alle herbeigerufen wurden, am Tisch Platz zu nehmen. Und ich hatte den Eindruck an einem solchen freundlich gleichgültigen Treiben niemals wieder teilhaben zu können. Und während ich dies dachte, schrillte die Wohnungsklingel, das heißt, ich kam nach einigen Momenten zu dem Schluss, dass sie es wohl gewesen war, da ich mich nicht erinnern konnte, sie zuvor schon einmal gehört zu haben. Ich sprang dann auf in dem sicheren Gefühl, das Geräusch kündige so etwas wie eine Klärung an. Ein Polizist stand vor der Tür, der zunächst erstaunt schien, dass jemand öffnete, und endlich fragte, ob ich wisse, dass meine Frau unten auf der Straße liege.

Nieten

Vorweg möchte ich noch einmal versichern, dass ich den unglücklichen Vorfall bedauere und für keinen Moment beabsichtigte. Es wurde mir zwar bereits mehrfach vorgehalten: die Wahrscheinlichkeit eines blutigen Ausgangs habe nach einer, jedem erwachsenen Menschen zumutbaren Rechnung genau eins zu sechs betragen, trotzdem, und wenn ich auch sonst dieser Rechnung vorbehaltlos beipflichten würde, behaupte ich nach wie vor, dass ich im Augenblick der Tat die Möglichkeit eines Unfalls für absolut ausgeschlossen hielt. Diese absurd scheinende Überzeugung wird, wie ich hoffe, durch einen Blick auf das Vorfeld der Ereignisse nachvollziehbar werden. Bevor ich also jetzt die Begebenheit noch einmal schriftlich schildere: einige einleitende Anmerkungen, die bisher jedes Mal abgewürgt wurden, weil man glaubte, sie trügen nichts zur Sache bei; die aber doch für eine gerechte Beurteilung des Vorfalls unerlässlich sind.

In vierzehn Tagen ist es genau ein Jahr, seitdem ich einer – zugegebenermaßen etwas skurrilen Passion nachgehe. Woher ich die Waffe habe, möchte ich hier der Kürze zuliebe aussparen. Nur soviel: Vor, wie gesagt, demnächst genau einem Jahr fiel es mir ein, den Revolver zu nutzen, um mich einmal einer ganz besonderen Probe zu unterziehen, einmal ein Stück tiefer ins Innere zu blicken, den windigen, ausgeleierten Vorstellungen etwas Reales entgegenzusetzen, etwas Fassbares, Materielles, an das sich alle die bunt fabelhaften Einzelheiten knüpfen, für deren Ausmalung die Fantasie in der Regel viel zu träge ist.

Der erste Versuch blieb natürlich der eindrucksvollste. Mein ganzes Innenleben war aufgescheucht zu einem zitternden, herumflatternden Chaos. Jeder Muskel angespannt wie ein im Startblock aufgerichteter Läufer, der dem Schuss entgegenfiebert, und doch durchwühlt und eingebettet von einer Trägheit, einem Einerlei der Empfindungen, einer sinnlosen Abfolge von Erinnerungen – geradezu als wollte sich der komplette Inhalt meines Hirnkastens über mir ausgießen, als wäre der Schädel bereits zerborsten und jeder vergessene Nerv ins Freie gespritzt.

Das Geräusch, welches diesen ekstatischen Zustand beendete, war zwar das heimlich erhoffte, das dem Weiterleben zugeordnete, kam mir aber doch unangemessen, geradezu enttäuschend vor. Die Flut der Bilder gebändigt von einem kurzen metallischen Klacken, nicht anders als hätte jemand den Lichtschalter bedient oder den Wasserkocher abgestellt! Wie ein Erkennzeichen des Ordinären. Ein herein hüstelnder Staatsbeamter, der mit seinen Formularen und Mahnschreiben das Orgiastische zurück in die Einöde des Alltags diktiert.

Natürlich war ich im Anschluss versucht nachzuschauen, in welcher Position sich die Kammer mit der Kugel befand, ob ich also fast oder noch lange nicht geschossen hätte. Ich überzeugte mich dann aber: diese Neugierde müsse unterdrückt werden. Auch später habe ich nach keinem Versuch die Trommel heraus geschwenkt. Es wäre mir vorgekommen wie ein unerlaubter Blick hinter die Kulissen des Zufalls, ein touristisches Herumglotzen, ein schwächlicher Grusel beim Ansehen des Möglichen.

Anfangs hatte ich mir vorgenommen, es bei diesem einen Experiment bewenden zu lassen. Aber die Erinnerung war zu mächtig. Wie eine sonst nirgends gewährte Sättigung erschien mir der Augenblick. Und es war dann tatsächlich wie ein Hunger, der mich dahin trieb, beinahe täglich den Revolver hervorzunehmen, wenn auch um so häufiger, um so skeptischer, da sich der Reiz des Geschehens unleugbar abnutzte, bisweilen zu demjenigen einer fast schon unbewusst gehandhabten Gewohnheit herabsank – der einzelnen Zigarette eines Kettenrauchers vergleichbar, die, von einer kurzen chemischen Aktion abgesehen, keinen merkbaren Eindruck mehr schafft und zurücklässt. Ich hätte vielleicht bald schon gelangweilt davon abgelassen. Es war aber an die Stelle der Erregung etwas Neues und anderes getreten: das nüchterne Wundern darüber, wie es zu erklären war, wenn ich trotz so zahlreicher Versuche nie den Treffer würfelte.

Natürlich habe ich überprüft, was sich überprüfen ließ. Ob der Hammer ungehindert vor- und zurückstieß. Ob jede Kammer der Trommel mit gleicher Geschmeidigkeit vor dem Abzug einrastete. Allein auf die nächst gelegene Frage, ob überhaupt die Kugel in Ordnung war, wusste ich zunächst keine Antwort. Wie gesagt, widerstrebte es mir, die Trommel aufzuklappen und nachzuschauen. Allerdings hätte mir der Anblick auch nicht weitergeholfen, da ich auf dem Gebiet vollkommen unkundig bin, nicht einmal den besonderen Typ der Waffe zu benennen weiß. Und doch gab es einen Grund, der mich schließlich davon überzeugte, dass sich der ausbleibende Treffer nicht aus einer eingerosteten Kugel erklären ließ.

Jeder wird sich das Geräusch vorstellen können, das entsteht, wenn nach dem Abzug der Hammer auf eine leere Kammer der Trommel fällt. Ein mageres Klacken, das durchaus den Charakter einer Niete hat, eines Lottoscheins mit lauter falschen Zahlen oder auch einer Eins, wo man hoffte, die Sechs zu würfeln. Ich nehme an, die Klangfarbe dieses Klackens ist aber doch um eine Nuance verschieden, wenn der Hammer statt auf die leere Kammer auf den Messingkopf einer tauben Patrone trifft. Eine gewiss unscheinbare Nuance, die auf Entfernung kaum bemerkbar ist, jedem Dabeistehenden unweigerlich entgehen muss. Mir allerdings wäre sie nicht entgangen. Denn da sich in mir der Verdacht gemeldet hatte, der Reiz an den Versuchen sei hinfällig infolge einer nicht funktionierenden Patrone, lauschte ich jedes Mal konzentriert auf das Geräusch wie ein Dirigent auf das Pianissimo der Sologeige. Eben darum auch hatte ich mir angewöhnt, nur noch spät in der Nacht und bei geschlossenen Türen und Fenstern abzudrücken. Das linke Ohr pflegte ich mir zuvor mit einem Stöpsel zu verschließen. Außerdem hielt ich die Pistole in einem solchen Winkel an die Schläfe, bei welchem die Trommel fast unmittelbar über dem rechten Ohr stand. Da sich nun aber nie ein anders gefärbtes Geräusch vernehmen ließ, schien es mir sicher, dass die Sechs niemals nach oben zeigte, dass der Zufall tatsächlich mit absurder Sturheit die Wahrscheinlichkeit der einen geladenen Kammer überging.

Ich war aber durchaus nicht erleichtert, da mir dies klar wurde. Im Gegenteil verwirrt, erschüttert. Ich kam mir vor wie das Opfer eines Ulks, eines Natur-Karnevals, bei dem einmal auf den alten Kanon gepfiffen wird. Mag sein, ein korrekter Würfel verweigert zehn, vielleicht auch zwölf Mal die angestrebte Zahl. Aber schließlich fällt sie doch und dies auch mit umso größerer Bestimmtheit, umso länger sie ausblieb. Der Zufall kennt keine Sympathien, pflegt vielmehr mit beamtenhafter Akkuratesse jeder Möglichkeit die korrekt abgezählte Menge an Wirklichkeiten zu liefern. Eine nach über hundert Würfen nicht gewürfelte Sechs dürfte ebenso unmöglich sein wie ein Tischlein-deck-dich, ein Geist in der Flasche oder auch ein Erzklumpen, der sich zufälligerweise zu der Gestalt einer Zwei-Euro-Münze zusammenfand. Ein Phänomen, das jeder Logik und Erfahrung widerspricht. Nicht nur eine einzelne Unregelmäßigkeit, über die sich achselzuckend hinwegsehen lässt. Ein Krebsgeschwür vielmehr, eine Fehlstelle im Kosmos, die unbemerkt anschwoll, sich zum riesenhaften Klumpen blähte, ein eiternder Irrtum, unter dessen Gewalt alles Vertraute zu ersaufen droht.

Zumindest albträumte ich so. Meine eigenen Kenntnisse reichten nicht aus, um über die Angelegenheit ein detailliertes Urteil zu sprechen. Zum ersten Mal in meinem Leben bedauerte ich, mit keinem Physiker oder Mathematiker bekannt zu sein. Streng genommen pflegte ich zu dem Zeitpunkt überhaupt keine Kontakte. Ich grüßte meine Wohnungsnachbarn, geriet bisweilen in einer Wirtschaft mit einem neben mir Sitzenden ins Gespräch, empfand aber nie das Bedürfnis, solche Begegnungen aus dem Becken gleichgültigen Nebeneinanders herauszuheben. Es trieb mich nichts zu einer Geselligkeit, einem Austausch von Meinungen, wenn ich auch wie zum Widerspruch häufig in überfüllten Kneipen saß und eine Befriedigung an dem Gewimmel und Geschnatter hatte, das mich umgab.

Ein einziges Mal und eben im Zusammenhang dessen, was ich hier erzähle, habe ich die Regel meines Verhaltens durchbrochen und bin auf jemanden zugetreten, der mir in dem Moment wie von einem höheren Finger hergeschickt erschien. Ich glaubte sicher, es sei jemand, der über Physik Bescheid wusste. Eine etwas farblose Erscheinung. Die dünnen blonden Haare in ausdrucksloser Frisur, wie er sie wahrscheinlich seit Kindertagen trug und niemals abzuwandeln gedachte. In sauberen, nicht unbedingt billigen Klamotten, die aber einzig dem Anspruch aufs Praktische nachzukommen hatten. Ein junger Mann, der gewiss über Stunden an exponierter Stelle einer Kneipe sitzen kann, ohne dass sich später eine der anwesenden Frauen an ihn zu erinnern wüsste. Aber darum nicht schüchtern. Stolz durchaus. Gegen alles Äußerliche von einer erhabenen Gleichgültigkeit. Geradlinig, dem Logischen verpflichtet, das sich auf keine Späße und Sentimentalitäten einlässt.

Da ich ihn entdeckte, erhob sich gerade an seinem Tisch ein Paar. Ich nahm also mein Bier vom Tresen, begab mich hin, setzte mich auf den frei gewordenen Stuhl zu seiner Seite und fragte ihn, gleichgültig gegen jede Einleitung sowie gegen die Tatsache, dass er gerade in einer Illustrierten las, ob er es für möglich halte, im Verlauf von über hundert Würfen keine einzige Sechs zu würfeln.

Er reagierte nicht. Den linken Arm akkurat unterhalb der Zeitschrift auf die Tischplatte gelegt, blätterte er die Papiere um. Nur hier und da schien er auf eine Zeile, ein Bild Acht zu geben. Ich war mir trotzdem sicher, dass er mich gehört und verstanden hatte, dass die unverschnörkelte Frage für ihn keinen Verstoß gegen die Sitte darstellte, dass vielmehr seine bedächtige, stets präzise abwägende Art die längere Wartezeit bedingte. Indessen schaute ich zu, wie er weiterblätterte. Er feuchtete jedes Mal, bevor er nach dem nächsten Blattzipfel griff, den Finger an der Unterlippe an. Eine Angewohnheit, die ich seit Jahren nirgends mehr beobachtet hatte und die hier in einer verrauchten und bierseligen Kneipe etwas geradezu Lächerliches, zumindest Unpassendes hatte.

Da er immer noch keine Antwort gab, wiederholte ich die Frage.

»Siehst du nicht, dass ich hier lese!«, fauchte er, ohne den Blick zu heben.

»Natürlich sehe ich das. Ich bin mir aber sicher, dass die Frage für Sie interessant ist. Interessanter als alles, was in diesem Blättchen steht. Das heißt: nicht so sehr die Frage, als vielmehr die Tatsache. Die Tatsache einer nicht gewürfelten Sechs.«

»Einen Scheiß interessiert mich das!«

Ich zuckte zurück, war für einen Augenblick völlig verwirrt. Nicht so sehr wegen der Grobheit. Vielmehr weil ich wieder den Eindruck hatte, ich würde zum Narren gehalten und wo mir eben noch mit verheißungsvoller Geste der Weg zu einer Antwort gewiesen worden war, verbarg sich doch wieder nur eine Niete, ein mageres, folgenloses Klacken, ein ordinäres und nutzloses Geräusch.

Am selben Tisch, wenn auch etwas abgerückt, saßen noch zwei andere Männer, angetrunken und in Ermangelung eines eigenen Dialogs auf denjenigen ihrer Nachbarschaft horchend. Sie gafften und grinsten herüber wie nach einem Fernseher, auf dessen Bildschirm etwas Unterhaltsames stattfindet. Gelegentlich tuschelte der eine dem anderen ins Ohr, woraufhin beide in der peinlich albernen Weise selten Betrunkener ihre Lustigkeit ausprusteten. Zwei junge, gut aussehende Kerle, herausgeputzt und wie vom Bankschalter beurlaubt. Einmal dem Leben jenseits der Karriereleiter zugewandt, das ihnen prompt ein beinahe jungfräuliches Gegacker entlockte, wenn auch nach wie vor bewacht und behütet von der nie wegschlummernden Überheblichkeit der Beschränkten, dem Dünkel der in ihre Kleinstwelten Weggesperrten. Das war ein Lachen wie aus einer aufplatzenden Eiterbeule, die den ganzen Tag über drückte und quälte und sich hier endlich im Nebel einer schmuddeligen Kaschemme ungehemmt verspritzen durfte.

Allein aus dem Bedürfnis heraus, die Szene dem grinsenden Verständnis dieser zwei angedüselten Idioten zu entziehen, nahm ich den Revolver aus der Tasche, knallte ihn auf den Tisch und erklärte, es ginge auch nicht so sehr ums Würfeln, vielmehr um das hier.

Für einen Augenblick erreichte ich, was ich gewollt hatte. Die Leute schwiegen, glotzten verunsichert auf die Waffe, wenn auch mehr wie auf ein exotisches Requisit, einen überraschenden, aber nicht unbedingt gefährlichen Gegenstand.

»Jetzt reicht's aber!«, schnauzte mein Nachbar, indem er die Zeitschrift anhob und den Revolver herab rutschen ließ. »Schieß dir gefälligst woanders in den Kopf!«

Obwohl ich selbst in dieser Aufforderung nichts als eine völlig dumme und ignorante Bemerkung sehen konnte, kam sie den zwei Gesellen am anderen Tischende so komisch vor, dass sie sich auf ihren Stühlen in einem nicht endenden Gegacker vor- und zurückkrümmten; so lange, bis ich aufsprang und mit der Waffe auf eins der Gesichter zielte. Sofort kehrte Ruhe ein. Die ganze Wirtschaft verstummte. Nur noch die Musik aus den Lautsprechern dudelte fort. Mit fassungslos offenem Maul starrte das anvisierte Gesicht zu mir herauf. Weit entfernt von jedem Jux und Dünkel, in eingeschrumpfter winselnder Würdelosigkeit vielmehr, die mich aber in dem Augenblick ebenso ekelte. Trotzdem war es überflüssig abzudrücken. Es war, wie ich annehme, allein die Mechanik der Gewohnheit, weswegen ich dann doch zum Abschluss den Hahn zog und auf die Trommel fallen ließ. Denn natürlich gab es keinen vernünftigen Grund, warum ich nach so zahlreichen Versuchen ausgerechnet dieses Mal einen Treffer machen sollte.

Tischgesellschaft

Wie lange er bereits auf seinem Stuhl saß, hätte er nicht sagen, nicht einmal vage abschätzen können. Schräg gegenüber befand sich zwar eine Uhr und er meinte auch, oft nach den Zeigern gesehen zu haben, es war ihm aber, als hätte er die Funktionsweise dieser Gerätschaft vergessen. Wenn er aufs Ziffernblatt starrte, dauerte es lange, bis er sich erinnerte, was die Zahlen darauf zu bedeuten hatten und wie das Angezeigte zu benennen war. Aber auch dann blieb das Gefühl, es bestünde kein Zusammenhang zwischen ihm und der Uhr, es sei nur eine gewürfelte Zahl, nichts als eine einzelne losgelöste Zeitangabe, die kein vorher und nachher besitzt und folglich jeden Sinn verloren hat.

»Ist denn die Uhr stehen geblieben?«, fragte er. Aber es gab ihm niemand eine Antwort, weil er vergessen hatte, die Frage laut zu stellen. Schließlich befand er sich schon seit längerem nur mehr mit sich selbst im Gespräch. Keine brisante Unterhaltung, worin lang verschwiegene Probleme zur Sprache kommen, nur flüchtig Bemerktes einmal einer genauen Betrachtung unterzogen wird. Eher dem Zustand des Dösens vergleichbar, wo sich die Gedanken in unbeschwerter Ziellosigkeit aneinanderknüpfen, Traumbilder und Erinnerungen zu einem luftigen Gebilde vermischen, das bei jedem neuen zufällig vorbeitrudelnden Einfall sogleich zerstäubt, um Platz für das nächste zu machen. Untermalt von Sätzen, die einmal gesagt oder gehört wurden, denen hier aber nur die Bedeutung begleitender Geräuschfetzen zukam und für welche der Stimmapparat nicht bemüht werden musste. Und wenn er sich doch einschaltete, so allein, weil es seine gewohnte Aufgabe ist, das eben Gedachte in akustische Signale zu verwandeln, was er dann bisweilen auch besorgt, obwohl ihm der entsprechende Auftrag gar nicht erteilt wurde. Und natürlich kann sich gleichfalls der gegenteilige Patzer einschleichen, vornehmlich dann, wenn das System, nach welchem die Aufträge ausgegeben werden, von komplizierten Regeln oder auch Launen diktiert wird – der umgekehrte also, bei welchem zwar das Signal zum Wortemachen aufleuchtet, das aber einem vorigen, noch nicht annullierten widerstreitet oder auch nach einer längeren Phase dauernder Unterbindung nur schwach und unmerklich im Dunkeln flimmert. Und schließlich ist auch das Gehirn schon längst daran gewöhnt, nichts für wichtig zu nehmen, folglich findet es sich nur in sehr nachlässiger Weise dazu bereit, das Ergebnis zu überprüfen, also hinzuhorchen, ob denn nun tatsächlich auch alles in gedachter Weise erklungen ist.

»Vielleicht auch besser so«, dachte er und griff nach den Zigaretten, von denen er den Eindruck hatte, es würden, egal wie oft er sich an der Schachtel bediente, nicht weniger. Er erinnerte sich, wie er vor geraumer Zeit ernsthaft und angestrengt mit sich gerungen hatte, etwas zu sagen. Nichts Wichtiges oder besser gesagt: er hätte es als ein interessantes Phänomen eingeworfen, sich aber nicht zu dem tieferen, komplizierten, ihm selbst etwas schleierhaften Eindruck geäußert, den dieses Phänomen einst auf ihn ausgeübt hatte. Jetzt auch fiel es ihm ein, dass er sich bereits mehrfach vorgenommen hatte, diesem rätselhaften Gefühl einmal nachzuspüren.

Aus dem Zugfenster hatte er das kurzzeitig nahezu ausgetrocknete Rheinbett gesehen, zunächst nur flüchtig über den Rand der Zeitung, worin auch davon geschrieben wurde. Dann aber doch neugierig und schließlich war er ungeachtet seines Tagesplans ausgestiegen, um sich die Sache genauer und von Nahem zu besehen. Zu einem harmlosen Bach war der Fluss geschrumpft, umgeben von Schlammflächen, die unter der Sonne zu ockerfarbenen Placken zersprangen, von Unrat, über den sonst die Wassermassen hinweg spülten, von rätselhaften Mauerstümpfen, den Resten längst vergessener Hafenanlagen. Ein völlig neues Bild der sonst zu allen Jahreszeiten gut vertrauten Landschaft. Aber darum auch beängstigend, als wäre auf unerklärliche Weise ein Möbelstück verschwunden und nur der Fleck auf der vergilbten Tapete erinnerte daran. Und vielleicht auch war's der Auftakt zu einer Entwicklung, einem allgemeinen Schrumpfen und Austrocknen, einem Verdämmern unter der Last der Sonne. – Und eben diese Erinnerung hatte er anfangs erwähnen wollen, weil sich das Gespräch in solche Richtung bewegt hatte, welche das Bild neuerlich in ihm heraufweckte und also die Erwähnung für angemessen erscheinen ließ. Halbwegs zumindest, dachte er. Er hatte bereits Zunge und Lippen in Stellung gebracht und für die Buchstaben seiner Erwähnung gerüstet, und zweifelte dann, ob es sich lohne, die Erwähnung nun wirklich ins Werk zu setzen, ob sie nicht in Wahrheit läppisch, bedeutungslos, vielleicht sogar ganz und gar fehlplatziert war. Sie wurde es auch umso mehr, umso länger er zweifelte. Denn wie im Husch fegte das Gespräch über den Rhein hinweg und handelte von anderen Dingen. Er hätte diese anderen Dinge ignorieren und noch einmal zurück zum Rhein bitten müssen, um dann nichts anderes kundzutun, als dass er damals das ausgetrocknete Flussbett gesehen habe. Man wäre wohl zu Recht konsterniert gewesen, wie über den Einwurf eines Blödsinnigen, der sich nicht ins rechte Verhältnis zur Gesellschaft zu setzen weiß. Wenn auch nicht lange, nur im Vorbeigehen, um unverzüglich wieder an den eigenen Redefluss anzuknüpfen. Diesem Gebirgswasser, das laut und aufspritzend über sein buntes Mosaik von Zufällen hinweg stürmte. Bisweilen hätte man meinen können, es sei einer unter ihnen, der erdolcht und geschlachtet werden müsse und jeder drängte wütend seinen Kopf zur Tischmitte, um klar zu stellen, warum er selbst für diese Prozedur nicht in Frage komme. Ein wildes Durcheinander-Schwatzen und Über-den-Mund-Fahren, das wie ein Tutti im Konzertsaal jeden zum Mitmachen verpflichtet. Wohin man auch blickte, war alles in schwitzender Ekstase, schwirbelten die Bogen, quirlten die Schlagstöcke einem wild kreischenden Gipfel entgegen, der aber doch nur ahnbar bleibt, vor dessen gewaltiger, nicht mehr für irdische Ohren gemachter Höhe das Getose abrupt verstummt, mit der korrekten Richtung immerhin zufrieden, noch ein verstreutes Knirschen und Quieken hinterherschickend.

»Iss noch ein Stück!«, hieß es dann, wobei ein Finger auf die Torten wies, von denen er gleichfalls den Eindruck hatte, sie würden sich wie Aluminium von selbst regenerieren. Für einen kurzen Augenblick war es aber doch angenehm, einmal die Arme und Hände zu bewegen, den Teller für den dargereichten Kuchen emporzuheben, die Unterarme für die ausstehende Nahrungsaufnahme auf der Tischplatte zurechtzurücken, und dann mit der Kuchengabel Portionen abzustechen, um sie dem Mund zuzuführen. Für einen Moment durchrieselte ihn das Gefühl einer Entspannung, als sei es ihm endlich nach langem Marsch erlaubt, den Rucksack abzulegen, einer Wiederbelebung auch, was nichts mit dem Kuchen zu tun hatte, sondern allein der neuen, einmal anders gearteten Aufgabe zu danken war. Zumindest solange, wie er noch damit zu tun hatte, sich in diese Aufgabe hineinzubegeben. Denn alles Weitere forderte keine Aufmerksamkeit, konnte mechanisch und ohne jeden beispringenden Gedanken vollzogen werden und erwies sich damit als ebenso einschläfernd wie der vorherige Zustand.

Tatsächlich hatte er bereits nach dem ersten Happen den Eindruck, es sei eine Zumutung, das ganze Stück Kuchen zu essen. In einem noch lichten Moment hatte er mit der Gabel kleine Marken in den Tortenguss getupft, um besser abschätzen zu können, wie viele Portionen ihm noch bevorstanden und es schien ihm wie eine Strecke durch die Wüste ohne jeden Reiz, der sich von Fern ausmachen ließ und zusammen mit der Neugierde die Füße beflügelt.

Er entschied dann, den Kuchenverzehr zu unterbrechen und eine Zigarette zu rauchen, wobei er sich abermals wunderte, wie sich der Inhalt der Schachtel mit den zahlreichen Zigaretten zusammenreimen ließ, die er bereits geraucht zu haben glaubte. Ob man ihm unbemerkt nachsteckte? Die Uhr jedenfalls konnte nicht stehen geblieben sein, denn im selben Augenblick, da er das Feuerzeug anmachte, hörte er sie ticken. Aber offenbar nur auf dem schmalen Grad, der sich zwischen der einen sinnlosen Beschäftigung zur nächsten befand. Denn nachdem er die Zigarette angezündet hatte, hörte er nichts mehr, nur das Geschnatter der Umsitzenden, das abermals zu einer Lautstärke anschwoll, deren wegen er sich wunderte, wie er überhaupt das Ticken der Uhr hatte hören können. Die Frage schien ihm so erstaunlich, dass er kurz der Sache nachspüren wollte, genauer hinhörte, nicht auf das Gespräch, vielmehr auf das Geräuschbild wie auf ein Blätterrauschen im Wald. Aber es war nichts Besonderes daran, zumindest verlor er bald die eben erst aufgeflackerte Lust, nach einem solchen Besonderen zu forschen. Es schien auch nach und nach zu verdämmern, wie etwas Gewöhnliches, das nur mehr ins Bewusstsein tritt, wenn der Befehl dazu gegeben wurde. Aber den Befehl wollte er nicht mehr ausgeben, eben weil er sich nichts davon versprochen hätte. Warum überhaupt weiter hineingreifen mittels der nächsten Zigarette, einem weiteren Stück Kuchen! Warum nicht den Dingen ihren Lauf lassen, wenn nichts daran auffällig war, als vielleicht das Ticken einer Uhr, von der man glaubte, sie sei stehen geblieben! Hieße das nicht, nur der lebendigen Anteilnahme zuliebe eine Neugierde anpusten, die in Wahrheit so gering ist, dass sie den Namen nicht verdient. Wenn sich die Dinge nicht von selbst neugierig machen wollen – bitte sehr! Warum um alles in der Welt, sollte er ihnen die Nachhilfe erteilen! Oder sollte das die Aufgabe des Lebendigen sein: der Welt die Reize hinzuzudichten, damit man selbst nicht darüber einschlummert, damit man mehr darstellt als einen seinem Haushalt obliegenden Organismus ohne Bewusstsein. Denn eben das ahnte er voraus, zu einer leeren Schote zu werden, wenn er nicht hin und wieder den Kuchen oder die Zigaretten zu Hilfe nahm. Sein Gesichtsfeld schien ja bereits eingeschrumpft wie ein Bild, das sich vom Rand her nach und nach verflüchtigt und auch das Geräusch der Sprechenden war längst zu einem grauen Brei geworden, an dem er keine Kanten mehr wahrnahm, gleichgültig wie die Farbe des Fußbodens oder auch alles dasjenige, das er gar nicht wahrnehmen konnte, weil es für einen Menschen nie von Bedeutung war. Die tiefsten Töne etwa, wie sie die Felsen im Gebirge erzeugen. Zu denen gesellten sich ihm jetzt auch die anderen, die Kontrabässe zunächst, von anderer Seite die Pikkoloflöten, einander zustrebend, bis nichts mehr übrig blieb als die nutzlos gewordenen Ohren, einem Flusstal vergleichbar, durch welches kein Wasser mehr fließt. Das wohl war es, was ihn verwirrt und beängstigt hatte, dass sich die Erscheinung gleichfalls in ihm selbst vollziehen konnte. Auszutrocknen und nur mehr als Mumie fortzubestehen. Aber war das nicht krank – hier am Tisch umgeben von babbelnden Verwandten zu sitzen und dabei zur Mumie zu werden! Merkte es denn niemand, dass er in Wahrheit ins Bett gehörte, sich auszukurieren hatte!

»Komm, iss noch ein Stück!«, hieß es.

Der Nagel

An meinem achtzehnten Geburtstag trug mein Vater seinen Schemel in den Korridor, stellte sich darauf und schlug, gleich der Tür zu seinem Arbeitszimmer gegenüber, einen Nagel in die ansonsten völlig leere Wand.

Inzwischen glaube ich zu wissen, was er damit bezweckte. Das heißt, ich glaubte es damals schon zu wissen und machte ein Gesicht wie über ein lächerlich einfaches Rätsel; in trotzig jugendlicher Voreiligkeit, wie ich heute zugeben muss. Ich war auch nicht bereit, mir meine schnell gefasste Meinung durch sein Grinsen verwirren zu lassen; diesem Grinsen, mit dem er mir unablässig kundzutun beliebte, dass ich himmelweit davon entfernt sei, irgendetwas angemessen einzuschätzen. Denn wenn er es auch niemals aussprach, so gab er mir doch durch zahlreiche Gesten zu verstehen, dass er mich für einen Idioten ansah. Dabei ließ er gern seiner Neigung zum Theatralischen die Zügel schießen. Wenn ich etwa den Heuwagen nicht ohne Anstoßen in die Scheune bekam oder auch die Säue in die falschen Koben geschlossen hatte, da pflegte er wie ein Schauspieler die Hände zum Himmel zu erheben und flehte, man möge Gnade mit ihm haben. Bisweilen sprach er mich auch mit *Seiner Durchlaucht* an und ob ich mir hoffentlich nicht die Strümpfe schmutzig gemacht habe.

Aber ich hatte schon bald begriffen, dass dieses verkappte Gemecker gar nichts mit mir oder meinen gelegentlichen Missgriffen zu tun hatte, vielmehr mit meines Vaters Kleinwüchsigkeit, die es ihm unmöglich machte, mich auf herkömmliche Weise zu züchtigen. Eine Ohrfeige hätte er mir nicht ohne Umstände verpassen können; ich hätte mich erst einmal zu ihm herabbeugen müssen. Es wäre für ihn ein zweifellos äußerst alberner Auftritt gewesen, auf den er bereitwillig verzichtete. Einige Male hatte ich den Eindruck, er sei kurz davor, die Mistgabel zu gebrauchen. Ich sah das Gerät in seinen Händen zittern, war aber nicht erschrocken, sondern allein voller Neugierde, ob er nun tatsächlich eine solche, völlig anders geartete Episode heraufbeschwören wollte. Stattdessen entlud sich seine Wut wie stets in einer seiner Theaterszenen, die ich stumm verächtlich über mich ergehen ließ. Ohnmächtig auch, weil mir im passenden Moment nie etwas einfiel, das sich in sein Bühnengeschwätz effektvoll hätte einwerfen lassen. Tatsächlich wäre mir die Mistgabel lieber gewesen. Es hätte mir die Gelegenheit verschafft, dem ewigen Giftzwerg einmal eins überzuziehen. Es war auch nicht vermessen, wenn ich mir einen solchen Hergang ausmalte, bei dem allein ich der Prügelnde war. Allenfalls wäre zu fürchten gewesen, dass ich ihn nicht gepackt bekommen hätte. Denn es war ihm etwas Wieselartiges eigen. Gut denkbar, dass ich ihm nur stundenlang hinterher gehetzt wäre.

Im Übrigen kam es nie dazu. Denn wenn ich auch früh schon durch kaum eine Tür passte und allein infolge meiner Körpergröße jeden Halbstarken verschüchterte, so war ich doch zugleich von einer so behäbigen Natur, die sich niemals zu einem sinnlosen Wutausbruch hinreißen ließ – die aus Trägheit lieber erduldete, als unterband.

So etwa auch dem einzigen Spielkameraden gegenüber, den ich jemals hatte. Die Lust aufs Herumtollen war längst in mir verschwunden. Aber auch nach anderem Zeitvertreib, wie ihn Albert vorzuschlagen pflegte, empfand ich kein Bedürfnis. Er hätte gute Gründe gehabt, sich einen anderen Freund zu suchen, kam aber doch fast täglich vorbei. Vielleicht, weil es sonst nicht viele gab, die davon absahen, sein überspanntes Redebedürfnis abzudrosseln oder sagen wir: sich auf vernünftige Weise dagegen zu verwehren. Diese Schwatzhaftigkeit war aber nur der Ausfluss einer anderen Absurdität: Als Kind bereits hatte sich Albert ohne alle Absprache bei entsprechenden Spielen stets die Rolle des Gemarterten und Abgeschossenen vorbehalten. Es schien ihm Lust zu bereiten, gequält zu werden, wobei sich die Empfindung zunächst durch ein verdoppeltes Gebabbel ankündigte, das endlich wie auf einem Gipfelpunkt ganz unvermittelt abbrach. Geradezu als wenn ihn die Erniedrigung von einem Gebrechen kuriere, als wenn er sich selbst danach sehnte, endlich die Klappe zu halten, wohin er aber nur durch ein Gequältwerden gelangen konnte. Insofern war ihm meine Gesellschaft möglicherweise ein Bedürfnis und es kam auch später häufig vor, dass ich ihn im Kuhstall ankettete oder zu den Hühnern einschloss. Gewöhnlich war es dann mein Vater, der ihn wieder befreite und ganz ohne Zweifel ergänzten sich die Beiden, indem sie solche Befreiungen zu einem wortreichen Bühnenduett gestalteten. Albert wurde wie ein Frontverletzter in die Küche getragen, wo man dann bei Schnaps und Schinken über alles Schlechte jammerte; jeder in seiner Rolle aufblühend und ohne dass sich einer daran störte, wie sich die Monologe überlappten.

Ganz besonders im Anschluss an solche Szenen, wenn er wieder ausgenüchtert war und mit einer Tasse Kaffee auf seinem Schemel im Hof saß, ließ sich die Wahrheit über meinen Vater mit geradezu trivialer Leichtigkeit von seinem Gesicht ablesen. Er schien mir dann wie jemand, der sich hoffnungslos verlaufen hat, der nur mehr einen letzten lautlosen Krieg um die Frage führt, ob er weitersuchen oder aufgeben soll. Nicht einmal sein Grinsen wollte, wenn er dazu ansetzte, haften bleiben und man hätte ihn zweifellos in solchen Momenten wie eine nasse Fliege ohne jede Mühe totklatschen können.

Ich hatte damals bemerkt, wie sich diese Augenblicke völligen Überdrusses vermehrten und eben darum war ich überzeugt, er habe den Nagel in die Wand geschlagen, weil er sich selbst daran aufhängen wollte. Es hätte auch ganz mit seinem sonstigen Benehmen zusammengestimmt, sich fürs Erhängen nicht in den Wald oder wenigstens in den Keller zurückzuziehen. »Da! Schaut her, was ihr wieder angerichtet habt!«, hätte es eindrucksvoll von der Korridorwand gesprochen. Und über Jahre hin wäre niemand an dem Nagelfleck vorbeigegangen, ohne sich des Vaters wie eines schweren Vorwurfs zu erinnern. Wahrscheinlich auch hätte Albert jeden seiner Besuche mit einem Monolog über die Herzlosigkeit der Menschen eingeleitet und dabei zu dem Fleck an der Wand hin genickt wie zu einem Grabstein, der noch lange nicht notwendig gewesen wäre, wenn man nur ... Ja was denn? Dem Giftzwerg noch die Wangen getätschelt! Mir jedenfalls war die Aussicht alles andere als ein Anlass für Trübsinn.

In jener Nacht meines achtzehnten Geburtstages lauerte ich hinter dem Spalt meiner Zimmertür und horchte ins Treppenhaus hinab, ob er denn nun tatsächlich ins Werk setzte, was ich bereits erraten zu haben glaubte. In seinem Arbeitszimmer war er zugange. Schubladen wurden auf- und zugezogen. Die Beine des Schemels kratzten über die Holzdielen. Eine gute Stunde lang war er mit seiner Kuckucksuhr beschäftigt, die lange schon ihren Geist aufgegeben hatte. Ich hörte, wie er die Gewichte heraufzog, an den Zeigern drehte, das Pendel in Schwung brachte. Der Vogel ruckte hervor, ließ seinen Kuckucksruf hören, scheiterte aber daran, sich wieder zurückzuziehen, was dann die Mechanik unter klapperndem Geräusch mehrfach versuchte, bis endlich der Vater mit dem Finger nachhalf. Es war nicht das erste Mal, dass er vergeblich dem Fehler der Uhr nachspürte und es wäre mir lieb gewesen, wenn er es etwas schneller hätte auf sich beruhen lassen, um endlich zur Sache zu kommen. Schließlich wurde es mir zu unbequem neben dem Türspalt. Noch mit gespannten Ohren legte ich mich ins Bett und war dann doch im Nu eingeschlafen.

Natürlich sprang ich gleich beim ersten Erwachen auf und die Treppe hinab, um nachzuschauen. Ich war mir meiner Sache so sicher, dass ich beim Anblick des leeren Nagels verwirrt aufstutzte, als wäre ein Fehler unterlaufen, als hätte sich in eine gut abgekartete Angelegenheit ein lächerlich geringer Missgriff eingeschlichen, der alles zunichte machte. Ich hätte aufheulen können vor Wut wie ein Kind, das um ein Versprechen betrogen wurde.

An diesem Gefühl änderte sich auch nichts, da sich herausstellte, dass er zwar nicht am Nagel hing, aber doch verschwunden war. Eine Zeitlang suchte ich nach ihm, begleitet von einem »Ach, lass doch!« meiner Mutter, wobei ich ihr verschwieg, dass es weniger der Vater war, nach dem ich suchte, als vielmehr eine Erklärung: eine Erklärung für den Nagel im Korridor. Möglicherweise waren es zwei Aspekte, die nur im Verein ihren Sinn preisgaben, einzeln betrachtet hingegen völlig rätselhaft bleiben mussten; Dingen vergleichbar, die ohne Korrelat zwecklos sind; wie Hammer und Nagel eben, deren Gebrauch sich nur dann erklären lässt, wenn beide zur Verfügung stehen. Aber es wäre doch, wie ich einsehen musste, eine allzu leichte Rechnung gewesen. Hätte die Vermutung gestimmt, ich hätte den Nagel entfernt und alles ziemlich bald vergessen; wie irgendein Kreuzworträtsel, das keinen besonderen Anspruch hat und selbst in seinen schwierigen Details auf nichts Gewichtiges hindeutet. Es wäre gewiss auch in anderer Richtung enttäuschend gewesen. Denn das immerhin muss ich meinem Vater zugute halten, dass er kein Simpel war, der genug daran gehabt hätte, ein lächerliches Kinderrätsel zu hinterlassen.

Jedenfalls fand man ihn schließlich, da die Jauchegrube ausgepumpt wurde, zusammen mit einem Stein, den er sich an den Fuß gebunden hatte. Keiner der Polizisten entdeckte eine Unstimmigkeit, die zu weiteren Nachforschungen verpflichtet hätte. Eine klar überschaubare Angelegenheit, wie man fand, so banal und rasch erledigt wie eine einfache Multiplikation. Und ich hätte dem nichts entgegengesetzt, wäre nicht der Nagel gewesen, der in dieses bequeme Konzept nicht hineinpasste, der aber doch seinen Platz darin forderte.

Der zuständige Kriminalbeamte zuckte mit den Schultern. »Weiß der Himmel, was er sich dabei gedacht hat.«

»Es dürfte aber das eigentlich Wichtige sein.«

»Wichtig? Warum denn wichtig? Vielleicht hat er ja zuerst vorgehabt sich aufzuhängen.«

»Da kennen Sie meinen Vater schlecht.«

»Schon möglich, junger Mann. Aber es ändert ja nichts.«

Ändert ja nichts – hallte es mir in den Ohren nach. Aber was hatte ich auch erwartet! Die große Masse pflegt sich nicht lange zu wundern. Solange eine ungelöste Frage nicht wie ein Insekt störend um die Ohren surrt, bekümmert sich niemand darum.

Der Einzige, der je nach dem Zweck des Nagels fragte, war Albert. »So ein großer Nagel mitten auf der leeren Wand!«, meinte er. Aber natürlich allein darum, weil er grundsätzlich alles zu kommentieren pflegte. Jeder andere, der unser Haus betrat, bemerkte den Nagel zwar wie etwas Fehlplatziertes, fand diese Beobachtung aber nicht wichtig genug, um deswegen den Mund aufzutun. Es hätte mich auch geärgert. Mehr noch als in Alberts Falle. Einem anderen gegenüber hätte ich mich doch verpflichtet gefühlt, den Zweck des Nagels zu erklären und ich empfand es als erniedrigend, dass ich zu dieser Erklärung nicht befähigt war.

Um wie vieles unbeschwerter wäre mein achtzehntes Lebensjahr verlaufen, hätte mein Vater zum Rätsel wenigstens einen Wink hinterlassen. Ich verbrachte viele Nachmittage in seinem verwaisten Arbeitszimmer, in der Hoffnung einen solchen Wink darin zu entdecken. Ich wühlte in allen Schränken und Schubladen, war aber schon bald fertig mit dieser Durchsicht, denn viel war es nicht, was der Vater in seinem Zimmer aufbewahrt hatte. Wie ein Suchbild, auf dem sich ein Fehler befindet, betrachtete ich den Raum mit seinen wenigen Möbeln: das Hochzeitsbild auf dem Schreibtisch, für welches sich der Vater, wie ich wusste, auf seinen Schemel gestellt hatte, damit er neben seiner Frau nicht ganz so zwergenhaft aussah. Die Kuckucksuhr, die ich nun gleichfalls untersuchte, indem ich den Vogel hervorspringen ließ, dann aber auseinander nahm in der Hoffnung, es könne sich eine Botschaft – vielleicht sogar in Form eines Zettels – darin verbergen. Im Anschluss saß ich stundenlang hinter dem Schreibtisch, wo sich auch der Schemel befand. Schon bald hatte ich die Gewohnheit meines Vaters übernommen und beim Sitzen die Füße darauf ausgestreckt, während ich weiterrätselte, was der Nagel zu bedeuten haben mochte, der sich im Übrigen so an der Korridorwand befand, dass er sich durch die offen stehende Tür, vom Schreibtisch aus und innerhalb der Laibung wie der einzige Gegenstand eines gerahmten Bildes betrachten ließ. Ein Nagel, wie man ihn für Holzgerüste gebrauchen kann, der gemacht wurde, um eine Zentnerlast zu tragen und folglich unangemessen, wenn es nur darum gegangen wäre, ein Bild oder einen Schlüsselbund daran aufzuhängen. Nur gelegentlich zog ich solche Möglichkeiten in Betracht, wahrscheinlich aus dem Bedürfnis heraus, die Frage, um nur endlich von ihr loszukommen, mit irgendeiner egal wie läppischen Antwort zu versehen. Aber es war mir doch klar, dass hinter der Sache etwas schwerer Wiegendes stecken musste. Nicht allein, weil es meinem Vater niemals eingefallen wäre, ein Bild oder sonst etwas in den Korridor zu hängen und dafür einen so überdimensionierten Nagel zu verwenden. Es wäre auch völlig gegen seine Natur gewesen, ein solches Vorhaben in Angriff zu nehmen, ohne es zu beenden, den Nagel also tatsächlich mit einem Zweck zu versehen. Es war auch nicht anzunehmen, dass er das Begonnene vergaß, während er mit den Vorbereitungen zu seinem Tod in der Jauchegrube beschäftigt war. Vielmehr war ich davon überzeugt, dass der Nagel Bestandteil dieser Vorbereitungen war und dass gleichfalls der Eindruck des Unfertigen dazugehörte.

Im Übrigen befand sich der Nagel auf einer Höhe, die es kaum jemanden sonst als meinem Vater möglich gemacht hätte, sich daran aufzuhängen. Und erst da ich diesen Gedanken näher in Betracht zog, fiel mir ein, wie schwierig es überhaupt sein musste, sich an einem Nagel zu erhängen. Die Wand im Rücken würde doch wahrscheinlich den Versuch erschweren, wenn nicht sogar vereiteln. Denn einerlei, wie fest der Nagel war, bot doch der Putz Gelegenheit, sich daran festzuklammern.

Albert war es dann, der in seiner deppenhaft hinein quasselnden Art genau diesen Aspekt ansprach. »Wenn du dich da an dem Nagel aufhängen willst – das könnte schwierig werden«, meinte er und im selben Augenblick wurde mir klar, dass er sich irrte oder besser gesagt, dass ich mich geirrt hatte. Ich staunte für einen Moment über dieses Phänomen, demzufolge eine Angelegenheit, wenn sie nur einmal von einem anderen und am besten schwach begabten Kopf ausgesprochen wird, ganz unvermutet etwas leicht Überschaubares erhält. Darüber hinaus fiel mir ein, dass möglicherweise eben hier die Rechtfertigung sei für das Unverhältnis zwischen leeren und findigen Köpfen. Ein nützliches Echo, das nur ein Idiot in dieser dümmlichen Weise zu erteilen vermag, die keinen eigenen, nur ablenkenden Gedanken beinhaltet, sondern nichts als ein stumpfes Nachplappern darstellt.

»Was hast du eigentlich mit der Kuckucksuhr gemacht?«, fragte er, ein wenig verlegen, weil er wohl ein Aufblitzen in meinen Augen bemerkt hatte. »Na, ich seh' schon. Du hast heute mal wieder keine Sprechstunde. Ich hab zwar noch nichts davon gehört – aber wenn einer durch Schweigen reich werden kann, dann müsstest du eigentlich ganz ordentlich was auf der Kante haben. Vielleicht gibt's da so etwas wie eine Weltmeisterschaft. Fragt sich nur, wie man davon erfährt, wenn alle Teilnehmer nie was sagen. – Für mich jedenfalls wär' das nichts.«

»Warte mal!«, rief ich, da er sich bereits erheben und wieder dünne machen wollte.

»Was hast du denn jetzt vor?«, wunderte er sich, während ich aus dem Schrank ein Seil holte, dann auf ihn zutrat und begann, seine Arme auf der Brust festzubinden. »Was soll denn das?«, protestierte er – aber nicht entschieden, wie ich überhaupt nach wie vor der Ansicht bin, dass mein Vorhaben ganz mit Alberts Natur harmonierte, dass ich ihm keine Gewalt antat, ihm vielmehr zu Gefallen war und dass er sich allein der Form halber dagegen wehrte. Denn weil er sonst nichts aufzuweisen hatte, womit sich einmal der Platz im Rampenlicht behaupten ließ, war er durchaus einverstanden mit seiner Rolle, der Rolle eines heiligen Sebastian, zu dem alles hinschaut, weil er mit Pfeilen beschossen wird. Sein Gequassel hatte nur den Wert einer Überbrückung der Leerphasen, war nichts als ein sinnloses Gerassel, das vor dem Absturz in eine völlige Verzweiflung bewahren sollte. Erstaunlich, wie gelassen er dann alles über sich ergehen ließ, nur dann und wann ein schwächer werdendes »Eh! Jetzt reicht's aber!« ausstoßend. Denn ich fesselte nicht nur die Arme, sondern auch die angewinkelten Beine, zog ihn dann in den Korridor, um zu erfahren, ob sich solcherweise präpariert der Nagel zum Erhängen eigne.

Er tat's und ich saß dann mehrere Stunden bei offener Tür auf Stuhl und Schemel meines Vaters, das geglückte Experiment betrachtend, aber doch nur anfänglich zufrieden damit. Denn bald schon hatte ich den Eindruck, es sei eine Lösung ohne jede Eleganz, ein verknotetes Gebilde, dessen Anblick keine Genugtuung gewährt; wie eine viel zu komplizierte Rechnung, die am Ende nichts als ein reichlich triviales Ergebnis zeitigt. Es kam mir vor wie ein Sinnbild meiner Unfähigkeit. Statt mit geschickter Handbewegung das Undeutliche zu entwirren, hatte ich nichts als ein eng verschnürtes und hässliches Paket in die Welt gesetzt.

Schließlich stand ich auf, rüttelte zuerst am Nagel, um zu prüfen, ob er sich gelockert habe, schleppte dann den Toten zur Jauchegrube, löste den Strick, band ihm einen Stein um den Fuß und versenkte ihn zuletzt.

Zurück im Korridor zog ich mit einer Zange den Nagel aus der Wand. Aber es war ein sinnloses Unternehmen. Wenn ich gehofft hatte, der Frage ledig zu werden, indem ich einfach den Nagel entfernte, so wurde in Wahrheit die Sache nur umso quälender. Statt auf den Nagel starrte ich jetzt nahezu den ganzen Tag über auf die Stelle im Putz, wo er bis dahin gesteckt hatte. Einige Male erschien auch meine Mutter im Rahmen der Türlaibung mit einem: »Wie wär's, wenn du dich mal wieder um die Kühe kümmern würdest!« Aber ich winkte ab, als wenn sie mich daran hinderte, die Bilder eines Fernsehers zu verfolgen. Dabei hatten sich meine Gedanken um den Nagel von jeder sinnvollen Ordnung längst freigemacht. Wie eine Wassermasse bewegten sie sich im Kopf, bald still und lastend, bald in hohen Wellen aufspritzend, ohne dass mehr daran zu bemerken gewesen wäre als ein anderer Zustand. Noch bis in meine Träume hinein verfolgte mich die ungelöste Frage.

Ich glaubte, über das abgedeckte Dach einer Scheune zu klettern mit Hammer und Nageltasche, Dachlatten herrichtend, die aber in absurder Weise viel zu weit über die Firstkanten hinausreichten, sich in entfernt stehenden Baumkronen verhakten oder auch vom Wind hinauf gerissen wurden. Mit Knien und Händen versuchte ich, sie zurück auf ihren Platz zu zwängen. Und wenn ich mit dem Hammer zuschlug, rutschten die Nägel durchs Holz wie durch Butter davon. Unten aber im Heu stand der Vater und lachte, schlug sich auf die Schenkel oder hielt in komödiantischer Weise die Hände flehend zum Himmel empor. Einerlei wie oft ich mich davon loszumachen suchte, der Eindruck fraß sich nur immer tiefer in mein Hirn, der Eindruck des Unvermögens, des Lächerlichen, das sich durch nichts auflösen ließ, das wie ein schmieriger Klumpen im Kopf verwachsen war, ungefährlich dem ordinären Lebenshaushalt, lästig und erniedrigend allenfalls, aber nicht fortzuschaffen ohne Gefahr den ganzen Menschen zu vernichten.

Natürlich hatte ich damit gerechnet, dass Albert in der Jauchegrube entdeckt würde. Es gab dann allerlei Fragen, vornehmlich diejenige, warum er sich ausgerechnet meine Grube aussuchte. Ich empfand keine Neigung, den daran anknüpfenden Spekulationen beizuspringen. Der zuständige Kriminalbeamte machte allerdings Miene, als wenn es eine hochinteressante Frage sei, die er mittels seines gut trainierten Verstandes zu lösen gedenke. Mir indes kam die Sache abermals wie eine Nebenrechnung vor, simpel und überschaubar, nur leider ohne jeden Wert für das eigentliche Problem. Ich wunderte mich, über den Eifer, womit sich der Mann in diese gleichgültige Angelegenheit hineinkniete.

»Was wollen Sie denn«, sprach ich. »Das hat doch alles seine leicht zu erkennende Logik.«

»Nicht so ganz«, entgegnete er grinsend, wobei ich mich unangenehm an meinen Vater erinnert fühlte. »Er ist nämlich gar nicht ertrunken, sondern zuvor erdrosselt worden.«

»Das hätte ich Ihnen auch so sagen können. Das wäre nämlich das einzig Rätselhafte gewesen: Jemand wie Albert bringt sich nicht selber um. Oder besser gesagt: rätselhaft wäre doch reichlich übertrieben. Ein offenes Kästchen in einem Kreuzworträtsel, das man lediglich auszufüllen vergaß, um mehr handelt es sich meiner Meinung nach nicht.«

»Das würde ich anders sehen«, gab er zurück, indem er bereits die Handschellen hervorholte. Und im selben Augenblick, war es mir, als wenn sich der Nebel der letzten Monate zu einem Tunnel öffnete, an dessen Ende mein Vater mit Polizeimütze dastand und sich wie über ein vortrefflich gelungenes Unternehmen vor Lachen ausschüttete.

Urlaub in Tillern

Olivia meinte, ich sei zu faul, um in Urlaub zu fahren. Ich würde das nicht abstreiten. Ein sonderlich bewegungsfreudiger Mensch war ich nie. Kleinere Spaziergänge in moderatem Tempo. Ansonsten sitze ich lieber in einem bequemen Stuhl, Kaffee trinkend, Zigaretten rauchend, nach Möglichkeit mit Blick auf hin- und herwandernde Menschen. Ob es Menschen sind, ist mir egal. Meinetwegen könnten auch Fische vorbeischwimmen. Ein Seehundbecken, ein Affenberg oder auch nur ein Ameisenhaufen würde mich gleichfalls zufrieden stellen. Dies nicht, weil ich ein neugieriger Beobachter wäre. Vielmehr behagt es mir, von einer Geschäftigkeit umgeben zu sein, die mich nichts angeht, der ich aber doch meine Aufmerksamkeit zuwenden kann. Dem Philosophen Pascal zufolge dürfte mein Elend also nur halb so groß sein: Ich bleibe zwar auch nicht gern in meinem Zimmer, dann aber doch still sitzen.

Weniger philosophischen Leuten indes ist dieses – mein halbes Elend – nicht ganz geheuer. Natürlich gibt es viele Menschen, die gleichfalls gern herumsitzen. Ich denke aber, dass ich, würde man die Sache als olympische Disziplin betrachten, nur wenige ernst zu nehmende Konkurrenten hätte. Freilich erblickt niemand darin eine sportliche Leistung, vielmehr finden die meisten, ich sei nicht recht bei Trost und es müsse irgendetwas verkehrt hängen in meinem Kopf. Mir selbst ist in dieser Hinsicht noch nichts aufgefallen und sollte doch eine fehlerhafte Stelle vorhanden sein, so kann's mir ja egal sein, weil ich nichts zu klagen weiß über mein Dasein als Kaffeehaushocker.

Natürlich suchte auch Olivia ständig nach einer Erklärung für meine Untätigkeit. Jedes Mal wenn ich ihr sagte, die Sache sei eben so und bedürfe keiner Erklärung, hob sie die Arme zum Himmel und rief: das könne doch nicht wahr sein. Ein Geheimnis hatte ich nie daraus gemacht. Als sie mich im Anfang fragte, was denn so meine Hobbies seien, habe ich ihr unverblümt die Wahrheit gesagt. Ich nehme an, sie dachte damals, es sei ein Scherz gewesen. Sowie sie schließlich merkte, dass es doch keiner war, witterte sie ein verborgenes Leiden, das kuriert werden musste. Irgendeine kreative Liebhaberei musste gefunden werden, mich wieder zu einem normalen Dasein zu erwecken. Sie erklärte mir, wie man Schach spielt. Sie überredete mich, einen Tanzkursus anzufangen, das Theater zu besuchen, ins Schwimmbad zu gehen. Ich sagte zwar jedes Mal im voraus, solche Dinge seien nichts für mich, sie war aber der Ansicht, ich wüsste über mich selbst nicht Bescheid und es schlummere etwas in mir, das, wenn ich es nur einmal entdecken wollte, zu einer interessanten Beschäftigung heranreifen könnte. Herumsitzen und Zigaretten rauchen war in ihren Augen keine interessante Beschäftigung.

Dieselbe büßte in der Tat an Reiz ein, wenn Olivia daran teilnahm. Ihrer Meinung nach verblieb man nicht länger auf einer Kaffeehausterrasse, als für das Austrinken von ein oder zwei Tassen Kaffee nötig war. Sie rauchte zwar auch, aber doch höchstens drei, vier Zigaretten am Tag. Dass ich in diesem Punkt eine größere Verschwendungslust an den Tag legte, war denn auch neben meiner Abneigung gegen jede Art kreativen Zeitvertreibs ein unerschöpfliches Reservoir für Vorwürfe. Täglich erinnerte sie mich an alle Raucherkrankheiten, den Husten, die übel riechenden Hemden, das Vermögen, das ich alljährlich in den Wind pustete. In der Regel besah ich mir dann lieber die eigenen Schuhspitzen. Noch von der Schule her besaß ich einige Übung darin, den

Eindruck eines konzentrierten Zuhörers zu machen. Ich fand auch nicht, dass dieser Betrug ungehörig sei. Wenn ich mich selbst der Gabe der Sprache bediente, dann so wie man eine Herdplatte oder einen Rasierapparat benutzt, also immer nur so lange wie die Umstände den Gebrauch nötig machen. Olivia hingegen schien ein naturgegebenes Bedürfnis zu haben, für mehrere Stunden am Tag Lippen und Zunge in Bewegung zu setzen. Eine Art Füße vertreten. Die Worte waren dabei so zufällig, monoton und nebensächlich, wie eben bei einem Spaziergang das Geräusch der Schuhsohlen. Kein vernünftiger Mensch konnte ein Interesse daran haben, die lange Kette dieser Geräusche mitzuverfolgen.

Sie selbst allerdings erwartete, dass ich auf jeden einzelnen Buchstaben hinhörte. Wenn ich ihr gestand, mir keinen einzigen gemerkt zu haben, war's nur neuer Stoff für ihre Rede, weswegen ich lieber die Klappe hielt, mir außerdem angewöhnte, dann und wann ein Nicken in ihre Worte zu streuen. Dies auch in dem Vertrauen darauf, dass sich alles zuletzt von selbst zurück in eine Ruhelage begäbe.

Gemeinhin kehren ja alle Dinge, einerlei wie ungestüm darin herumgerührt wurde, wieder zur Ruhe zurück, und ich muss gestehen, dass ich mich diesem Ausgangspunkt und Endergebnis allen Treibens näher verwandt fühle als seinen Zwischenstationen, weswegen ich einer möglicherweise eintönigen und nichts sagenden Stille jedem egal wie unterhaltsamen und bedeutungsvollen Geschehen gegenüber den Vorzug gebe. Ich habe mir bereits mehrfach die Bedenklichkeit einer solchen Sympathie auseinandersetzen lassen, unerbeten versteht sich, da mir gleichfalls solche Vorträge stets lästig und unnötig erscheinen. Meiner Gewohnheit gemäß habe ich aber doch mit beifälligem Nicken nicht gespart, obwohl ich insgeheim kein einziges mich überzeugendes Argument zu entdecken vermochte. Darüber hinaus blieb es mir bis heute schleierhaft, was überhaupt ein

Thema daran sein soll, wenn jemand seine Abneigung ausspricht gegen Lärm, Sport und Urlaube.

Ein solcher Urlaub zog dann auch wie zur Bestätigung meiner Meinung und einem Unwetter ähnlich über mir herauf, um sodann ohne erkenntlichen Sinn und Nutzen alles umzuwühlen und schließlich zurückzulassen in abgewandelter, aber nicht eigentlich verschiedener Gestalt.

Zunächst eröffnete mir Olivia, sie habe mit Bernd und Angelika den Plan gefasst, zu viert in Urlaub zu fahren. Und zwar nach Tillern.

Ich sagte sofort, dass ich da nicht mitkommen würde. Eigentlich ist es mir niemals schwer gefallen, meine Meinung kurz und deutlich auszusprechen. Ich habe aber immer wieder erleben müssen, dass meine Erklärungen nicht für voll genommen werden, vielleicht weil ich selten Erläuterungen hinzusetze, vielleicht auch, weil ich etwas zum Murmeln neige, folglich meine Worte nicht wie eine fertige Aussage, vielmehr wie ein vager, noch unentschlossener Einwurf wirken.

Ich hatte meine Absage kaum ausgesprochen, da setzte sich abermals ein Schwarm von Buchstaben in Bewegung, nämlich in Olivias Zimmer, wo man nicht rauchen durfte. Sie sagte, wir würden nie in Urlaub fahren, es würde alles nur nach meinen Vorstellungen ablaufen, ich wäre nie bereit, einmal ihr zuliebe irgendetwas zu tun, das sich nicht in jeder Hinsicht mit meinem Geschmack vertrüge und ähnliches mehr, auf das ich nicht genauer hinhörte. Das Ganze dauerte seine Weile und weil ich die meiste Zeit, meine Zigarettenschachtel in den Händen, nur auf das Monologende oder wenigsten die Ankündigung zu einer Pause wartete, darum muss ich wohl an irgendeiner Stelle ein Zeichen mit dem Kopf oder mit der Hand gegeben haben, welches zwar die erwünschte Folge hatte, dass ich endlich zum Rauchen ins Treppenhaus verschwinden konnte, zugleich aber die weniger erfreuliche, dass Olivia glaubte, ich hätte meine Zustimmung gegeben. Zwei Tage später hieß es jedenfalls, die Fahrkarten seien bestellt, es müssten nur noch die Koffer gepackt werden.

Natürlich hätte ich mich immer noch verweigern können. Schon allein die Vorstellung, einen Koffer bis zum Bahnhof zu schleppen, bereitete mir geradezu körperliche Schmerzen. Warum also ließ ich die Drei nicht allein abreisen? Möglicherweise weil ich fürchtete, diese Verweigerung könne anstrengender werden als jeder Urlaub. Schließlich war abzusehen, dass Olivia meinen Beschluss nicht mit wenigen Worten akzeptieren würde. Ich schmälerte dann meine Schrecken, indem ich mich mit allerleichtestem Gepäck ausstattete, eine Umhängetasche, worin sich nicht viel mehr als meine Zahnbürste, ein Handtuch und ein paar Unterhosen befanden.

»Wo hast du denn dein Gepäck?«, wurde ich prompt am Bahnhof gefragt.

Die anderen hatten allerdings ein gutes Stück Urlaubsanstrengung bereits hinter sich gebracht. Da war nicht nur für jeden ein satt gefüllter Koffer, obendrein Rucksäcke, Pakete mit Zeltplanen, mehrere Seilrollen, Eispickel, zusammengeschnürte Bergschuhe. Im Übrigen hatte ich bis dahin nicht die leiseste Ahnung gehabt, wo überhaupt Tillern gelegen sei. Möglicherweise hatte Olivia einige Andeutungen in ihre Rede eingeflochten, aber erst beim Anblick der Bergsteigerutensilien dämmerte mir, dass man wohl ins Gebirge wollte.

»Ich hab dir doch gesagt, dass du Wanderstiefel mitnehmen musst«, sprach Olivia.

»Die brauch' ich doch gar nicht«, winkte ich ab.

»Wie willst du denn in den alten Schuhen klettern?«

Alle schauten hin auf meine Schuhe, sogar herumstehende Leute, die gar nichts mit unserem Urlaub zu tun hatten.

Zum Glück fuhr dann der Zug ein. Olivia bepackte mich mit einer Seilrolle, einem Bündel Zeltstangen, und also, beladen wie Pioniere und Auswanderer, zwängten wir uns in den Zug.

Natürlich hatte man ein Nichtraucherabteil gewählt. Olivia eröffnete mir, kaum dass wir saßen, sie habe beschlossen, mit dem Rauchen aufzuhören und eigentlich könnten wir dies doch zusammen machen.

Bernd lehnte sich daraufhin im Sitz vor und fragte mich mit besorgt mahnender Stimme, wie lange ich schon rauchen würde. Allerdings rauchte der Kerl selbst, nur eben keine Zigaretten. Allabendlich bei einem Gläschen Rotwein zündete er sich eine Pfeife an. Olivia beteuerte, es sehe gemütlich aus. Ich selbst fand's eher komisch, mit welchem Pastorenernst er die Pfeife stopfte, anzündete und dann den Qualm wie Weihrauch aus den gespitzten Lippen hervor blies.

Ich habe bis heute noch nicht nachgeschaut, in welchem Weltswinkel sich Tillern befindet, verspüre auch nicht das leiseste Bedürfnis, dies nachzuholen. Der Ort besteht aus etwa zwei Dutzend Häusern, die auf dem einzig ebenen und unbewaldeten Stück Erde inmitten eines Gewühls von Berghängen und nackten Felstürmen kauern.

Vom Bahnhof aus schleppten wir wie in der Wildnis angelangte Goldsucher unsere Ausrüstung bis zum Campingplatz. Im Verlauf des Nachmittags wurde sodann eine kleine Kolonie aus Zelten, Vorrats- und Geräteplätzen errichtet. Allerdings nahm ich nicht vollständig teil an diesem Baustellentreiben. Nachdem ich zunächst etliche Zeltstangen festgehalten, an der Beratung über den besten Ort für die Feuerstelle teilgenommen und unzählige Pakete hin- und hergeräumt hatte, entschuldigte ich mich mit der Erklärung, die Zigaretten seien alle.

Der Besitzer des Campingplatzes erklärte mir, es gäbe in Tillern zurzeit nur einen einzigen funktionierenden Automaten, nämlich im Aussichtskaffee, welches auf einer Anhöhe nur ein paar Schritte den Wald hinauf gelegen sei. Zunächst fand ich's allerhand, einen Campingplatz mit Waschhäusern und Postkartenständern in die Wildnis zu pflanzen und dann an Zigarettenautomaten zu sparen. Mehrmals ließ ich mir versichern, dass die Strecke überschaubar und ausgeschildert war. Eine leichte Neugierde kitzelte mich aber doch. Darauf nämlich, was es für ein Kaffeehaus sein mochte und es kam mir dann, wenn auch nicht wie eine Rechtfertigung, so immerhin wie eine kleine Entschädigung vor. Man saß dort in sehr bequemen Plastikstühlen auf einer breiten Terrasse. Zur Aussichtsseite begrenzte den Platz eine hüfthohe Balustrade, hinter welcher ein nackter Fels in die Tiefe ging. Über die Abgrenzung hinweg schaute man auf einen faltenreichen Teppich von Baumkronen, aus welchem hier und dort helle Felsmassen hervorragten. Eben diese waren auch der Grund, warum wir die Gegend überhaupt aufgesucht hatten.

Den kommenden Morgen, beim ersten Vogelgezwitscher war Bernd aus seinem Schlafsack gekrabbelt und aufgebrochen, um eine der umliegenden Felswände hinaufzuklettern. Olivia begleitete ihn bei diesem Unternehmen. Ich erfuhr dies durch Angelika, die dageblieben war, weil sie lieber lesen, als klettern wollte. Sie tat auch während der folgenden Tage nichts anderes als lesen. Ich war durchaus versucht, sie für eine angenehme und umgängliche Person anzusehen, schweigsam, niemals Fragen stellend, Rauchwolken unkommentiert lassend, immer nur den Blick auf die Buchseiten gesenkt.

Überhaupt kam mir nach und nach der Urlaub wie eine gar nicht mal so unangenehme Angelegenheit vor. Zuerst hatte Olivia noch beim Frühstück jedes Mal nachgefragt, was ich denn mit dem Tag anzufangen gedachte. Zuletzt spielte sich unsere Siedelgemeinschaft solcher Weise ein, dass jeder selbstverständlich seiner liebsten Beschäftigung nachging. Angelika las, Olivia und Bernd kletterten und ich begab mich auf die am ersten Tag bereits erkundete Kaffeeterrasse, um dort herumzuhocken.

Am dritten Morgen stellte ich fest, dass Angelika verschwunden war. Ich erkundigte mich bei Olivia, wo sie denn stecke. Sie wurde etwas nervös und erklärte, Angelika sei wieder heimgefahren. Es fiel mir nicht ein, wegen dieser Nachricht stutzig zu werden. Ich war auch in der Tat überrascht, da mir nachmittags Olivia auf meinem Rückweg zum Campingplatz ein Stück entgegenkam und mich wissen ließ, sie müsse mit mir reden. Das heißt, bis dahin war ich nicht überrascht, weil ich annahm, es würde nun ein Text hinsichtlich einer ärgerlichen Kleinigkeit folgen. Es war auch mein erster Gedanke, dass ich möglicherweise das Zelt hätte aufräumen sollen, dass die Reihe an mir war, Feuerholz zu sammeln, Geschirr abzuwaschen, Schuhe zu putzen.

Ich schaute unwillkürlich hin auf meine Schuhe und sagte: »Es wäre tatsächlich nicht dumm gewesen, festere einzustecken.«

»Festere was?«, wunderte sich Olivia.

»Schuhe meine ich. Schau! Da löst sich schon die Sohle.« Ich bog mit dem rechten Fuß die Sohle der linken Schuhspitze ein wenig herab, wobei die nackten Zehen sichtbar wurden.

Olivia schaute hin und sprach, nachdem sie mehrmals Luft geholt hatte, dass es nicht mehr gehen würde.

»Du meinst die Schuhe? So schlimm ist es auch wieder nicht.«

»Jetzt tu doch nicht so, als wenn du nichts wüsstest!«, rief sie. »Es hat doch keinen Sinn mehr mit uns. Wir kommen doch gar nicht miteinander aus. Alle finden das merkwürdig mit uns. Alle sagen, dass du ein schwieriger Mensch bist und dass sie sich vorstellen können, wie schwierig es ist, mit dir auszukommen.«

Natürlich war das nicht alles, was sie sagte. Im Kern allerdings schon. Schließlich wurde sie etwas heftiger, weil ich nichts einwarf, nur immer auf ihre Lippen starrte.

»Jetzt sag doch endlich mal was!«, rief sie.

Mir wollte in der Tat nichts einfallen oder doch zumindest nichts, das hier am Platz gewesen wäre. Mein erster Gedanke war, dass ich nun also wieder heimfahren konnte, was mir trotz der hübschen Kaffeeterrasse eine gar nicht mal so unerfreuliche Aussicht war. An nächster Stelle fand ich, es wäre noch erfreulicher gewesen, hätte Olivia ihren Entschluss vor Abfahrt gefasst, so dass ich überhaupt nicht erst hätte mitreisen müssen.

»Das interessiert dich überhaupt nicht«, rief Olivia, während sich in ihrer Stimme ein Tränenregen ankündigte.

»Ja, aber doch!«, sprach ich. »Es kommt etwas plötzlich. Ich glaube, ich muss erst einmal darüber nachdenken.«

»Da gibt es doch nichts nachzudenken«, schrie sie und zugleich tropften auch die ersten Tränen aus den Augen.

Ich wusste, dass auf diese Tränen, ungeachtet des rührenden Eindrucks, eine ganze Bibel an Vorwürfen zu folgen pflegte. Dergleichen anzuhören, fühlte ich mich im Augenblick wenig aufgelegt und darum sagte ich noch einmal, ich müsse erst einmal in Ruhe darüber nachdenken und machte kehrt.

»Sitz du nur rum und trink Kaffee!«, schrie sie und sie schrie auch noch anderes, weswegen ich mich sputete, außer Hörweite zu gelangen.

Nachgedacht hab ich dann nicht so viel. Ich bin nie ein besonders leidenschaftlicher Nachdenker gewesen. Gemeinhin fand ich an der natürlichen Unordnung der Gedanken nichts auszusetzen und ließ sie kommen und gehen, wie's ihnen zu passen beliebte. Was nun die Sache mit Olivia anbelangte, so schien mir ein strengerer Stundenplan der Gedanken auch nicht nötig. Frauen kommen und gehen. In meinem Fall, ohne dass ich jemals rufen oder fortschicken musste. Ich hatte daran Anteil vergleichbar den Blumentieren, die im Meerwasser ihre Tentakel ausbreiten und dann die Sinkstoffe auf sich herab rieseln lassen. Ich hatte mich nie dahingehend untersucht, ob dieser Nährregen überhaupt nötig war, ob ich mich nicht ebenso gut in eine Höhlenritze hätte verkriechen können. Schließlich lässt sich das meiste, was so herab taumelt, gar nicht verwenden, weswegen man, sofern man nicht ersticken möchte, dazu gezwungen ist, sich regelmäßig wieder frei zu schaufeln. Da wären zum Beispiel all die Worte, die täglich auf mich niederprasselten. Der ganze Wohnungskrempel, den ich mir nie aus eigenem Beschluss angeschafft hätte. Da waren ferner alle die Leute, bei denen ich zu Besuch saß, um Vorträge über die Bedenklichkeit des Rauchens, Nichtstuns und Kaffeetrinkens anzuhören. Und schließlich wäre es mir selbst, wie ich bereits sagte, niemals eingefallen, einen Urlaub in Tillern zu verbringen.

Während mir dies durch den Kopf ging, hatte ich ein gutes Stück Weg zurückgelegt. Um mich her war nichts zu hören als eine gelegentlich vorüberbrummende Hummel, eine im Laub stochernde Amsel, ein morscher Zweig, der von der Krone seines Baums zu Boden plumpste. Da ich mich umschaute, fand ich, dass es keinen Grund gab, hier im Wald weiter herumzulaufen, dass ich stattdessen längst im Zug hätte sitzen sollen. Ich machte also kehrt. Der Pfad allerdings, auf dem ich lief, schien mir jetzt gar keiner zu sein, und da ich mich zu erinnern bemühte, wie ich eigentlich gegangen war, musste ich gestehen, dass ich's beim besten Willen nicht mehr wusste. Nicht einmal auf die

Richtung, wo Tillern und Campingplatz lag, hätte ich zu tippen vermocht.

Ich lief dann irgendwie und in der Annahme, es würde sich schon hinter diesem oder jenem Gebüsch die Sache wieder klären. Bis in die Nacht hinein klärte sich aber gar nichts und erst nachdem ich über ungezählte Baumleichen gestiegen, kilometerweit durchs Dickicht gekrochen, haushohe Felsbrocken hinauf- und hinabgeklettert war, kam ein hellerer Fleck in Sicht. Ich nahm an, es wäre eine vom Mond beschienene Wiese, mit Gehöft und Durchgangsstraße in Richtung Tillern. Einige Brombeersträucher überwand ich und sah dann, dass es nur ein halbverlandeter Tümpel war.

Ein Häher krächzte auf. Nicht weit entfernt hastete ein Tier auf seinen Hufen davon. Eine Wolke von Stechmücken empfing mich. Zurück im Wald, ließ ich mich erschöpft ins Laub fallen, zog meine Zigaretten aus der Hemdstasche und betrachtete rauchend den Waldtümpel, den ich für eine offene Landschaft gehalten hatte. Ohne jeden Reiz war der Anblick nicht. Ein gutes Stück über dem Wasser stand eine Nebelschwade, die wie ein gleichförmiger Fladen aussah, der genau in die Lichtung wie in eine Pfanne passte. Darunter und darüber schaute der jenseitige, blauschwarze Waldsaum hervor, der sich als eine dunkle Masse erhob, um gegen den Himmel in lauter zarten Stoppeln und Fransen auszulaufen.

Trotzdem wäre es mir lieb gewesen, nicht hier, sondern im Zug zu sitzen. Ich hatte mich vormittags angezogen für einen Aufenthalt auf einer sonnenbeschienenen Kaffeehausterrasse, trug also keine Strümpfe und nur ein leichtes Hemd auf der Brust. Weil mir dies etwas frisch wurde, häufelte ich zuerst rechts und links um meinen Liegeplatz einen Wall von Laub und Erde. Schließlich, da ich immer noch fror, erweiterte ich meine Umhegung zum vollständigen Iglu. Bis dahin war mir auch unbekannt gewesen, wie gleichgültig sich die Tiere gegen die Nachtruhe benehmen. Rehe kläfften durch die Waldhalle. Eichhörnchen zankten in den Baumkronen. Am Ufer des Tümpels traf eine Gesellschaft von Wildschweinen ein, die sich lärmvoll ihre Unterhaltung zugrunzte. Es krächzte, gurgelte, quakte und natürlich surrte es unentwegt infolge von Mückenflügeln. Irgendwann kehrte dann doch ein wenig Ruhe ein. Aber kaum für eine Stunde. Vom höchsten Baumwipfel aus hatte eine Amsel den ersten Schimmer der aufgehenden Sonne bemerkt und diese Entdeckung sofort in alle Richtungen verkündet. Unverzüglich hub die ganze Schar zu einem Jubelgeschrei und Festgetriller an, als hätte man hier seit Monaten kein Tageslicht gehabt. Möglicherweise war's das erste Mal in meinem Leben, dass ich so zeitig den Kopf vom Lager hob, dass ich ferner auf jede Morgentoilette verzichtete, ungeachtet ich eine besonders gründliche nötig gehabt hätte. Im Waldtümpel ließ sich nicht baden. Ich freute mich also auf die Duschanlagen des Campingplatzes, außerdem auf ein Frühstück, das sich dort zwischen neun und elf bei einem ambulanten Bäcker kaufen ließ. Allerdings nahm ich völlig irrtümlich an, der Weg dorthin ließe sich jetzt rasch wieder finden.

Tatsächlich traf ich den ganzen Tag nirgends auf etwas, das auch nur einem Pfad ähnlich gesehen hätte. Ich nehme einmal an, dass es eine ganz böswillige Laune des Zufalls war, dass ich wahrscheinlich etliche Male nur zwei, drei Schritte entfernt von einem bequemen Kiesweg mit Wanderbeschilderung vorüberirrte, dass ich vielleicht ein halbes Dutzend Kilometer parallel zu einem Waldsaum, mit daran anschließender Feldlandschaft lief, dass möglicherweise dann und wann, kurz bevor ich mich durch ein Dickicht gezwängt hatte, in Sichtweite das hell leuchtende Trikot eines Joggers, Bergsteigers oder Mountainbikers vorüberglitzerte. Ich rief natürlich ein ganzes Hundert *Hallos* in die Runde, zu meinem Pech aber immer nur dann, wenn's gerade niemand hören konnte.

Nachmittags kam ich dann zu einem Bad, obwohl ich inzwischen gar nicht mehr erpicht darauf war. Mitten durch den Urwald schlängelte sich ein Wildbach. Ich war bereits so gleichgültig gegen jedes gepflegte Aussehen, dass ich, ohne auch nur die Hosenbeine aufzukrempeln, hindurch trottete. Nicht einmal nach der bequemsten Stelle zum Übergang schaute ich aus, sondern trat einfach hinein, wo sich das Wasser mit meiner Marschroute schnitt. Erst auf halber Strecke merkte ich, wie unbedacht dies war, denn nicht allein, dass ich zeitweise fürchten musste, davon gerissen zu werden, es war auch, da ich endlich das jenseitige Ufer erreichte, keine trockene Stelle mehr an mir.

Zuallererst schaute ich nach, ob wenigstens die einzige noch verbliebene Zigarette schadlos geblieben war. Natürlich war sie's nicht. Ich nahm aber an, sie würde sich noch rauchen lassen, wenn ich sie zuvor in die Sonne gelegt hätte.

Der einzige sonnige Flecken in der Nähe war die Höhe eines Basaltfelsens, die sich zum Glück leicht besteigen ließ und oben auch mit einer Moosmatte aufwartete. Ich legte also die Zigarette zusammen mit dem Feuerzeug in eine kleine Mulde, zog die Schuhe, das Hemd und die Hose aus, besah mir noch den Schaden, den mein Portemonnaie genommen hatte und verteilte dann alles zum Trocknen. Ich selbst streckte mich gleichfalls hin und schlummerte ein wenig. Da ich wieder erwachte, galt mein erster Blick der Zigarette. Zu meiner Freude fand ich, sie sehe aus, als wäre sie niemals nass gewesen. Weniger zu meiner Freude bemerkte ich sodann, dass, abgesehen von den Schuhen, sämtliche Kleider verschwunden waren. Wohin das Hemd verschwand, erfuhr ich nie. Die Hose baumelte, mit einem Bein in einer Spalte klemmend, auf halber Höhe zwischen Bach und Gipfel. Natürlich versuchte ich, sowohl von oben wie von unten sie mittels verschiedener Stöcke und Steine wieder zu befreien. Hinzuklettern wagte ich nicht. Zum Glück entdeckte ich im Randgebüsch des Baches wenigstens die Unterhose.

Ich setzte also meinen Marsch fort mit nichts bekleidet als einem Paar Halbschuhen, die inzwischen wie hohle Wurzelstrünke aussahen, sowie einer hellroten Unterhose. Außerdem besaß ich noch das Feuerzeug sowie mein Portemonnaie. Allerdings wusste ich nicht wohin damit. Schließlich kramte ich alle Scheine und Ausweise heraus, legte sie in den rechten, noch geschlossen Schuh und schleuderte das Übrige davon.

Die zweite Nacht im Wald verbrachte ich ein gutes Stück komfortabler als die erste. Sobald sich die Dämmerung ankündigte, pflückte ich Zweige von den Bäumen, sammelte alles an großblättrigen Kräutern, was sich finden ließ, und errichtete daraus einen Hügel. Als eine Art Außenputz deckte ich diesen Hügel mit Tannenwedeln ab und krabbelte dann so weit hinein, dass nur der Kopf daraus hervorschaute. Möglicherweise hätte ich nach und nach auch alles Weitere für ein passables Dasein als Walderemit herausgefunden, nach essbaren Wurzeln gegraben, ein Feuer mittels zweier Steine zu entfachen gelernt, Kräutertee darauf gekocht, vielleicht auch ein selbsterlegtes Kaninchen oder eine mit den bloßen Händen gefangene Forelle. Ich hätte mir aus Birkenrinde und Halmen eine Art Mantel zu nähen gewusst und nach und nach die beste Grassorte für Flechtschuhe herausgefunden. Allein Kaffeebohnen und Tabaksblätter hätte ich wahrscheinlich nirgends auf meinen Rundgängen entdeckt und während ich hierüber vor dem Einschlafen nachdachte, fand ich, dass allein darum das Dasein in einer Stadtwohnung dem Leben in der Wildnis vorzuziehen sei.

Den kommenden Morgen kündigte sich dann das Ende meiner Odyssee an und zwar in Gestalt einer Colabüchse, die mich mit ihrer leuchtend roten Farbe von Fern herbeiwinkte. Ich eilte hin und pries den Menschen selig, der hier seinen Abfall als Zivilisations-Wegweiser hingeworfen hatte und da ich näher kam, war auch alles andere kunterbunt versammelt, was so nach Ausflügen in schöner Gegend zurückzubleiben pflegt. All die Becher, Schachteln und Schnipsel waren zweifellos im Verlauf des Sommers herab getrudelt von einem Fels, der sich dahinter erhob und auf dessen Höhe gewiss ein Aussichtsplateau mit Wurstbude und Kaffeetischen befindlich war. Und da ich genauer hinaufsah, dämmerte mir, dass es die Kaffeehausterrasse war, wo ich bereits etliche Tage angenehm gesessen und wohin ich mich auch nach all den Strapazen an erster Stelle gewünscht hätte. Ohne lange nachzudenken, kletterte ich los, angespornt von der Vorstellung, oben angekommen unverzüglich ein Bergsteigerfrühstück, Kaffee und Zigaretten zu erhalten.

Ich weiß nicht, von welchem Schwierigkeitsgrad diese Wand war. Später habe ich einmal von oben daran hinabgeschaut und die Sache sehr halsbrecherisch gefunden. In jedem Fall schaffte ich die Strecke geschwind und problemlos und tauchte dann auf hinter der Balustrade.

Es war niemand da außer der Kellnerin, die soeben Aschenbecher und Speisekarten auf die Tische verteilte. Da sie mich hinter der Balustrade hervorkommen sah, hielt sie inne und starrte mich an. Ich rief guten Morgen, hüpfte über die Brüstung und ließ mich aufatmend in den erstbesten Stuhl fallen.

Es war im Übrigen eine hübsche Person, ein wenig kindlich, vielleicht auch einfältig, aber doch von der Art, dass man's angenehm fand, sie in der Nähe zu sehen. Sowie sie sich meinem Tisch genähert hatte, bestellte ich, was ich während der Kletterei so lockend bereits vor mir gesehen hatte. Die Kellnerin nickte, verwirrt über mein Erscheinen wie mein Aussehen. Aber erst da sie alles herangetragen hatte und ich mit der Rechten bereits die Gabel in ein Schinkenomelette fahren ließ und mit der Linken nach der Kaffeetasse langte, da legte sie verlegen den Finger auf den Mund und fragte, ob ich denn etwa da vorne hochgeklettert sei.

»Ich wusste nicht«, sprach ich, kauend und trinkend, »wie sich anders heraufkommen ließ.«

Die Frau ließ die Augenlider etwas häufiger auf- und zugehen und sah mich an, als wäre ihr nach wie vor die Sache schleierhaft.

»Ich hatte es eilig«, erklärte ich. »Ein wenig Pech hab ich gehabt. Die Hose und das Hemd hab ich verloren, und stellen Sie sich vor, wo ich mein Geld hingesteckt habe.«

Die Kellnerin wurde rot.

»Da! Im Schuh!«, lachte ich.

Ich streckte mein Bein aus, damit sie den Schuh sähe.

»Im Schuh?«, echote sie.

»Die Füße sind nicht mehr ganz sauber. Man darf es nicht unbedingt weitersagen.«

Ich fühlte mich schon nach dem halben Omelette gesättigt und zündete mir eine Zigarette an.

»Ich hatte mich verlaufen«, erzählte ich. »Beinahe drei Tage lang bin ich durch den Wald geirrt.«

Ich zeigte hin auf den Baumwipfelteppich.

»Und wo haben Sie dann geschlafen?«, fragte die Frau, nachdem sie selbst noch einmal den Wald angesehen hatte.

»Im Laub natürlich.«

Ich erzählte schließlich das ganze Abenteuer, ohne allerdings Olivia und die anderen zu erwähnen. Die Kellnerin nahm Platz, stützte den Ellbogen auf die Tischplatte, das Kinn auf die Hand.

»Ist Ihnen denn nicht kalt ohne Hemd und Hose?«, fragte sie.

Ich winkte ab, lächelnd, als kümmerte mich so was nicht.

Sie machte daraufhin das Angebot, mir eine Hose und ein

Hemd von ihrem Bruder zu leihen, der ohnehin nicht mehr hier wohne und nur noch selten zu Besuch käme. Kurz darauf erschien sie dann mit einem ganzen Packen. Ich probierte zuerst eine dunkelbraune Cordhose, aber bevor ich diese zuknöpfen konnte, erinnerte sich die Frau, eine viel schönere mitgenommen zu haben. Von einem himmelblauen Baumwollhemd meinte sie, es vertrüge sich nicht mit meiner Haarfarbe. Zuletzt einigte sie sich dann auf eine weiße Jeanshose und ein schwarzes Seidenhemd. Allerdings stachen jetzt die alten, schlammverkrusteten Schuhe ins Auge. Sie lief gleich zurück ins Haus und brachte ein ganzes Sortiment zum Anprobieren.

Ein ganzes Jahr ist seitdem vergangen. Ein angenehmes Jahr. Solange das Wetter es erlaubte, saß ich auf der Terrasse, immer am selben Tisch, bei Kaffee und Zigaretten, den Baumwipfeln beim Wogen, den Wolken beim Vorübertreiben zuschauend. Den Winter über zog ich mich in die Wirtsstube zurück, an einen Tisch in separater Nische mit gleichfalls unterhaltsamem Blick aus dem Fenster. Auf der gehäkelten Tischdecke befindet sich ein Schild, worauf *reserviert* zu lesen steht. Außerdem lässt Lilli, die Kellnerin, gewöhnlich ihre Rätselbücher dort liegen, mit denen sie sich beschäftigt, wenn eben im Gasthof nichts zu tun ist. An Feiertagen geht mir das Geschnatter der zahllosen Ausflugsgäste auf die Nerven. Zum Glück rückt der Frühling schon wieder heran. Lilli hat bereits die Tische auf die Terrasse getragen.

Gestern, da ich im Mantel draußen saß, meinte sie zu mir, wir könnten doch eigentlich auch mal Urlaub machen. Sie würde so gern einmal an die See. Der Ernst und die Gertrud, die hätten in Holland ein Häuschen, groß genug für vier Personen. Man könnte am Strand Federball spielen, vielleicht auch segeln und surfen, baden vor allem.

Ich sagte – und wie ich meine, sagte ich dies sehr deutlich

– das wär' nichts für mich. Sie redete aber weiter und ich glaube, dass ich an irgendeiner Stelle ihrer Rede eine törichte und unbedachte Kopfbewegung machte. Jedenfalls erhob sie sich dann mit strahlendem Gesicht und meinte, sie werde gleich mal anrufen.

Wie man sich den Galgen ertrotzt

An einem Sommernachmittag tauchte vor dem Nördlinger Rathaus ein abgerissener junger Mann auf, der sich zunächst unschlüssig den Nacken kratzte, dann das Gebäude betrat, an der Tür des Stadtschreibers klopfte und, nachdem ihm der Beamte zugenickt hatte, er möge sein Anliegen kundtun, ohne jede Einleitung, mit gesenktem Kopf und murmelnder Stimme erklärte: er habe im vergangenen Herbst auf der Straße nach Augsburg einen Mann erschlagen und ausgeraubt.

Der Stadtschreiber, der sich kurz vor seiner Pensionierung befand, im Augenblick außerdem nur mehr eine Viertelstunde vor Schalterschluss, machte ein schiefes Gesicht, brummte missfällig und weil der vor ihm Stehende obendrein einen geradezu erwürgenden Gestank ausströmte, meinte er kurzerhand: das ließe sich heute nicht mehr bearbeiten, da müsse er morgen noch mal wiederkommen.

Insgeheim hatte der Stadtschreiber gehofft, die Angelegenheit ließe sich auf diese Weise bequem und erfolgreich vom Schreibtisch fernhalten. Der Kerl würde gewiss nicht ein zweites Mal im Büro erscheinen, um sich für einen Platz am Galgen zu bewerben. Da er ihn dann am kommenden Vormittag wieder zur Kanzlei hereinschleichen sah, war er verblüfft und ärgerlich und hätte gute Lust gehabt, ihn einfach hinauszuwerfen. Stattdessen gab er nur seinem Schreibgehilfen in der anderen Zimmerecke ein Zeichen, er möge das Fenster öffnen.

Der Eingetretene blieb grußlos vor dem Schreibtisch stehen, ließ sein Kinn in den zerfransten Kragen sinken und wartete ab, was man fragen und anordnen würde.

Sicherheitshalber erkundigte sich der Stadtschreiber noch einmal nach dem Anliegen des jungen Mannes, nickte, meinte, er entsinne sich, und kramte dann widerwillig das entsprechende Formular hervor. Wie denn sein Name sei, wollte der Stadtschreiber erfahren, während er die Feder ins Tintenfass tauchte und dann über dem entsprechenden Feld des Papiers hielt.

»Schosch«, antwortete der Mann.

An einen Nachnamen wusste er sich nicht zu erinnern und es sollte auch nicht das einzige Kästchen im Formular sein, das sich mit keiner oder doch nur mit einer ungefähren Angabe ausfüllen ließ. Abgesehen davon, dass in die postenreiche Rubrik über die Personalien des Antragstellers nichts als das Wort *Schosch* eingetragen werden konnte, dem der Stadtschreiber eigenmächtig ein in Klammern gesetztes *Georg* hinzufügte, so konnte der Mann ebenso wenig darüber Auskunft geben, wo und wann genau das Verbrechen stattgefunden habe. Natürlich war ihm auch unbekannt, wer es war, den er erschlagen hatte. Da ihn der Stadtschreiber um eine Beschreibung der Person bat, kratzte sich Schosch lange durch die fettigen Haare und meinte, so genau habe er sich den nicht angesehen. Immerhin erinnerte er sich, ihm mit einem Stein den Schädel zertrümmert zu haben.

Mit Unbehagen setzte der Stadtschreiber Stempel und Unterschrift auf das Papier, das in seinen Augen aussah wie eine schauderhafte Kritzelei, für die man sich schämen, die man besser sofort im Ofen verschwinden lassen sollte.

Ob er denn jetzt an den Galgen käme, erkundigte sich Schosch.

Der Stadtschreiber stutzte, ließ den Blick über den Mann schweifen, der so morsch und kraftlos da stand, als wenn ihn der Wind einer zugeschlagenen Akte hätte umblasen können.

»So schnell geht das nicht«, sprach er dann.
»Und wie lange dauert das?«
»Da müssen Sie sich schon ein wenig gedulden. Das muss ja erst einmal überprüft und bearbeitet werden.«
»Komm ich denn so lang ins Gefängnis?«
»Ins Gefängnis? Nein. Tut mir leid. Dafür bin ich nicht zuständig. Ich werde Ihren Antrag an die Polizeimeisterei weiterleiten. Aber ich fürchte, bei einem so mangelhaft ausgefüllten Formular wird man Ihnen dort auch nicht weiterhelfen können. Fragen sie einfach in einer Woche noch mal nach!«
»In einer Woche!«, echote Schosch, als wäre dies ein Zeitraum, der sich jenseits seines Vorstellungsvermögens befand.

Sowie der Kerl wieder hinaus geschlurft war, nahm der Stadtschreiber das Formular, schüttelte den Kopf und warf es in den Abfallkorb. Natürlich war er mit den Kollegen von der Polizeimeisterei gut genug bekannt, um zu wissen, mit welchen Gesichtern man dort einen solchen Antrag entgegengenommen hätte. Durchaus möglich, dass man im Aktenschrank die Papiere zu einem noch ungeklärten Raubmord aus dem letztjährigen Herbst verwahrte. Man hätte sie heraussuchen, noch einmal durchsichten müssen. Alle Beteiligten wären noch einmal vorzuladen gewesen. Sofern keine Widersprüche zutage traten, wäre die Angelegenheit vor Gericht gekommen. Der Stadtgalgen hätte inspiziert und gegebenenfalls ausgebessert werden müssen – kurz und gut: es wäre eine Menge Wind, Arbeit und Papierkram entstanden, worin vielleicht ein jüngerer Beamter das unausweichliche Getriebe seines Waltens erblickt hätte, dem sich aber der Gereiftere doch nur dann auszusetzen pflegt, wenn es sich beim besten Willen nicht umgehen lässt. Eben darum entsprach es durchaus den Gepflogenheiten, Überflüssiges im Abfall verschwinden zu lassen, den Kollegen nicht wegen bearbeitungspflichtiger Lappalien die Brötchenpause zu versauern. Und was wäre das fortgeworfene Formular anderes gewesen als eine Lappalie. Schließlich gab es niemanden, der auf die Aufklärung eines vor fast einem Jahr geschehenen Raubmords drängte. Niemand – außer diesem Herrn Schosch – besaß ein Interesse daran, den Verwaltungsapparat anzukurbeln, damit er am Ende die ordnungsgemäße Strafe ausspucke. Wenn ihm aber an dieser Strafe so viel gelegen war, warum sollte man dafür zwei Dutzend Personen in Bewegung setzten? Aufhängen kann man sich bekanntlich auch ohne fremde Hilfe. Im Übrigen vertraute der Stadtschreiber darauf, es sei doch in aller Welt kein Mensch so blöde, auch noch ein drittes Mal wegen der eigenen Hinrichtung anzufragen.

Nach Ablauf der genannten Bearbeitungsfrist, gab Schosch dem Stadtschreiber ein Beispiel für die Sturheit der Lethargischen und es hätte ihm ein Hinweis darauf sein können, dass er den Kerl, der auf sein Recht bestand, wenn auch auf das eher selten eingeforderte, nach vollbrachtem Raubmord an den Galgen zu kommen, nicht eher loswerden sollte, als bis ihm Genüge getan war. Immerhin brachte ihn das Phänomen nun doch aus der Fassung, weswegen ihm trotz langjähriger Erfahrung die Beamtenmiene entglitt. Sowie der Mensch vortrat und nachfragte, was aus seinem Antrag wurde, war der Stadtschreiber nicht wie gewöhnlich zunächst darum bemüht, sich zu entsinnen, stotterte vielmehr mit blödem Gesicht, als wäre man von höchster Stelle wegen eines fortgeworfenen Formulars an ihn herangetreten. Während er nervös verschiedene Aktenordner aufklappte, war er inwendig ganz damit beschäftigt, sich wieder zu fangen, wieder zurück in die für einen Stadtschreiber angemessene Contenance zu finden. Allerdings empfand er nun die Angelegenheit doch wie eine Ohrfeige, eine Rüpelei, eine Unverschämtheit, und während er scheinbar nach dem betreffenden Aktenstück suchte, war er fest entschlossen, sich den Kerl ein für alle Mal und nach probater Stadtschreiber-Methode vom Hals zu schaffen.

»Wie es aussieht«, sprach er, wieder gefasst und nachdem er vor einem zufälligen Papier längere Zeit innegehalten hatte, »wurde ihr Antrag abgelehnt.«

»Abgelehnt? Wieso denn das?«, stieß Schosch unerwartet streng und beleidigt hervor.

»Zunächst einmal sind Ihre Angaben, wie ich Ihnen ja schon sagte, unvollständig. Wenn Sie wenigstens genau sagen könnten, wo Sie Ihren Raubmord begangen haben. Jedenfalls hat man bei der Polizeimeisterei kein entsprechendes Delikt ausfindig machen können. Möglicherweise befindet sich der Tatort gar nicht auf Nördlinger Gebiet, weswegen hier auch niemand für die Aufklärung zuständig ist.«

Schosch starrte dem Stadtschreiber aufs Gesicht, als wenn er die Worte einer Fremdsprache zu erraten versuchte. Dann kramte er in seiner Hosentasche, zog mehrere Gegenstände hervor, die er auf seinem Handteller ausbreitete und legte schließlich einen Ring auf den Tisch. Der sei noch von dem Toten, erklärte er. Das sei ihm erst kürzlich wieder eingefallen. Eigentlich habe er den Ring verkaufen wollen, aber weil ein Name eingraviert war, sei ihm die Sache damals zu heikel gewesen.

Der Stadtschreiber sah auf den Ring wie auf einen völlig unvorhergesehenen Trumpf seines Gegenübers, einen Trumpf, für den er sofort nach einer abschmetternden Antwort suchen musste. »Ein Ring«, nickte er. »Das ist natürlich von Vorteil für Sie. Dann wäre ja auch der Name des Opfers bekannt. – Und? Wie lautet der Name?«, fragte er, worauf Schosch mit den Schultern zuckte, wenn auch in der heiter nervösen Weise dessen, der einmal etwas Bemerkenswertes vorzuzeigen hatte. Mit spitzen Fingern nahm der Stadtschreiber den Ring und suchte die Gravur zu entziffern. »Da ließe sich zweifellos etwas gezielter nachforschen. Und doch«, sprach er und indem er den Ring zurücklegte, »sehe ich leider keine Möglichkeit, Ihrem Antrag stattzugeben. Für eine hiesige Gerichtsverhandlung müssten Sie nämlich ein Einwohner Nördlingens oder doch wenigsten hier geboren sein.«

»Aber warum denn das?«, versetzte Schosch, der sich bereits wegen des Rings seinem Ziel nahe geglaubt hatte und es nun abermals hinter Schlagbäumen verschwinden sah.

»Das sind nun einmal die Bestimmungen. So eine Verurteilung ist schließlich mit Kosten verbunden. Versteht sich, dass wir solche Kosten nur dann übernehmen können, wenn es sich zweifellos um eine Nördlinger Angelegenheit handelt. Ansonsten würden uns ja aus aller Nachbarschaft die Delinquenten zugetrieben, nur um in der eigenen Stadt Gericht und Galgen zu sparen. Es steht Ihnen natürlich frei, in der Einwohnerbehörde anzufragen, ob Sie dort als gebürtiger Nördlinger eingetragen sind. Dafür allerdings müssten Sie Ihren Nachnamen wissen. Ohne einen Nachnamen wird man Ihnen dort auch nicht weiterhelfen können.«

»Aber den weiß ich doch nicht.«

»Das ist eben der Haken an der Sache.«

»Aber wenn ich den doch erschlagen habe. Was soll denn da überhaupt mein Nachname?«

»Ich sagte Ihnen doch: So lange Sie nicht nachweisen können, gebürtiger Nördlinger zu sein oder wenigstens den Raubmord auf Nördlinger Gebiet begangen zu haben, fallen Sie nicht in meinen Zuständigkeitsbereich.«

»Es war doch gar nicht weit von hier«, stotterte Schosch laut und verzweifelt und mit einer Miene, die einen Wut- oder Tränenausbruch anzukündigen schien, weswegen nun auch der weiter hinten im Zimmer sitzende Schreibgehilfe seine Arbeit vergaß und rätselnd neugierig herüber starrte.

»*Nicht weit von hier* ist eben wie alles andere, was Sie für Ihren Antrag aussagten, nur eine ungefähre und darum unbrauchbare Angabe.«

»Aber wenn ich den doch erschlagen habe!«, kreischte Schosch, indem er sich auf die Tischkante stützte und sein Gesicht vorstreckte. »Mit einem Stein hab ich den erschlagen. Und dafür gehör ich an den Galgen. An einen festen Galgen, mit einem richtig geknoteten Hanfseil. Und wenn jetzt nicht sofort was geschieht, dann schlag ich dich auch noch tot!«

Der Schreibgehilfe war bereits aufgesprungen und losgeeilt, um die Wachen zu holen. Die stürzten herein, entrissen dem Mann ein Aktenpaket, mit dem er auf den Stadtschreiber einzuprügeln begonnen hatte, zerrten ihn hinaus zum Stadttor und auf die Landstraße. Nicht ohne Mühe; denn ungeachtet seiner sonst so matt und saftlos wirkenden Erscheinung, zappelte und schrie der Mann, wie man es sich eher im umgekehrten Falle einer verhängten Strafe hätte vorstellen können. Von der Straße aus krächzte er noch eine solche Kanonade von Flüchen gegen die Stadt und ihre Einwohner, dass die Torschreiber, um sich das Geplärr vom Halse zu schaffen, ihn schließlich mit Steinen verjagten. Bockig und rachsüchtig trottete er davon, begegnete jenseits einer Straßenkurve einem Fuhrmann, der an einem zerbrochenen Wagenrad zu tun hatte, ging schnurstracks auf ihn zu, riss dem verdutzten Fremden die Wagenstange aus der Hand und schlug ihn tot. Die Leiche ließ er liegen, wo sie hingefallen war, setzte sich selbst mit verschränkten Armen gegenüber auf die Wegböschung und wartete ab, dass jemand käme, ihn festzunehmen.

Der Gorilla

Aus einem Gespräch am Nebentisch hatte ich etwas von einem entlaufenen Gorilla aufgeschnappt, der sich im Park herumtreibe und war sofort überzeugt, man habe in Wahrheit keinen Affen, sondern mich gesehen.

Unter normalen Umständen wäre diese Schlussfolgerung völlig irrwitzig gewesen. Denn wenn es auch etliche Scherze gibt, die in solche Richtung zielen, so dürfte es doch in Wahrheit ausgesprochen selten vorkommen, dass ein Mensch mit einem Affen verwechselt wird. Und nicht nur so obenhin, vielmehr mit einer Gewissheit, welche noch das präzisierende Wort Gorilla nahe legt. So etwas ist mir nie passiert, hier im Kaffeehaus zum Beispiel, wo ich zwar häufig angegafft werde, aber doch gewiss ohne Zweifel darüber, welcher besonderen Spezies unter den Primaten meine Person zuzuordnen sei. Auf Entfernung indes, wenn ich etwa in nicht bekleidetem Zustand durchs Gebüsch hüpfe – da wäre die Verwechslung durchaus denkbar. Der etwas untersetzte, aber muskulöse Körperbau, der fehlende Hals, der breite, massige Kopf – vor allem aber: die üppige Behaarung, derentwegen ich einzig von Ärzten überrascht und begeistert angesehen zu werden pflege, eben wie ein Exemplar großer Seltenheit, von dem man während des Studiums hörte, zu dem auch einige unscharfe, ein wenig zweifelhafte Fotografien existieren, das man aber realiter nie zu Gesicht bekam. Eine Ehre und Bevorzugung, auf die ich gerne pfeifen würde, wie mir überhaupt mein haariges Antlitz ein solcher Grusel ist, dass ich schon seit Jahren den Blick in den Spiegel vermeide. Natürlich sind Stimmen in mir, die sich gegen dieses Diktat auflehnen, und es war eine darunter, im Gewand eines Direktors, die mich in einer verzweifelten Nacht nackt vor den Spiegel zerrte und mich anschrie, ich solle gefälligst hinschauen. Das da, das sei ich und was ich denn erwarte bei so einem Anblick. Es war eine geradezu selbstmörderische Prozedur, ein Erkennen, das keinen Nutzen fürs Dasein hat, dem nur ein Abfinden folgen kann, ein Abfinden, das sich als bitterer Geschmack in alle Dinge des Lebens hineinmischt, wo sich zuvor eine vielleicht vermessene, aber doch aufheiternde Illusion befand. Jedenfalls habe ich seit dieser Nacht beschlossen, die Direktorenstimme nicht wieder aufkommen zu lassen. Sobald sie sich regt, wird sie abgedrosselt. Eben weil sie mir das spärliche Leben, das mir bleibt, nur versauert mit ihrem Wahrheitsfanatismus. Natürlich vergisst kein Mensch sein eigenes Gesicht. Ich brauche mich ja nur an der Stirn zu kratzen, um frisch daran erinnert zu werden. Und doch verblassen die Details wie bei einem Bekannten, den man lange nicht sah, den man sofort wieder erkennen würde, wenn man auch zuvor nicht mehr mit Bestimmtheit hätte sagen können, ob er einen Bart trug oder nicht. Mein Friseur weiß längst Bescheid, dass ich nur bei verhangenem Spiegel auf dem Frisierstuhl Platz nehme und dass ich einen bildlichen Beleg über den Erfolg seiner Arbeit nicht zu erhalten wünsche. Es fällt ihm auch nicht ein, sich in irgendeiner Weise über meinen so erstaunlich kräftigen Haarwuchs zu äußern. Und dabei bekommt er nur den Kopf zu sehen. Wahrscheinlich würde ihm gar nichts mehr einfallen, wenn ich einmal den Rücken entblößte.

Aber ich will mich über dieses Thema nicht weiter auslassen, weil es mir selbst verhasst ist, sich aber hier kaum aussparen ließ. Denn nur mit diesem Wissen lässt sich verstehen, wie mir der Verdacht kommen konnte, ich sei für einen entlaufenen Gorilla angesehen worden. Abgesehen von der berechtigten Frage, von wo überhaupt ein Gorilla entlaufen sein sollte, weswegen man bei meinem Anblick auf einen solchen zu schließen beliebte, kam mir die Sache zunächst völlig einsichtig vor: Ich war im Park spazieren gewesen, ins Unterholz getreten, vielleicht weil ich einen Pilz oder sonst etwas, das mir interessant vorkam, gesehen zu haben glaubte. Und aus einiger Entfernung starrt jemand zu mir herüber, drückt ein paar Buschzweige beiseite, die ihm die Sicht verdecken. Unglücklicherweise beuge ich mich ein Stück herab, des Pilzes wegen, den ich auf Anhieb nicht genau einzuordnen weiß. Und prompt denkt der Kerl, da sei ein Gorilla unterwegs und läuft los, um seine Entdeckung der Polizei zu melden. Zunächst sage ich, denn erst im Weiteren fiel mir ein, worüber ich doch gleich zu Anfang hätte stolpern müssen: Ich bin noch nie nackt spazieren gewesen, trage vielmehr, ganz wie hier im Kaffeehaus, stets Anzug und Schuhe. Man sollte doch annehmen, die Bekleidung würde die Verwechslung unmöglich machen. Eine Verwechslung, die ohnehin nur auf wenigen Eindrücken fußt, die sich nochmals vermindern, ja einen geradezu idiotischen Verdacht aus der Sache machen, wenn eben Schuhe und Anzug im Spiel sind.

Es sei denn – und da mir dies einfiel, hatte ich den Eindruck, es sei mir bereits mehrfach eingefallen, wenn auch nur in der Form eines noch nicht in Worte gesetzten Gedankens – es sei denn – und es wurde mir schlagartig übel bei der Vorstellung, derjenigen nämlich, es könnte die Kontrolle, die ich über mein Verhalten zu besitzen glaube, verstreute Lücken aufweisen. Was etwa, wenn der niedergedrosselte Direktor sich beizeiten ein Schlupfloch sucht, nicht um seine alte Rolle fortzuspinnen, eine andere vielmehr, eine, die es ihm erlaubt, ungestört sein Unwesen zu treiben, die seiner Neigung zum Erniedrigen entgegenkommt, raffinierter und ausgefeilter! Und während ich hierüber spekulierte, meinte ich tatsächlich seine Stimme zu hören, einschmeichelnd und nach Art grinsender Giftzwerge: »Komm, mein Süßer! Zieh dich aus! Geh durch den Park! Wirst nichts merken davon! Schläfst ja ganz fest!«

Jetzt aber schlief ich nicht, saß vielmehr im Kaffeehaus, eine ungelesene Zeitung vor dem Gesicht, nur über den Rand nach den beiden Männern spitzend, welche den entlaufenen Gorilla erwähnt hatten. Und es war mir auch, als wüssten sie längst, wer sich da hinter der Zeitung verbarg: ein Geisteskranker mit unnatürlicher Körperbehaarung, der sich bisweilen nackt im Park herumtreibt. Aber was heißt schon bisweilen! Wahrscheinlich war das scheinbar funktionierende System längst völlig durchlöchert und wenn ich mir einbildete, Schuhe und Anzug anzulegen, so saß mir doch mein Alp auf den Schultern, der alles vereitelte. Und gewiss hatte er sich längst auch mit den anderen besprochen, den Spaß gründlich abgekartet, den Spaß, der nichts als meine vollständige Würdelosigkeit zum Ziel hatte. Und darum wurde nur gelacht, sobald ich hinaus war, weil eben dieses Lachen mich hätte aufwecken und erkennen lassen können, dass ich weder Schuhe noch Anzug besaß und wie ein nackter Affe durch die Straßen lief.

Warum aber dann der etwas fadenscheinige Einfall, in meinem Beisein von einem entlaufenen Gorilla zu reden? Das wäre ja so viel wie ein Ausrutscher.

Es sei denn – und ich hatte wieder das Gefühl, der Gedanke sei nicht völlig neu – es sei denn, das Ganze fußte auf einem völlig anderen Betrug und da mir dieser andere Betrug aufleuchtete, war ich sicher, es sei die einzige Erklärung, die jeden Teilaspekt berücksichtigt. Wenn auch unerhört, eine geradezu niederträchtige Gemeinheit, deren Ziel es war, einen Schutzschild der anderen auf meine Schultern zu wuchten, mich in den Glauben zu treiben, ich liefe unter lauter Wohlbekleideten wie ein nackter Affe herum, wobei sich doch in Wahrheit die Sache gerade anders herum verhielt.

»Grinsen Sie nur!«, sprach ich laut. »Ich hab das schon gehört mit dem Gorilla. Aber wenn Sie meinen, ich falle auf einen so billigen Betrug herein, da haben Sie sich geirrt.«

Die beiden Männer wandten sich zu mir herum mit Mienen, als wären ihnen meine Worte vollkommen schleierhaft, als wägten sie ab, ob es als Beleidigung verstanden werden müsse.

»Was denn für ein Gorilla?«

»Schon gut! Sie haben Ihre Aufträge. Aber ich, meine Herren, habe auch zwei Augen im Kopf. Es ist mir völlig egal, wie Sie herumlaufen. Das ist einzig und allein Ihre Angelegenheit. Aber wenn Sie mir unterstellen wollen, ich säße hier ohne Schuhe und Anzug – dann bitte schön, sehe ich mich doch genötigt, die Dinge einmal richtig zu stellen. Denn nicht ich, sondern Sie meine Herren sind nackt. Wie überhaupt alle hier.«

»Was ist das denn für eine Unverschämtheit!«, kam es zurück. Die Zwei erhoben sich bereits, als der Kellner hinzueilte, beschwichtigend, das sei schon alles in Ordnung und ich solle doch die anderen Gäste ungestört lassen und nicht schon wieder *davon* anfangen.

Der Fahnenträger

In verschiedenen Zimmern und von verschiedenen Experten vollständig untersucht, wurde ich zurück in die große Baracke kommandiert, wo ich, nach wie vor in Unterhosen, vor einer Barriere von Schreibtischen stramm stehen sollte, um mir so in, wie man fand, angemessener Haltung den Befund über meine Tauglichkeit anzuhören. Links von mir, in etwas eingesunkener Haltung, wie unter der Last seines weißen Kittels zusammengeschrumpft, verlas der Oberarzt das abschließende Ergebnis, mit tonlos murmelnder Stimme, wahrscheinlich infolge der Routine eines über Jahre täglich erfüllten Dienstes darauf bedacht, Mund und Kehlkopf zu schonen, und doch über keine der bisweilen hoch komplizierten Termini stolpernd, jede Konsonanten-Traube mit sicherer Zunge artikulierend, nur eben undeutlich, weswegen ich nicht vollständig verstand, woran es an mir haperte. Der längste Absatz handelte, wie ich immerhin begriff, von meinen Beinen. Linksbeiner sei ich, was ich, ahnungslos über den Inhalt dieser Auskunft, mit gleichgültiger, wie fest genagelter Miene zur Kenntnis nahm. Die anderen, in ihren Uniformen hinter den Tischen Sitzenden, wiegten mit eingekniffenen Lippen die Köpfe wie über einen bedenkenswerten, aber durchaus nicht niederschmetternden Kritikpunkt. Fernerhin war zu erfahren, es seien in meinem Fall die Sehnen, welche die Ober- mit den Unterschenkeln verbinden, zu lang. Mehrere Augenbrauen schwenkten in die Höhe wie auf ein Stichwort, eine immer wieder zu beklagende Pfuscherei. Während diese Sehnen, wie gesagt in etwas undeutlicher Sprache, behandelt wurden, schwenkte jeder der Männer den Blick ein Stück zur Seite, als hoffe man, durch die leicht veränderte Perspektive eine bessere Illustration zum Text zu gewinnen; aber nur halbherzig, wie mir schien, mehr aus einem Bedürfnis nach Zerstreuung heraus. Ansonsten hätte man mich gewiss aufgefordert, einmal meine Hinteransicht sehen zu lassen, die Knie durchzudrücken, in die Hocke zu gehen.

»Sieht nicht gut aus mit Ihnen!«, kommentierte einer der Leute, nachdem der Bericht zum Abschluss gekommen war.

Der Einwurf, wenn auch begleitet von einem halb zerdrückten Gähnen, besaß durchaus die Qualität eines Bedauerns. Ein Bedauern, als habe man sich mir zuliebe hier zusammengefunden, als wäre meiner Person ein Wunsch abzulesen gewesen, dem man gerne willfahren würde, wenn man nur wüsste wie. Dabei bemühte ich mich, einen solchen Wunsch nicht einmal aus Höflichkeit zu mimen, nahm vielmehr den Ausspruch, dass es nicht gut um mich aussehe, mit einem Gesicht entgegen, als wenn es mich keinen Nagelschnips kümmerte.

»Der Linksbeiner ginge ja noch. Aber das mit den Sehnen...«, erklärte der Mann, während er die zusammengelegten Hände auf seinem Schoß bequemer zurechtrückte.

»Vielleicht können wir ihn zu den Fahnenträgern stecken«, bemerkte ein anderer, sich vorbeugend, dann gnädig zu mir hin nickend, als wolle er mir zuzwinkern, dass noch nicht alles verloren sei. »Kräftige Arme hat er ja«, fügte er hinzu und gab mir ein Zeichen, ich möge einmal den angewinkelten Arm sehen lassen.

»Fahnenträger«, wiederholte der andere das Wort, indem er über sein Kinn strich, dann nach den Unterlagen seines Nachbarn spitzte und nachfragte, wie viele Fahnenträger man denn bereits habe. Fünf, erfuhr er. Einen sechsten könne man durchaus noch gebrauchen.

»Na also!«, rief er. Und alle strahlten mich an wie zum Glückwunsch über ein bestandenes Examen.

Wieder angezogen begab ich mich von der großen Baracke in eine der kleinen, meine Sachen zu packen und dann in diejenige der Fahnenträger zu wechseln. Mein bisheriger Bettnachbar lag eben mit einem Kreuzworträtsel beschäftigt, auf seiner Matratze und fragte mich, nebenher die Kästchen ausfüllend, wie es denn ausgesehen habe. Da ich ihm antwortete, nickte er leise, mit vorgestülpter Unterlippe, als wolle er einen Glücksfall würdigen. »Fahnenträger ist gar nicht mal so schlecht«, murmelte er.

»Du weißt nicht vielleicht«, fragte ich, noch einmal über die Regalbretter des Spinds tastend, »was es bedeutet, ein Linksbeiner zu sein?«

»Ein Linksbeiner!«, echote er, ohne von seinem Rätsel aufzusehen. »Das ist einer, der besser mit links als mit rechts treten kann, denke ich. Genauso wie es Rechts- und Linkshänder gibt, gibt es eben auch Rechts- und Linksbeiner. – Stört beim Marschieren, könnt ich mir vorstellen.«

»Klingt einleuchtend«, sagte ich und da ich den Spind geschlossen und meine Tasche über die Schulter geworfen hatte, sagte ich noch: »Eigentlich wär's mir lieber gewesen, man hätte mich nach Haus geschickt.«

»Nach Haus!«, nickte er, wieder die Unterlippe vorstreckend. »Stimmt natürlich. Nach Haus ist auch nicht schlecht.«

Wie bereits erwähnt, gab es außer mir noch fünf weitere Fahnenträger. Zwei von ihnen schienen mit der Aufgabe bereits vertraut, denn da wir gegen Mittag für einen Einführungslehrgang auf den Hof gepfiffen wurden, wandte sich der Fahnenmeister an die Beiden mit der Erklärung, sie hätten den Kursus zwar schon mitgemacht, es würde ihnen aber eine Wiederholung gewiss nicht schaden. Sodann startete er sein Programm, indem er uns fragte, wofür denn, unserer Meinung nach, so eine Fahne überhaupt da sei. Er gab den beiden Althasen ein Zeichen, um klarzustellen, dass er von ihnen die Antwort nicht hören wolle. Die Zwei grinsten mit nickenden Köpfen wie zwei Oberstüfler, die sich an den Tag ihrer Einschulung erinnern. Mein Nebenmann streckte nach Art der Schulbuben den Arm in die Luft und antwortete, da ihm der Fahnenmeister zugenickt hatte: »Die Fahne ist dafür da, damit man die Truppen besser unterscheiden kann.«

Die bereits Eingeweihten gackerten. Unsere Lehrmeister machte mit der Hand eine beschwichtigende Geste und erklärte, so falsch sei die Antwort gar nicht, sie sei, genau besehen gar nicht mal so schlecht, jedenfalls habe er schon viel Dümmeres gehört. Sodann rief er die zwei anderen Neulinge auf und schließlich auch mich und weil ich keine Ahnung hatte, was er von mir hören wollte, sprach ich, so ungefähr hätte ich's auch beantwortet, was er gnädig durchgehen ließ, da man schließlich weiterkommen wollte im Kursus.

»Also Jungs!«, erklärte er dann. »Merkt euch als Erstes! Die Fahne ist dafür da, dass sie gesehen wird. Das heißt natürlich nicht, dass sie allein dafür da ist, gesehen zu werden. Aber wenn sie keiner sieht, braucht man sie auch nicht mitzunehmen und wenn man sie nicht mitzunehmen braucht, weil sie ohnehin keiner sieht, dann könnte man euch auch gleich zu Hause lassen. – Leuchtet ein! Oder? Also ist es eure Aufgabe, dass man sie sieht. Und wie macht man das?«

»Man hält sie aufrecht«, antwortete mein Nachbar.

»Richtig. Man hält sie aufrecht. Und? Was noch? – Ihr haltet den Mund!«, gab er den bereits Kundigen Bescheid. Und da niemand sonst wusste, was man mit einer Fahne anstellt, außer sie aufrecht zu halten, fuhr er fort: »Man schwenkt sie! – Na Jungs! Habt ihr denn noch nie eine Fahne in der Hand gehabt? Da kommt nicht immer steil von vorn der

Wind. Da muss man schon mal nachhelfen. – Also los! Schwenkt mal eure Fahnen!«

»Wir auch?«, fragten die zwei Althasen.

»Schwenkt ihr ruhig auch, dass ich mir das noch einmal anschaue.«

Und also schwenkten alle ihre Fahnen, während der Fahnenmeister jeden Einzelnen durchging, ihm eine bessere Haltung und Schwenktechnik nahe legte, auch die Erfahrenen nicht ausklammerte, ihnen, einerlei welche besonderen Kunststückchen sie vorzuführen wussten, sehr genau auf die Finger sah und zu jedem Griff eine korrigierende Anmerkung hören ließ. Zuletzt gab er uns den Auftrag, den restlichen Nachmittag darauf zu verwenden, uns auf dem Hof im Fahnenschwenken zu üben, wobei die zwei Fortgeschrittenen die anderen beraten und berichtigen sollten.

Bereits am kommenden Morgen wurde unsere Truppe zum Einsatz einberufen.

Der Fahnenmeister trat in die Baracke und erklärte, es sei soweit, früher als gedacht, möglicherweise könne es etwas heftiger werden, aber egal was geschehe: unsere Aufgabe sei es, die Fahne im Auge zu behalten, und dass sie nicht von der Stange hänge wie ein Altweiberbusen. Immer tüchtig geschwenkt! Er hoffe doch, dass wir unsere Sache ordentlich machen und einerlei wie die ganze Chose ende, wenigstens die Fahnen bis zum Schluss immer gut zu sehen sein würden.

Anschließend schüttelte er jedem von uns die Hand und nickte wie aufmunternd und nachfühlend in die Gesichter.

Mit geschulterten Fahnen begaben wir uns zum großen Truppenplatz, wo bereits die Abteilungen bereit standen und nur mehr die letzten Anordnungen und Aufstellungskorrekturen abwarteten, welche der Verteilermeister vorzunehmen hatte. Da ihm der Fahnenmeister die vollständige

Liste der rekrutierten und angetretenen Fahnenträger überreichte, schaute der Mann lange auf das Papier, zählte mehrfach mit dem Daumen die Namen durch und meinte schließlich, er habe geglaubt, es seien lediglich fünf. Der Fahnenmeister gab Bescheid, er habe gestern noch einen sechsten zugewiesen bekommen. »Den wollen wir doch jetzt nicht nach Hause schicken. Da wird doch noch ein Plätzchen frei sein für den.« Der Verteilermeister stöhnte genervt, schüttelte den Kopf und erklärte, er habe die Leute unter der Annahme von fünf Fahnenträgern bereits sortiert und müsse jetzt also noch einmal von vorn anfangen. Der Fahnenmeister warf einen Blick auf die Leute, die da standen und herüber glotzten wie eine zurechtgestellte Herde von Kühen.

»Und wenn man einfach den letzten Haufen halbiert?«, schlug er vor.

»Wie soll denn das aussehen!«, protestierte der andere, ohne selbst hinzuschauen.

Mittels eines Taschenrechners teilte er die Anzahl der Reihen noch einmal durch sechs und korrigierte entsprechend die Planskizze in seiner Mappe. Sodann begab er sich an den Kopf der Truppe, winkte ungeduldig nach dem ersten Fahnenträger, der sich an die Spitze und vor die Trommler und Pfeifer zu stellen hatte, zählte laut die Reihen, indem er jeden Ausruf mit einem Häkchen auf dem Papier begleitete und gab dann jeweils Bescheid, an welcher Stelle zurückzurücken wäre, damit schließlich am Schwanzende der Kette eine gleich große sechste Abteilung entstünde.

»Wenn du mir jetzt noch einen siebten bringst, schlag ich dich tot!«, drohte er dem Fahnenmeister, nachdem er abschließend mich heran kommandiert und vor die sechste, hinterste Abteilung platziert hatte. »Zähl auch mal mit, ob alle richtig stehen!«, wies er den Fahnenmeister an, woraufhin beide mit vorgestrecktem Arm und wippendem

Zeigefinger noch einmal die Anzahl der Abteilungsreihen durchgingen und schließlich für korrekt befanden.

Aus seiner privaten Baracke wurde der Truppenmeister geholt. Die Hände in den Hüften schaute er über die Leute wie über ein Alpenpanorama, streckte dann gleichfalls den Finger aus, um hier und da noch einmal nachzuzählen, wies diesen und jenen der Leute mit gleitender Handbewegung an, eine Spur nach vorn oder zurück zu treten, nickte endlich zufrieden, blähte den Brustkorb, rückte den Kopf in den Nacken und schrie den Abmarschbefehl.

An der Spitze der Truppe setzten die Trommler und Pfeifer ein, den Takt vorzeichnend, welchem die zahllosen Stiefel sich fügten, stets den Schwerpunkt auf dem Schritt des rechten Fußes, dem der linke wie zum Echo hinterher stach. Wie ein rhythmisch fortpulsierender Schwamm, ein Gebilde von Einzelwesen, die sich auf einen Takt und Zielpunkt geeinigt hatten, ein Tausendfüßler, dessen winziges Gehirn den Kolonnen der Beine den Marschbefehl erteilte, den sie dann nach einmal begriffenem Muster stur befolgten.

Oben in den Felsen standen die Gämsen und schauten verwundert dem schwanzähnlichen Gebilde hinterher. Aus ihren Felslöchern kamen die Murmeltiere hervor und schnupperten neugierig mit den Nasen in die Luft. Auf dem Marschweg waren schwarzblaue Mistkäfer, teils platt, teils angetreten, mit den fuchtelnden Beinen die zerquetschten Körper fortschleppend, bis endlich die nächste Stiefelsohle dem hoffnungslosen Gezappel ein Ende machte. Anfangs war ich noch bemüht, das Elend dieser Kreaturen nicht auch noch durch meine Schritte zu vermehren. Aber es war ein aussichtsloser Vorsatz, da ich ohnehin Schwierigkeiten hatte, das Marschtempo zu wahren.

»Fahnenträger!«, schrie mich einer an, der auf einem Pferd an den Reihen der Männer vorbeikam. »Ist das ein Schuhputzlappen, den er da herumträgt?«

Während ich mich abmühte, wieder in den richtigen Takt der Schritte und in die Mitte zwischen fünfter und sechster Abteilung zu kommen, beteuerte ich, es sei kein Lappen, sondern die Fahne.

»Das sieht man aber nicht. Wie wär's mal mit Schwenken?«

»Jawohl!«, rief ich und schwenkte, wobei ich, wenig geübt in dem Fach, einem der Vorderen mit der Stange an den Rücken schlug.

»Ich zeig dir gleich ne Fahne, du Idiot!«, fauchte er mich an.

Wahrscheinlich war's meine Linksbeinigkeit, vielleicht auch die Überlänge meiner Schenkelsehnen, weswegen ich aller Mühe zum Trotz nicht in den Takt finden konnte. Durchaus möglich, dass ich eine tadellose Figur abgegeben hätte, wäre die Betonung nicht auf dem rechten, sondern dem linken Bein gewesen. Solange ich mich ganz auf die Füße konzentrierte, mochte mein Marschschritt halbwegs passabel aussehen. Sobald ich mich aber der Fahne zuwandte, fielen die Beine zurück in ihr gewohntes, weniger flottes und rhythmisches Tempo, so dass ich also entweder mit schlappem Fahnenstoff die Position halten konnte, oder aber mit geschwenkter Stange von meinem Platz abrückte in die Reihen der hinter mir Marschierenden. Die Leute wichen mit geduckten Köpfen der hin- und herspringenden Fahne aus, fluchten, stießen mich zur Seite, so dass ich völlig aus dem Takt geriet, mit den Füßen umknickte und endlich ganz aus der Truppe hinausflog.

Ich nutzte die Gelegenheit, um einmal meine Fußknöchel zu massieren, dann auch um die Strümpfe in den Stiefeln wieder stramm zu ziehen und schließlich eine Schwiele am Daumenballen mit Spucke einzureiben.

»Fahnenträger!«, schrie es aus einiger Entfernung, so ungefähr vom Schwanzende der Truppe und wieder von einem

Pferderücken. »Ist das hier ein Schulausflug mit Brötchenpause? – Los! Marsch! Marsch!«

»Jawohl!«, rief ich, nahm die abgelegte Fahne wieder zur Hand und wollte zurück in meine Abteilung laufen, die sich inzwischen eine gute Strecke fortbewegt hatte und linksherum in einen Wald eingebogen war. Ich sah noch die letzten Stiefelhacken hinter dem Laub verschwinden, hörte in der Ferne und wie in eine Schlucht hinabsteigend die Trommler und Pfeifer, spürte den aufgewirbelten Staub in Nase und Mundwinkeln, weswegen ich, die Fahne vernachlässigend, mit den Fingern nachtastete und mir den verklumpten Schmutz aus den Ritzen pulte. Auch die Hände waren vom Staub überschleiert, die Fingernägel schwarz, als hätte ich damit in der Erde gewühlt. Während ich die Fahnenstange über der Schulter ablegte, reinigte ich die Nägel, indem ich den einen unter den anderen fahren ließ, dann auch die Handflächen, wofür ich ein paar Mal hineinspuckte und sie dann gründlich einander abputzen ließ. Auch die Fahnenstange war schmutzig und verklebt. Ich zupfte mein Hemd aus der Hose und rieb mit dem Stoff über das Metall. Anschließend hielt ich die Fahne ein Stück in die Höhe und bedauerte, dass keinerlei Wind ging, die Fahne von ihrer Stange herablummerte wie ein Handtuch am Küchenhaken. Mit der Hand straffte ich den Stoff, um einmal zu schauen, was eigentlich darauf zu sehen war. Ein buntes Muster geometrischer Figuren wie auf einem Wohnzimmerteppich, einem Vorleger oder Badevorhang, ohne bemerkenswerte Symbolik, wie mir schien, allein den Regeln des Dekorativen genügend.

Der Kreuzung, die ich dann im Wald vorfand, ließ sich nicht entnehmen, welchen Weg die Truppe eingeschlagen hatte. Das heißt, es machte den Eindruck, als habe man sämtliche Abzweigungen benutzt, denn auf jeder Strecke waren Fußspuren und tot getretene Mistkäfer. Ich hielt die

Hand ans Ohr, ob sich aus einer der Richtungen die Trommler und Pfeifer hören ließen. Es war aber nur eine Hummel zu bemerken, die nervös über den Platz kreiste, bis sie sich endlich auf der Blütentraube eines Fingerhuts beruhigte. Eine Zeit lang sah ich zu, wie sie sich dort in die hutförmigen Köpfe hinein quetschte. Ich gähnte und merkte, dass ich Hunger hatte. Ich blickte mich um. Rechts von mir war eine Tafel, auf welcher Wanderwege vorgezeichnet waren. Dahinter ein Brombeergebüsch. Nachdem ich die Fahne gegen die Tafel gelehnt hatte, begann ich, Früchte abpflückend, mich ins Gestrüpp hineinzuwinden. Gelegentlich streckte ich noch einmal den Kopf hervor, da ich etwas gehört zu haben meinte, den Mann auf seinem Pferd vielleicht, der zurück geritten war, um nachzuschauen, wo der hinterste Fahnenträger blieb.

Es kamen dann auch welche, aber nicht von der Truppe, zwei Eheleute vielmehr im Wanderkostüm, die sich die Tafel besahen, mit den Fingern auf den abgegriffenen Fleck ihres Standorts zeigten, von dort aus den zurückgelegten und den noch ausstehenden Weg beschrieben.

»Was ist denn das?«, fragte der Mann, indem er auf die Fahne zeigte, dann das Tuch spannte, um nachzusehen, was darauf dargestellt war.

»Eine Fahne«, sprach er. »Wie kommt die denn hierher?«

»Das ist ja unheimlich«, meinte die Frau. »Eine Fahne mitten im Wald.«

»Was soll denn daran unheimlich sein? Schau doch! Sieht aus wie eine Tischdecke. Wahrscheinlich hat es ein Bub gebastelt und hier vergessen.«

Für einen Moment empörte mich diese Bemerkung. Fast war ich versucht, mich im Gebüsch aufzurichten und klarzustellen, dass es sich um eine ordentliche Fahne handle, wie sie den Abteilungen voran getragen wird, damit jeder sehe, wo sie ist – oder was auch immer. Ich blieb aber doch in Kauerstellung, wartete ab, bis die Leute weiterspaziert waren, lauschte noch einmal, ob sich inzwischen die Trommler wieder hören ließen und entschied zuletzt, da alles still und friedlich blieb, wieder nach Hause zu gehen.

Wettlauf der Zahlen

Es ist mir bis heute schleierhaft, wie der Würfel in meine Wohnung gelangen konnte. In einer Schale lag er, wo sich Stifte, Anspitzer und ähnliche Schreibtischutensilien befinden. Ob aber erst seit kurzem oder schon seit Jahren, das wüsste ich nicht zu beantworten. Jedenfalls ist er mir zuvor niemals aufgefallen. Die üblichen Spiele, für welche so ein Würfel notwendig ist, haben mich seit meiner Kindheit nicht wieder beschäftigt. Ich will auch gleich hinzufügen, dass ich an solchen Spielen keine Freude habe, dass ich nichts weniger bin als ein Spieler und dass es ein Irrtum wäre, mein Erlebnis, von dem ich erzählen möchte, als den Auswuchs einer Spielleidenschaft anzusehen. Hätte er nicht in der Schale gelegen, wäre ich völlig sicher gewesen, seit vielleicht zwanzig Jahren keinen Würfel mehr in die Hand genommen zu haben. Möglich, dass ihn ein Besucher bei mir vergaß. Aber wer nimmt einen Würfel aus der Tasche und lässt ihn liegen, wenn – was sich mit Sicherheit ausschließen lässt – gar nicht gewürfelt wurde.

Natürlich war dies nichts als eine kleine Alltags-Unstimmigkeit, momentweise verwirrend, aber doch unzweifelhaft belanglos. Irgendeine Erklärung existierte gewiss, eine Erklärung, die sich in ein, zwei Sätzen vollständig hätte aussprechen lassen. Ein banaler Zusammenhang, der nur darum interessant wurde, weil er mir unbekannt war, darüber hinaus nichts beinhaltete, worüber nachzudenken sich lohnte. – Heute aber bin ich mir da nicht mehr sicher. Das heißt: Ich glaube, dass es durchaus mehr als ein banaler

Zufall war, der mir den Würfel in die Schreibtischschale spielte. Etwas Unheilvolles, Vernichtendes, eine fremde Macht, die sich mit ihrem Werkzeug in mein Leben schlich, scheinbar bedeutungslos und völlig unschuldig und doch mit der versteckten Absicht, einen neuen Acker für ihre monströsen Ausgeburten zu bestellen.

Aber davon ahnte ich nichts, als ich den Würfel bemerkte. Zunächst fühlte ich mich nur an einen Gegenstand erinnert, der mir aus meiner Kindheit geläufig war und der sich seitdem nicht wieder in meinem Leben bemerkbar gemacht hatte. Ich wunderte mich, warum. Denn da ich ihn in die Hand nahm, war ich fasziniert davon. Etwas zugleich Geschmeidiges und Widerborstiges war daran, eine simple, geradezu lächerlich einfache Erfindung, in der sich ein Reichtum verbarg, der ans Unendliche rührte. Und auch die Weise, wie er aus der Hand gestoßen über den Tisch rollte, hätte sich nicht mit einem einzigen Wort beschreiben lassen. Es schien mir vielmehr, als stecke die ganze Palette möglicher Bewegungen darin. Angefangen bei einem steifen und lustlosen Niederplatschen, bis hin zu einem wild stürmenden Davonkullern, welchem die Tischplatte nicht genügt und das seinen Elan gleichfalls dem Ohr mitteilt. Aber dieses Vielerlei ist nur ein Gesprenge dessen, wofür er erdacht wurde: die gewürfelte Zahl als ein Ausdruck völliger Zufälligkeit, ein Prozess, dessen Ergebnis sich jedem Diktat entzieht. Noch niemandem dürfte es gelungen sein, eine egal wie kunstvolle Technik des Würfelns zu ersinnen, bei welcher stets oder doch wenigstens bisweilen die gewünschte Zahl erscheint. Eine Erfindung, die leicht zu handhaben, aber nicht zu kontrollieren ist. Jeder andere Gegenstand würde verflucht, wenn er sich so verhielte. Ein Kugelschreiber zum Beispiel, der je nach Zufall schreibt, taub bleibt oder auch seine gesamte Tinte ausschüttet – den würde man als ein misslungenes Produkt in den Mülleimer werfen. Allein der Würfel soll nicht seinem Benutzer gehorchen, sondern einzig dem Zufall, einer Welt, die keinen Willen besitzt, die sich nicht um das Vorankommen des einen oder anderen schert, niemals Partei ergreift und sich keiner Gesetze bedient.

Jedenfalls war dies mein Eindruck. Dieses Ding in meiner Schreibtischschale, kaum größer als eines meiner Fingerglieder, eine einfache und geläufige Erfindung, gemeinhin genutzt, um zähe Stunden etwas aufzulockern, in eine eintretende Leere etwas Bewegung hineinzusetzen, dieser doch eher fragwürdige, für ernsthafte Geschäfte kaum als nützlich zu bezeichnende Gegenstand, erschien mir völlig unerwartet wie ein Mirakel, wie eine Geheimtür zu einer jenseitigen und völlig anders strukturierten Welt.

Möglicherweise wäre es klüger gewesen, den Würfel zum Fenster hinauszuwerfen und diese Überlegungen fortzuscheuchen, über die bereits andere und gewiss auch klügere nachgedacht hatten. Ich glaube auch, dass meine eigene Stimme immer wieder darauf bestand, dass sie aber von Tag zu Tag machtloser wurde gegen eine andere, die sich wie ein Parasit in mir breit machte. Ein Parasit, dessen Wille nichts mehr mit mir zu tun hatte, den ich zu Anfang mit meinem Staunen hereinließ, der aber wiederum an diesem Staunen überhaupt keinen Anteil nahm, der nur stur und mechanisch voran wollte, ohne bewusste Vorstellung davon, welches das Ziel solcher Bewegung war.

Vielleicht wäre es in den ersten Tagen noch möglich gewesen, das Weitere abzuwürgen. Zweifellos auch hätte es mir geholfen, wäre ein Bekannter vorbeigekommen. Der hätte die Masse der Papiere mit ihren Strichbündeln gesehen, sich nach ihrem Zweck erkundigt und dann gelacht und erst einmal einen Gang nach draußen vorgeschlagen. Denn eben damit hatte ich begonnen: die Abfolge gewürfelter Zahlen zu notieren. Jedes Blatt nummeriert und in sechs Abschnitte geteilt, wobei ich mich bald darauf umgestellt hatte, die linke Hand zum Schreiben zu verwenden, damit die rechte, besser geübte, ungehindert würfeln konnte. Von Fern besehen mag es völlig gleichgültig erscheinen, was diese Beschäftigung zeitigte. Man könnte es vielleicht als ein Ungleichgewicht der Zahlen bezeichnen; denn obwohl keine einen Vorzug genießt, es also zu erwarten wäre, dass alle sechs in behäbiger Gleichförmigkeit voran schreiten, so verhalten sie sich doch tatsächlich wie im Wettlauf. Hat eine von ihnen einen beträchtlichen Vorsprung, so behält sie ihn lange, während ringsum die anderen teils gleichgültig nur in winzigen Schritten dahin schleichen, teils auch energisch voran preschen, um dann doch wieder wie verausgabt innezuhalten und dem Matador der Bewegung entmutigt nachzublicken. So in etwa ließe sich das Geschehen beschreiben. Ein Geschehen, das logischerweise gar nicht stattfinden dürfte. Denn wo allein der Zufall herrscht, ist jedes Wollen ausgeschlossen und folglich ein Wettlaufen unmöglich. Man könnte vielleicht einwenden, das Geschehen mache nur den Eindruck eines Wettlaufs – womit indes gar nichts gesagt wäre. Denn sobald ein Geschehen einen bestimmten Eindruck macht, ist dieser Eindruck vielleicht falsch, wäre aber doch in jedem Fall denkbar, also nichts Unmögliches, den Regeln grundsätzlich zuwider Laufendes. Ein Wettlaufen unter dem Zepter des Zufalls widerspricht indes der Definition und dürfte deswegen nicht einmal scheinbar stattfinden.

Aber ich will mich hierüber nicht weiter auslassen, zum einen, weil ich gar nicht die Kenntnisse besitze, die für das Thema notwendig sind, zum anderen, weil mir nur daran gelegen ist, meine Verwirrung deutlich zu machen, eine Ahnung zu vermitteln, wie es möglich war, wenn ich mich über Wochen hinweg mit nichts als Würfeln beschäftigte. Oder sagen wir: wenn ich mich auf diese Beschäftigung einließ. Denn spätestens nach hundert vollgekritzelten Papieren hätte ich doch den Würfel fortlegen können. Ein neuer und vielleicht klärender Eindruck wollte sich nicht einstellen. Ich wartete auch gar nicht mehr darauf. Das Bedürfnis, innezuhalten und über das Notierte nachzudenken, verdämmerte zusehends. Wie sich das Geschehen erklären ließ, wurde gleichgültig. Jeder Gedanke hätte nur den Rausch gestört, in den mich das bloße Zuschauen versetzte. Natürlich protestierte es in mir und schließlich war's auch gar nicht möglich, pausenlos weiterzuwürfeln. Aber jedes Mal, wenn ich vom Tisch aufstand, hatte ich den Eindruck, es sei nichts wohltuender, wahrer und faszinierender, als diesen Wettkampf zu verfolgen und wenn ich hinaus lief, einer unumgänglichen Verrichtung halber, so war ich in Gedanken bereits zurück an meinem Platz und über den Papieren mit ihren Strichpaketen. Die Wohnung aufzuräumen, erschien mir als eine völlig nebensächliche und bedeutungslose Angelegenheit. Jede Besorgung, wenn sie nicht zwingend war, ließ ich wegfallen. Ich fand es überflüssig, mich zu waschen, den Müll raus zu tragen oder die Wäsche zu wechseln. Und wenn ich mich hinlegte, so war es selten mehr als eine Stunde, die ich in unruhigen Träumen verbrachte, um dann wie auf ein Signal hin wieder aufzuspringen und weiterzuwürfeln. So lange, bis mir die Hand schmerzte, das von unzähligen Würfen überreizte Gelenk die Fortsetzung nicht mehr ertrug. Aber es hatte sich inzwischen das Bild der wettlaufenden Zahlensäulen so fest ins Gehirn gesetzt, dass ich den Würfel gar nicht mehr benötigte. Das Ganze lief auch ohne ihn und es war nichts weiter nötig, als die Gedanken darauf zu konzentrieren. Nicht, dass ich tatsächlich Strichpakete gesehen hätte. Es war kein Bild, das sich beschreiben ließ, und doch wusste ich in jedem Augenblick, welche der Zahlen, welche Position erreicht hatte. Ein Prozess, der sich unwillkürlich in Gang setzte, sobald ich ihn zurück in die Vorstellung holte. Und weil ich ihn dort haben wollte, verbat ich mir weiterhin jede Ablenkung, saß zwischen den im Zimmer verstreuten Papieren, starrte ins Leere und verfolgte die Bewegung, die nichts mehr nötig hatte als allein meine Anteilnahme. Oder war auch die überflüssig?

Anfangs zeigte sich jedes Mal, wenn ich eingeschlafen war, dass die Zahlen ohne meine Aufmerksamkeit auch nicht zu einem Weiterschreiten fähig waren. Wenn ich aber heute das Bild loslasse und nach einer Weile wieder hervor nehme, so hat es sich ganz im Verhältnis zu dieser Pause fortentwickelt, also offenbar selbstständig gemacht, sich meinem Willen vollständig entzogen. Ein rätselhaftes Etwas, das ich ahnungslos in die Welt setzte, aufpäppelte und vorantrieb, bis es sich von meiner Person lossagen konnte, um sodann unabhängig von seinem Erzeuger weiter zu existieren. Eine Gruppe von sechs Zahlensäulen, die sich unablässig ausdehnen, deren Räderwerke keinerlei Versorgung nötig haben und die bis ins Unendliche, ins nicht mehr Zählbare fortagieren, ohne dass irgendwer dieses Geschehen anhalten und beenden könnte. Man meint vielleicht, es sei egal, spiele sonst für niemanden eine Rolle. Ich bin mir aber sicher, dass diese Zahlensäulen weitaus mehr zu bedeuten haben. Denn so, wie offenbar ich als eine Art Zwischenwirt diente, welcher der Erscheinung die Möglichkeit bot, heranzureifen von einem ersten noch reglosen Keim hin zu einem voll lebendigen Gebilde, so wird es sich für sein weiteres Wollen wieder neue Köpfe bezwingen, sei's nun, um ganze Kolonien ähnlicher Zahlensäulen zu schaffen, oder auch, was ich doch für wahrscheinlicher halte, ein nächstes und möglicherweise dingliches Gebilde in die Welt zu setzen. Ein Gebilde, das, weil es aus einer anderen Welt stammt, für die hiesige verhängnisvoll sein muss. Vielleicht auch eine völlig neue Kategorie von Leben darstellt, das sich für eine Zeitlang des bereits Vorhandenen bedient, um es schlussendlich auszurotten und selbst den Planeten in Beschlag zu nehmen.

Die Mau-Mau-WM

Im oberpfälzischen Dilli weiß niemand, nicht einmal der älteste Heimatkundler, was der ungewöhnliche Name der eigenen Ortschaft zu bedeuten haben könnte. Und trotzdem war es eben dieser Name, welcher den Ausschlag dafür gab, die diesjährige Mau-Mau-Weltmeisterschaft – in dem sonst nur für eine kleine Wallfahrt leidlich bekannten Dorf – stattfinden zu lassen. Leider erkundigte sich nie jemand, wie man auf den Einfall kam. Ansonsten hätten die Einwohner – oder doch zumindest die Heimatforscher – einen gewiss brauchbaren Hinweis erhalten zu dem seit Generationen ungelösten Rätsel der Namensherkunft.

In der Runde derjenigen, welche über den Austragungsort zu entscheiden hatten, befand sich ein Ungar, der, während man auf der Suche nach einer passenden Ortschaft im Straßenatlas blätterte, das Wort entdeckte und erklärte: es sei in Budapest dasjenige für verrückt, plemplem oder durchgeknallt. Unter allgemeinem Applaus wurde die Suche daraufhin für abgeschlossen erklärt. Über die Telefonauskunft ließ man sich das einzige Gasthaus in Dilli ansagen und erkundigte sich sodann beim dortigen Wirt, ob für den ausersehenen Termin noch entsprechende Räumlichkeiten verfügbar seien.

Hiermit ist natürlich nicht gesagt, dass zwischen dem ungarischen Wort und dem pfälzischen Dorf tatsächlich ein Zusammenhang, eine auffällige Übereinstimmung existiert, die über dasjenige hinausreicht, was gleichfalls an jedem anderen Ort und seinen Einwohnern zu bemerken ist. Erwähnenswert wäre allenfalls die schon genannte, seit Jahrhunderten geübte Prozession zu Ehren des heiligen Fabian, von dem ein halber Finger in der Dorfkirche aufbewahrt und – kostbar verpackt, wie in solchen Fällen üblich – den Wallfahrern bei ihrem Umgang am Festtag voraus getragen wird. Kein Ereignis, das sich mit ähnlichen wie in Altötting oder Vierzehnheiligen vergleichen lässt. Aber doch im dörflichen Rahmen ein Jahreshöhepunkt, den man auch mit Blasmusik und einem Bierzelt von angemessenem Umfang zu einer in aller Nachbarschaft beliebten Sensation zu gestalten pflegt.

Unbetroffen von dem Ereignis blieb stets die einzige Wirtschaft im Dorf, welche den Namen *Zum Krug* hatte, der sich aber lediglich der knappen Speisekarte entnehmen ließ. Wer an dem Gebäude vorbeikam, wo der Putz von den Mauern blätterte, die Scheiben schmutzig und die Dachziegel vermoost waren, konnte glauben, es verkehrte niemand darin. Auf dem Vorplatz pflegte nur selten ein Gast seinen Wagen abzustellen, weswegen der ganze Reichtum heimischer Unkräuter darauf gedieh. Es gab kein Schild, keine Bier- oder Eisreklame und wem sie nicht genau beschrieben wurde, der pflegte die Wirtschaft auch nicht zu finden.

Ehemals wäre ein Hinweis tatsächlich unnötig gewesen, da sich die Kundschaft ausschließlich aus Einwohnern des Dorfs zusammensetzte. Die waren in die Wirtschaft hineingewachsen nicht anders als in ihre Wohnhäuser, wo gleichfalls keine Schilder über die Aufteilung der Räumlichkeiten belehren mussten. Den Regeln der Tradition folgend hatte stets der Vater den Sohn, wenn dieser das für solche Initiation wünschenswerte Alter erreicht hatte, mit in die Schenke genommen, ihn dort zu einer Serie auszuleerender Bierkrüge ermuntert und ihm anerkennend die Schultern geklopft, wenn er die Zeremonie durchstand, ohne vom Stuhl zu rutschen. Aber wie so viele andere, lang gepflegte Sitten, so geriet auch dieses ins Mannsalter-Hineinsaufen in Vergessenheit oder wurde zumindest abgelöst von anderen Ritualen. Den Heranwachsenden war die Wirtschaft zwar bekannt, man zog es aber vor, zum Amüsement auf dem Mofa in die nächst größere Ortschaft zu fahren, war auch auf einen soliden Männerzirkel nicht versessen, im Gegenteil dankbar, wenn sich unter die Biergesellschaft gleichfalls junge Frauen mischten.

Im *Krug* zurück blieben die Alten, die Groß- und Urgroßväter, denen auch sonst noch viele Gepflogenheiten vergangener Tage in Erinnerung waren: wie man aus alten Schuhsohlen einen Reifen bastelt, wie man mit der Axt eine Kuh schlachtet, oder auch: in welche Ecke zu spucken ist, damit die Bäuerin nicht schwanger wird. Die Enkel gähnten zu solchen Weisheiten und dachten nicht daran, sie sich einzuschärfen und bei Gelegenheit der nächsten Generation zu überliefern. Folglich eignete der Wirtschaft mit ihren fünf Stammgästen etwas Museales – der Charme eines Schaukastens zur Belehrung auf dem Gebiet der Völkerkunde. Stets in ihren alten Arbeitskluften, den festen wurzelähnlichen Schuhen, mit Mützen, welche teils aus den Soldatenjahren stammten, teils auch auf eine noch altehrwürdigere Herkunft zurückblicken konnten, mit abgegriffenen Schirmen, stumpf gewordenen Knöpfen, aber unverwüstlich, nur hier und da mit kräftigem Garn geflickt und wieder in Form gebracht, in langer, kaum mehr nachzählbarer Folge vom alten auf den jungen Kopf vermacht, um hier dann auf dem letzten seine über so viele Generationen reichende Wanderung zu endigen. Denn natürlich wäre keiner der Enkel bereit gewesen, sich eine dieser Mützen aufzusetzen und damit womöglich beim Biertrinken und in der Gesellschaft junger Damen zu erscheinen. Und wie vieles andere noch drohte in absehbarer Zeit mit diesen Greisen aus der Welt zu verschwinden: die Marke ihrer Zigarren, von denen einzig der Wirt im *Krug* eine noch hinreichende Menge zu besitzen schien, die Maßkrüge, von denen jeder der Alten seinen eigenen, am besonderen Zierrat erkenntlichen vorgesetzt bekam, die Bierfilze, noch aus unbedrucktem, fingerdickem Lumpen, im Verlauf der Jahrzehnte gleichförmig eingefärbt, aber nach wie vor von unerschütterlicher Saugkraft und Beständigkeit.

In diese Gesellschaft hinein klingelte nun also die Frage nach Räumlichkeiten für die diesjährige Mau-Mau-WM. Vom Stammtisch aus starrten die Männer nach dem Wirt, der den Telefonhörer hinter dem Tresen aufgenommen hatte, dann verschiedene rätselnde Gesichter schnitt und auf alles, was er hörte, mit einem »Ja schon!«, antwortete. Anschließend begab er sich zurück zu den Leuten, die erwartungsvoll zu ihm aufsahen, rieb sich das Kinn im Handteller und meinte, da kämen welche wegen einer WM, übernächste Woche, Mau-Mau spielen, Betten bräuchten die nicht, nur ein paar Tische.

In jedem der Köpfe wurde für diese, nicht eben alltägliche Nachricht nach einem vertrauten Behälter gesucht, bis endlich einer fragte: »Die spielen aber nicht Fußball?«

»Ach was Fußball! Karten spielen die. Sagt' ich doch. Mau-Mau. Kennste das nicht?«

Die Leute nickten, entsannen sich, begannen einander das lange nicht Gespielte zu erklären. Einer, der den Worten nicht recht folgen konnte, erkundigte sich weiter, ob die denn aus dem Kloster kämen.

»Was denn für ein Kloster?«, kopfschüttelte der Wirt, ahnte dann aber doch den Zusammenhang der Frage, da es ihm nun selbst einfiel, dass sich der Termin zur WM mit demjenigen der Prozession überschnitt. Allerdings weckte die Erinnerung keinerlei Bedenken. Denn, wie bereits gesagt, pflegten die Wallfahrer nach vollendetem Umgang nicht im *Krug* einzukehren. Und selbst wenn dieses Mal der Namenstag des Heiligen auf einen Sonntag fiel und folglich von einer größeren Schar Herbeigereister besungen zu werden versprach, so war hiermit für den Wirt vom *Krug* kein Anlass zu der Hoffnung auf eine Änderung des Gewohnten gegeben.

Früh morgens pflegten sich die Waller zur Fabians-Messe in der Dorfkirche zu versammeln, folgten sodann dem unter einem Baldachin vorausgetragenen Reliquienbehälter die Dorfstraße entlang, einen der Hügel hinauf, an Wegkreuzen sowie einer Fabianskapelle vorbei, wo jeweils innegehalten, niedergekniet und umfangreich gebetet wurde. Von der Hügelhöhe lief man über eine andere Straße wieder zurück bis vor die Kirche, wo unter einem von Tuben und Hörnern begleiteten Gesang die Reliquie samt Baldachin wieder abgeliefert wurde. Im Anschluss begab man sich auf die Festwiese, wo in einem Bierzelt bereits alles vorbereitet war für die inzwischen hungrigen und durstigen Leute und auch eine Blaskapelle mit etwas flotterer Musik aufwartete. Immerhin auf dem Rückweg kam die Prozession gleichfalls am *Krug* vorbei. Gewöhnlich traten dann die Stammgäste auf den Vorplatz, die Mützen abgezogen, die Köpfe andachtsvoll gesenkt. Mehr war es nicht, was die Leute von der Festlichkeit abbekamen und folglich existierte kein Grund, warum man nicht an dem Tag drinnen eine Gruppe von Kartenspielern beherbergen sollte.

Die kamen am Freitag. Mit ihren nicht mehr fabrikneuen Autos das Unkraut des Vorplatzes niederknickend, stiegen aus, reckten die von langer Fahrt ermüdeten Glieder, machten Kniebeugen, wechselten verschwitzte Hemden und strömten dann hinein, lachend und plappernd und drinnen von fünf offenen Mündern angestaunt. Eine knallbunte Schar, wie Paradiesvögel, mit wüsten Frisuren, Lederjacken, tätowierten Hälsen, mit Sonnenbrillen und Fingerringen. Sieben seien es, flüsterte einer der Greise, der mit der Zigarre nachgezählt hatte.

Der Wirt öffnete die Schiebetür zu einem Nebenraum, wo er am Vortag den Staub von allen Möbeln gewischt hatte. Lärmvoll rückte man die Einrichtung zurecht, prüfte die Stühle und Tischkanten wie Sportgeräte, bestellte Schnaps und Gläser und packte die Kartenspiele aus. Mit gereckten Hälsen schauten die Greise hin wie eine Schafsherde über den Weidenzaun, wenn auf der Nachbarwiese Hunde toben.

Früher als gewöhnlich erschienen die Alten am folgenden Samstag. Während der Wirt ihnen die Maßkrüge auf den Tisch setzte, tuschelte er: die hätten die ganze Zeit über gespielt, ohne auszuruhen, sich nicht einmal beim Frühstücken eine Pause erlaubt. »Tüchtige Kerls!«, würdigten die Männer. Zu hören war von drüben nur ein gedämpftes Gemurmel, taktiert von Mau-Mau-Rufen, begleitet vom Hinwerfen und Mischen der Karten sowie dem gluckernden Geräusch beim Nachfüllen der Schnapsgläser. An zwei Tischen saßen die Spieler. Da sich die Alten entschlossen, einmal genauer nachzusehen und bis zur halb offenen Schiebetür schlurften, schauten sie auf die vordere Dreier-Runde und hier am Kopfende auf einen dunkelhäutigen Kerl mit wurstigem Schnauzer und hellroter Lederjacke. Der räumte gerade die Karten des beendeten Spiels zusammen, nickte den Hereingaffenden zu und sprach: »Ich bin György aus Budapest. – Wer verloren hat, muss Schnaps trinken.« Er nahm eine offene Flasche vom Tisch und schenkte seinem Nachbarn ein. Der gähnte, rieb sich die Augen und angelte, ohne hinzusehen, nach dem Glas. Während er den Schnaps schwankend bis an die Lippen führte, staunten die Alten mit Gesichtern, als würden sie Zeugen einer Hinrichtung.

Indessen hatte György die Karten gemischt, abheben lassen und dann zum neuen Spiel, dies Mal ohne das leere Tischende zu übergehen, die Blätter verteilt. »Spielen Sie mit, meine Herren!«, rief er den Leuten zu, die sich daraufhin berieten, wer von ihnen der Herausforderung am ehesten gewachsen wäre. Schließlich nahm einer von ihnen Platz, hob die Karten auf, sortierte sie. Die Umstehenden beugten die Köpfe herab, um besser sehen zu können, was er auf der Hand hatte. Auch der Wirt war hinzugekommen, nickte über die Schulter des Spielers hinweg, wie um zu beteuern, dass es ein gutes und brauchbares Blatt wäre. Zu seinem Pech spielten die drei anderen hintereinander eine Sieben aus. Man belehrte ihn, dass er, wenn er die vierte nicht habe, ganze sechs Karten aufnehmen müsse. Jeder der Alten inspizierte noch einmal das Blatt, ob nicht die gewünschte Karte darunter sei und gab dann zu, dass es ein Pech mit den Siebenern wäre. Anschließend machte jeder einen Vorschlag, wie er die Menge der aufgenommenen Karten am schnellsten wieder loswürde. »Jetzt lasst mich mal ruhig machen!«, protestierte der Mann gegen die Bevormundung. Aber bevor sich noch etwas machen ließ, tönten ringsherum die Mau-Mau-Rufe. »Wer verloren hat, muss Schnaps trinken«, rief György, bereits die Flasche in der Hand. Der Alte nahm kopfschüttelnd das Glas entgegen, leerte es ordnungsgemäß, erhob sich dann und meinte: das sei nichts für ihn. Die anderen erklärten ihm noch, wie er hätte spielen müssen, um zu gewinnen. Indessen zog man sich geschlossen wieder zurück an den Stammtisch, wo die halb geleerten Maßkrüge warteten.

Am folgenden Sonntag erfuhr man: Wieder hätten die Spieler in der Nacht nicht ausgeruht, nur immer gemischt und gespielt und die Verlierer-Schnäpse ausgeteilt. Und doch bot der Nebenraum einen anderen, geradezu erschreckenden Anblick. Zwei der Spieler lagen wie tot auf dem Fußboden, mit weg gestreckten Gliedern zwischen Schnapsflaschen und zerknüllten Zigarettenschachteln. Ein anderer hing mit dem Rumpf halb über der Tischplatte, in der herab baumelnden Hand noch zwei der Karten seines letzten Blattes. Sein Gegenüber: mit weit zurück gebogenem Hals und zwischen den aufwärts zeigenden Zähnen den Rand des Schnapsglases gepackt. Nur am vorderen Tisch saßen noch drei aufrecht, rauchend, die herab rutschenden Köpfe mit den Handtellern auffangend. Rechts von György wurde gemischt. Aber nicht mehr mit dem Schwung und der Geschicklichkeit eines passionierten Kartenspielers. Die rechte Hand halbierte zitternd und kramend den Stoß, wollte die Packen neu ineinander schieben, wobei sich die Kanten verhakten, die Karten davon flatterten über die Knie, den Fußboden. Und da sich der Mischer vorbeugte zum Aufsammeln, vertat er sich im Gleichgewicht, kippte aufröchelnd herab und blieb liegen. Noch eine Zeitlang stritten die letzten um den Titel. Ein gemurmeltes Mau-Mau. Das Gluckern der Schnapsflasche. Eine Hand, die mehrfach versuchte, das Glas vom Tisch zu erheben und endlich der Lärm eines wegstürzenden Stuhls.

Drüben am Stammtisch spitzten und lauerten die Alten, ihre Zigarren und Krüge vergessend, bis endlich György im Rahmen der Türe erschien, torkelnd, an jeder Wand sich abstützend, aus der Brusttasche die Sonnenbrille kramend. »György«, lallte er, während er vor und zurück schwankend mit beiden Händen die Brille auf die Nase lotste, »György ist Weltmeister!« Die Alten staunten stumm zu ihm hinauf, bis einer von ihnen in die Hände klatschte, was ihm dann die anderen sogleich nachtaten. »Und jetzt«, fuhr der Ungar fort, »muss György frische Luft haben.« Er nahm mehrere Anläufe hin zur Tür, schnappte endlich die Klinke und öffnete. Und wie es der Zufall wollte, bewegte sich just in diesem Augenblick die Prozession zu Ehren des heiligen Fabian am *Krug* vorbei. Vorneweg die Reliquie, dann die Tuben und Hörner, welche in zart leiernder Weise den Gesang der Wallfahrer begleiteten. Gleich hinterher die Nonnen vom

Kloster der Barmherzigen Schwestern, in ihren grauen bis zu den Knöcheln reichenden Gewändern und eben mit hell aufsteigenden Stimmen in den Vers einfallend:
Komm du nun, oh Christ,
der unser aller Herre ist!
Allerdings stockte der Gesang. Die blassen und bebrillten Köpfe der Frauen zuckten herum, weil, wie gesagt, im nämlichen Moment die Tür der Wirtschaft aufsprang. In seiner hellroten Lederjacke, mit wild zerrauften Haaren und schräg sitzender Sonnenbrille wankte György hervor, die Arme jetzt nach Art der Weltmeister zum Himmel erhoben, die Hände ineinander gefächert, schlängelte er über den Platz, stieß links an eins der parkenden Autos, machte einen scharfen Bogen nach rechts und verschwand zuletzt schlagartig im Gestrüpp der Unkräuter.

Der Husten

Meines Erachtens nach wirft man die Dinge durcheinander, wenn man mir vorhält, ich sei in der Folge meiner Krankheit zu einem Scheusal geworden; denn wenn sich auch beides in einem Körper befindet, so ist doch die Krankheit darin das Falsche und Verächtliche, das aber mit meinem Ich nichts weiter zu tun hat als ein Parasit mit seinem Wirt. Natürlich will ich nicht abstreiten, dass dieser Parasit einen verhängnisvollen Einfluss auf mich und mein Leben hat, aber es bleibt, egal wie mächtig und zerstörerisch, ein anderes, ein Fremdes, das mich umklammern und erdrosseln mag, aber doch nie zu einem Bestandteil meines Ichs werden kann. Möglich, dass von diesem Ich nicht mehr viel zu bemerken ist, dass es überwuchert wurde wie ein absterbender Baum unter dem Wust der Schlingpflanzen. Und doch stand dieses Ich einmal da, für jeden sichtbar, als ein unbescholtener Bürger dieser Welt, fernab von jener Rohheit, die ich hier in diesem Saal zu verantworten habe, obwohl sie, wie ich meine, gar nicht auf meine Rechnung, sondern auf diejenige meiner Krankheit geht.

Auf geradezu lächerliche Weise beliebte sich diese Krankheit anzukündigen. Ein Räuspern, das ich zunächst gar nicht bemerkte, das sich wie eine belanglose Nuance in meiner Stimme einnistete. Ein Geräusch, über das sich hinweghören ließ wie über alle die anderen, die nichts zur Sprache beitragen. Auch da es sich breiter machte, von seiner Position am Satzanfang vordrang und zwischen alle Worte mischte, fiel es mir nicht ein, diesem Räuspern eine Bedeutung beizumessen, darin den Vorboten einer Krankheit, geschweige denn den Schlussstrich unter mein Lebensglück zu vermuten.

Gegenwärtig wurde mir das Geräusch erst, da mich meine Frau darauf hinwies. Warum ich mich denn ständig räuspern müsse, fragte sie. Weniger besorgt, als gereizt und offenbar in der Meinung, es sei eine unüberlegte Marotte, ein nicht sehr einnehmendes Vornehmtun.

Ich kann es nicht beschwören, meine aber doch, dass dieser Hinweis, welcher mir das Geräusch erstmals zu Bewusstsein brachte, wie ein lang erwarteter Anreiz wirkte, ein Stichwort, ein besonderes Wetter, welches das Übel erst aus seiner Kauerstellung hervor trieb. Ich versuchte das Räuspern zu unterbinden, schien aber mit diesem Willen nur behilflich dabei zu sein, die Kapsel aufzustoßen, aus welcher sich endlich ein wild würgendes Geröchel über meine Stimme ergoss, ein Knattern und Kratzen, das nicht mehr nur wie Angespüls zwischen den Worten auftauchte, vielmehr alles überzog und jede Silbe unter sich erstickte.

Dass ich an keiner gewöhnlichen, leicht zu benennenden Krankheit litt, bestätigte der Arzt, an den ich mich wandte. Weniger weil er sich in diese Richtung geäußert hätte, als vielmehr, weil er mich über mehrere Wochen hinweg mit der stillen Aufmerksamkeit eines Ausgräbers untersuchte. Offenbar ahnungslos, wie sich die Sache erklären ließ, sein gesamtes Repertoire an medizinischer Spurensuche durchklimpernd, über jedes neue Papier wie über eine Rechnung gebeugt, die zwar korrekt endete und doch an irgend einer Stelle eine winzige, vielleicht nur mikroskopisch kleine Unregelmäßigkeit aufweisen musste, aus der sich mein Husten zu erklären habe. Schließlich schien er einzusehen, dass er für solche Entdeckungsarbeit nicht genügend Talent und Ausdauer besaß, weswegen er die Untersuchung abschloss mit einem Rezept für probate Hustentabletten sowie der

Versicherung, in absehbarer Zeit würde alles von selbst wieder verschwinden.

Aber natürlich ließ ich es nicht bei dem einen Arztbesuch bewenden, klapperte vielmehr nach und nach sämtliche Praxen in meinem Umfeld ab. Mit System auch, indem ich mich zum einen kreisartig durch die Ortschaften voran bewegte, zum anderen, indem ich nach jeder Konsultation einige zusammenfassende Bemerkungen in einem eigenen Ordner eintrug. Ich hatte auch bereits begonnen, mich selbst mit der Materie zu beschäftigen, zunächst mehrere allgemein medizinische Bücher studiert, um mich sodann konkret über die Krankheiten der Atemwege in Kenntnis zu setzen. Eine Erklärung für meinen Husten zeitigte diese Beschäftigung allerdings nie. Jeder Verdacht, der sich über der Lektüre einstellte, musste bei genauerem Hinsehen wieder verworfen werden. Inzwischen war ich auch zu einem Kenner verschiedener Tees, Gurgelwasser und Inhalate geworden. Dem genannten Ordner fügte ich eine Liste hinzu, worin alle verschriebenen oder selbst ausgegrabenen Heilmittel gegen den Husten aufgezählt waren und nach Ablauf einer mehrwöchigen Probe auf ihre Wirksamkeit hin bewertet wurden. Das ein und andere erhielt eine lobende Bemerkung, wobei ich kopfschüttelnd feststellen musste, dass es in der Hauptsache die geläufigen Kräuter waren, die mir eine, wenn auch nur lächerlich geringe Linderung verschafften. Alle die synthetischen Pillen und Tropfen hingegen, die ich mir nach ärztlichem Rezept aus der Apotheke besorgte und deren Packungen inzwischen einen eigenen Badezimmer-, sozusagen den Hustenschrank ausfüllten, erwiesen sich als vollkommen wirkungslos.

Diese im Selbstversuch gemachte Entdeckung zusammen mit der Erfolglosigkeit aller Arztbesuche erhärtete in mir nach und nach die Meinung: es seien die Ärzte nichts als Quacksalber, Dienstboten der Arzneimittelindustrie, ihre

Ratschläge nicht nur unnütz, sondern dubios und gefährlich. In der Folge wandte ich mich denjenigen Wissenschaften zu, welche bei diesen Nichtskönnern für zweifelhaft und unsinnig gelten – ein Urteil, das mir jetzt und im Zuge meiner Erkenntnisse geradezu als eine Auszeichnung erscheinen musste. Ich stieß auf ein Buch mit dem Titel *Die heilsame Dreckapotheke*, ein medizinischer Wälzer aus längst vergangener, nach landläufigem Vorurteil völlig unaufgeklärter Zeit. Beim ersten Ansehen in der Tat, wie ich zugeben muss, nicht eben ein Werk von aufdringlicher Seriosität. Zwar gleichfalls in einem nahezu unverständlichen Deutsch verfasst, trotzdem aber von einer derb komischen Wirkung, wie aus dem Kopf eines Spaßmachers geboren, eines Komödianten, dem bei jedem Rezept ein witziger Schwung absurder Zutaten von den Lippen sprudelt. Ich hatte aber beschlossen, alles, was im Buch vorgeschlagen wurde, egal wie merkwürdig es sich anhören mochte, einmal einer Probe zu unterziehen.

Meiner Frau sagte ich nichts von dieser Ausrichtung meiner Untersuchungen. Bis dahin hatte ich ihr, soweit es der Husten und ihre Geduld zuließen, zu jeder Etappe meines Studiums die entsprechenden Erkenntnisse mitgeteilt. Anfügen muss ich an dieser Stelle, dass sich diese ihre Geduld bereits so gut wie erschöpft hatte. Schon seit längerem benutzten wir getrennte Schlafzimmer. Auch die Mahlzeiten nahmen wir nicht mehr am selben Tisch ein. Selten, dass sie mich für mehr als eine Viertelstunde in ihrer Gegenwart ertrug. Nicht allein wegen der Geräusche meines Hustens. Ich hatte vielmehr den Eindruck, dass sie meine Erkrankung für ein Werk der Einbildung ansah und dass sie aus der Menge der vergeblichen Arztbesuche die Bestätigung für ihren Verdacht gezogen hatte; denn was sollte das für ein Leiden sein, dem niemand auf den Grund kam, wenn nicht ein vorgetäuschtes, auf lästige Weise die Aufmerksamkeit der Mitmenschen erzwingendes.

In Anbetracht dieser schlechten Meinung, die sie offenbar von mir und meinem Husten hatte, schien es mir ratsam, meine jüngsten Experimente geheim zu halten. Nur der Hustenordner erfuhr davon. Der ersten orthodoxen Liste wurde eine zweite, apokryphe hinzugefügt und wenn sich auch keins der Gebräue als ein Wundermittel erwies, so waren doch einige Arzneien, die in ihrer Wirkung alle Posten der orthodoxen Liste in den Schatten stellten. Eine Marinade aus Stiefelschmiere, Holzmehl und Knochenbrühe, die mir nach dem Gurgeln und trotz ihres unangenehmen Geschmacks Augenblicke verschaffte, in denen mich kein einziges Mal der Drang auch nur zu einem Räuspern ankam. Von einem Heilmittel konnte zwar bei so kurzzeitiger Wirkung nicht die Rede sein, immerhin aber spornte mich die Tatsache, überhaupt einmal eine merkbare Linderung meines Übels erfahren zu haben, dazu an, auf dem eingeschlagenen Weg weiterzuforschen und selbst die abstrusesten Vorschläge nicht beim ersten Anhören gleich in den Wind zu schlagen.

Einer dieser Ratschläge, den ich als gesunder Mensch lächerlich und abgeschmackt gefunden hätte, war derjenige: es sei gegen zahlreiche Gebrechen, vornehmlich aber gegen einen hartnäckigen Husten der Genuss eines Bechers mit Blut zu empfehlen; Blut, welches frisch aus den Schlagadern eines Hingerichteten aufgefangen wurde.

Zuerst hatte ich entschieden den Kopf geschüttelt und unverzüglich weitergeblättert im Buch. Und doch nahm dieses Rezept mehr und mehr den Platz einer letzten Möglichkeit ein, die über alle Fehlschläge hinwegtröstete. Auf der Ekelskala befand sich das Rezept zweifellos an oberster Stelle und wenn ich auch die Schlussfolgerung nicht unterschrieben hätte, so war ich doch unterbewusst von der Annahme eingenommen, es könne der Zuwachs an Widerwärtigkeit mit einem solchen an Heilkraft zusammengehen.

Ziemlich bald schon ließ ich jedes Mal, wenn ich die Zeitung las, den Blick nach der Rubrik schweifen, worin Gerichtsmeldungen notiert waren. Jedes abscheuliche Verbrechen, von dem die Rede war, bewirkte ein Aufleuchten in meinen Augen. Jede Begnadigung kam mir wie eine verpasste Gelegenheit vor. Damals konnte ich mich davon überzeugen – denn natürlich hatte mich der Gedanke bis dahin noch nie beschäftigt –, dass die Todesstrafe zwar nach wie vor als Schreckgespenst auf dem Gebilde der Rechtsprechung kauerte, aber doch nur selten verhängt und noch seltener tatsächlich angewendet wurde. Etliche Monate waren es, während ich, das makabre Rezept im Kopf, in der Zeitung nach einem Hinrichtungstermin forschte. Anfangs, wie gesagt, nur wie nebenher, dann aber doch, da ich einsah, dass solche Meldungen sich nicht so ohne weiteres aufschnappen lassen, mit einer sich steigernden Verbissenheit. Die eine Tageszeitung schien mir bald für meine Recherche ungenügend, weswegen ich andere hinzu abonnierte, auch einige Monatsblätter ausfindig machte, worin ausschließlich Gerichtsangelegenheiten zur Sprache kamen. Und da ich endlich fündig wurde, war ich so berauscht von der so lange abgepassten und endlich greifbaren Gelegenheit, dass ich für die Ekelhaftigkeit meines Vorhabens gar keinen Gedanken frei hatte.

Gleichfalls von dem Prozedere der Hinrichtung blieb ich vollkommen unbeeindruckt. Mit einem Porzellanbecher in der Jackentasche zwängte ich mich durch die Menge der Schaulustigen, von dem einzigen Gedanken eingenommen, dass mich vorn am Schafott der Heiltrank erwartete, vielleicht sogar das Ende meiner Leidensgeschichte. Ich war auch nicht allein mit dieser Absicht. Am Rande der Richtstätte standen etliche, die einen Becher in der Hand hielten und die ganz offenbar von einem ähnlichen Übel gemartert wurden. Während oben der Delinquent auf die Wippe der

Guillotine geschnallt wurde und ringsum das Publikum in Erwartung des herabfallenden Beils still schwieg, so war allein aus der Bechergruppe ein nicht abreißendes Husten und Schnauben zu hören. Drei Henkersgehilfen hatten sich bereits in eine Arbeitsordnung begeben. Der Erste nahm die Becher entgegen, reichte sie an den näher der Guillotine stehenden Zweiten weiter, während der Dritte das Geld für den Heiltrank in einen Beutel zählte. Sowie unter mächtigem Rumpeln das Fallbeil niederkrachte, wirbelten die Becher in geübter Handfertigkeit vom Podestrand zur Blutfontäne und wieder zurück.

Es mag wie eine Ohrfeige an die Errungenschaften der Aufklärung erscheinen, wie ein vom Teufel geschleuderter Knüppel in die Kniekehlen moderner Medizin; und doch kann ich beteuern, dass ich nach dem Genuss des gefüllten Bechers eine Linderung meines Übels verspürte, die weit über alles hinausreichte, was mir bis dahin andere Rezepte gewährt hatten. Es war mir, als würde das Blut mit sanft reinigender Kraft die Speiseröhre hinabfließen, sich wohltuend wie ein Balsam über die Eingeweide ausbreiten, einem ätherischen Öl vergleichbar, mein gesamtes Inneres mit einem läuternden Duft überfluten. Und dass die hohe Erwartung an den Trank keine Einbildung schuf, bestätigte der Blick in die Runde der Bechergruppe. Wer bis vorhin noch gebückt und mit vom Geröchel zerquältem Gesicht da gestanden hatte, schien bei jedem Schluck aus seinem Becher von einem wieder belebenden Nektar durchprickelt und aufgerichtet. Hatte man bis dahin wegen der Hustenanfälle nur das Notwendigste einander mitgeteilt, so erwachte nun im Kielwasser des gereichten und ausgetrunkenen Bluts eine Welle heiter, unbeschwerten Geplappers.

»Meine Stimme! Wie neu gemacht!«, rief ich. »Hören Sie doch, wie geschmeidig meine Stimme klingt!«

Der angesprochene Nachbar lächelte gütig, schien sich

mit einem Blick die Bestätigung einzuholen, einen Neuling vor sich zu haben.

»Ich kann Ihnen gar nicht sagen, was ich alles versucht habe«, lachte ich, wobei mir vor Glück die Augen wässerten. »Nichts, aber auch wirklich nichts hat mir geholfen. Und jetzt«, ich sah auf den ausgetrunkenen Becher, »nur ein Schluck und ich bin geheilt!«

»Nicht ganz! Nicht ganz!«, bemerkte der Mann mit einem Kopfwiegen. »Drei, vier Tage. Je nachdem. Dann geht's wieder los. Leider. Leider.«

»Drei, vier Tage!«, echote ich, in meiner Freude gebremst, auf ein Niveau herab geworfen, welches immerhin noch kein Abgrund war. »Und wenn man sich was abfüllen lässt?«

»Schwierig«, äußerte der Mann. »Es muss doch eher frisch getrunken sein. Wenn's länger rumsteht, ist es auch nicht besser als Hühnerblut. – Aber Sie scheinen zum ersten Mal dabei zu sein.«

Wir stellten einander vor. Auch von den anderen traten einige hinzu, welche mich wie ein neues Mitglied in der Runde begrüßten. Vom Richtplatz aus begaben wir uns in ein Kaffeehaus, wo die Leute wie nach langem Entbehren ihre Rauchutensilien auspackten. Der Herr, den ich zuerst angesprochen hatte, lauschte meinem Leidensbericht, streute ein mehrfaches Nicken in die Sätze, um seine Vertrautheit mit gewissen Details zu bekunden. Bei Gelegenheit äußerte ich, dass ich im Grunde genommen kein Befürworter der Todesstrafe sei. Mein Gegenüber atmete schwer wie über einen richtigen, aber problematischen Gesichtspunkt. »Da sind Sie nicht der Einzige«, gab er zu. »Aber was will man machen? Wenn's eben hilft. So ein gesunder Mensch kann sich ja gar nicht vorstellen, was dieser Husten für eine Tortur ist. Und ob man nun herkommt oder nicht – hingerichtet wird so oder so. Wenn auch leider nicht mehr so oft wie ehemals.«

»Den Eindruck hatte ich auch. Fast ein ganzes Jahr hab ich die Zeitungen durchforstet.«

»Wenn Sie möchten, können Sie sich nachher auf die Liste schreiben. Wir pflegen einander die Termine mitzuteilen. Damit man nicht versehentlich einen versäumt. – Aber die Liste macht natürlich die Zahl der Gelegenheiten auch nicht größer.«

»Gibt es denn sonst gar keine Möglichkeiten? Ich meine etwas anderes, Vergleichbares?«

»Schon. Gibt es. Wenn auch nichts wirklich Vergleichbares. Im Vertrauen gesagt – versteht sich, dass man hierüber nicht zu jedem reden darf: Hunde sollen ganz passabel sein.«

»Hunde? Sie meinen …?«

»Hühner und Katzen können Sie vergessen. Leider auch das ganze Schlachtvieh. Aber wie gesagt: selbst Hundeblut ist zwar der beste, aber doch nur ein schwacher Ersatz.«

Später erst, nachdem die Wirkung des Becherinhalts längst verklungen war, der Husten sich unverändert wieder eingestellt hatte, fielen mir etliche Fragen ein, auf die mir der Mann die Antworten wahrscheinlich hätte geben können. Besser noch, ich hätte mich freiheraus bei ihm erkundigt, ob er denn selbst das Hundeexperiment bereits unternommen habe und wie er dabei im Detail vorgegangen sei. Denn während ich vergeblich auf eine Nachricht zum nächsten Termin wartete, natürlich auch selbst weiterhin die Zeitungen durchstöberte, hätte ich mir doch zumindest den genannten Ersatz herbeigewünscht.

Versteht sich, dass ich von meinem Ausflug zur Hinrichtung – einerlei wie erfreulich und ermutigend das Unternehmen ausgefallen war, kein Wort zu meiner Frau sagte. Meine mehrtägige Abwesenheit wird sie gar nicht bemerkt haben, denn unser Umgang hatte sich inzwischen auf das

Maß vermindert, wie es zwischen Nachbarn oder flüchtigen Bekannten üblich ist. Es würde mir nicht einfallen, ihr daraus einen Vorwurf zu machen. Ich glaube nicht einmal, dass es angebracht wäre, von einer Abkühlung zu sprechen. Wenigstens was mich anbelangt, so kann ich versichern, dass meine Krankheit keinen Einfluss auf die Empfindungen hatte, die ich meiner Frau gegenüber besaß. Ich nehme an, es wird auf ihrer Seite nicht anders gewesen sein. Aber natürlich musste ihr, trotz aller Zuneigung, der unablässig hustende und röchelnde Gatte auf die Nerven gehen, zumal da keine Änderung des Zustands abzusehen war. Einen Eindruck von diesem lästigen Geräusch wird jeder haben, der diese Papiere in den Händen hält. Nicht allein wegen des Schriftbilds, das alle Augenblicke zu einer Nachzeichnung meiner Anfälle abschweift. Darüber hinaus ist es mir trotz zahlloser Taschentücher ... – aber ich will mich nicht mit solchen Details aufhalten, nur am Rande darauf hindeuten, da sich meine Geschichte ansonsten nur schwer nachvollziehen lässt.

Jedenfalls war ich sehr bald ganz von dem Gedanken erfüllt, wie sich ein weiterer Becher des Heiltranks besorgen ließe. Wo mir während dieser Zeit auf den Straßen ein Hund begegnete, versah ich das Tier mit einem Blick, vor dem selbst die rabiatesten Schäferhunde winselnd die Flucht ergriffen. Und doch war ich zunächst völlig im Unklaren, wie sich mein Vorhaben bewerkstelligen ließ. Denn so einfach es sich anhört, einem Hund den Kopf abzuschlagen, so war doch zweifellos einiges an Vorkehrungen und Kenntnissen nötig, das Gedachte zur Tat werden zu lassen.

Ich begann in einem Kellerraum Holz hackend mich in der Handhabe einer Axt zu üben. Eine Holzpritsche wurde zur Hinrichtungsbank bestimmt, mit Lederriemen sowie einem massiven Nackenbrett ausgestattet. Dieses Brett erhielt eine Abflussrinne, welche das Blut des geköpften Tiers in eine Schale leiten sollte. Denn natürlich dachte ich nicht daran, mich mit einem einzigen Versuch zu begnügen. Vielmehr hoffte ich, es würde mir die hergerichtete Bank zu einer regelmäßigen Erleichterung meines Leidens verhelfen.

Schwieriger gestaltete sich die Frage, wie sich ein Hund überhaupt in den Keller und auf die Pritsche schleifen ließ. Ich dachte zunächst an nichts weiter als einen Knüppel, mit dem ich einen herrenlos herumstromernden Hund um sein Bewusstsein bringen wollte. Einen solchen Knüppel trug ich dann auf all meinen Spaziergängen unter der Jacke. Die Taschen füllte ich mit Hundebrocken, die mir dazu dienen sollten, ein mögliches Opfer erst einmal heranzulocken. Aber einerlei, wie ich mit diesen Brocken winkte und wie ich mich bemühte, den mörderischen Glanz von meinen Augen zu tilgen, es waren doch lebendige Wesen, mit einem scharfen Instinkt versehen, die vielleicht den Prügel unter der Jacke nicht sahen, aber doch den Geruch meiner Absicht sehr wohl witterten. Jedes der Tiere sprang, wenn es mich auftauchen sah, unverzüglich auf die Füße, huschte davon und warf allenfalls aus großer Entfernung einen verunsicherten Blick zurück in meine Richtung.

Ein Zwergpinscher war es dann, den ich doch erwischte. Nicht mit dem Knüppel, den ich zu dem Zeitpunkt gar nicht dabei hatte. Ich war gerade aus dem Keller herauf gekommen, als ich auf dem Hof den hellweißen Hund entdeckte, der entlang des Hühnergatters den Boden abschnüffelte. Während ich mich zwang, meinen Husten zu unterdrücken, um das Tier nicht vorzeitig zu verschrecken, sah ich mich nach einem Fanggerät um. In Reichweite bemerkte ich einen leeren Kartoffelsack, sprang damit zum Gatter und hatte das Tier auf Anhieb darin eingeschlossen. Natürlich zappelte und kläffte der Hund und ich beeilte mich, mit der Beute rasch zurück in den Keller zu verschwinden. Ihn zu betäuben, stellte sich als schwierig heraus. Die zuvor erzwungene

Pause meines Hustens hatte einen umso heftigeren Anfall zur Folge, der mir die nötigen Handgriffe erschwerte. Immerhin gelang es mir doch, das Tier festzubinden, dann auch mit dem Beil zuzuschlagen, woraufhin das Blut hervor spritzte, nur leider nicht in Richtung der bereit gestellten Schale.

Später erst habe ich erfahren, dass meine Frau sich wenige Tage zuvor diesen Zwergpinscher zugelegt hatte. Schon mehrfach hatte sie einen solchen Wunsch geäußert, ihn aber offenbar jetzt erst verwirklicht, ohne mir hiervon etwas mitzuteilen. Sie muss ihn wohl gesucht und dann gehört haben, war dem Geräusch gefolgt, und hatte eben die Türe aufgedrückt, da ich, noch das Beil in der Rechten, mit der Linken das Becken zurechtrückte, um den Blutstrahl aufzufangen. Gewiss: ein Anblick, der schon allein in Worten skizziert so abstoßend ist, dass ich auf die Sympathien selbst der abgebrühtesten Zuhörer kaum zu hoffen wage. Eine Szenerie, die aber nicht ich, sondern der Parasit in mir schuf, einer Eiterbeule vergleichbar, die ich mir durchaus nicht aus eigenem Beschluss an den Leib gewünscht hatte, vor der es mich selbst ekelte, die aber nach einer Linderung gierte.

Wegen meiner Frau hatte ich auf die Schüssel nicht genügend Acht gegeben. Nur eine Lache befand sich darin, die ich dann, einerlei ob ich damit dem Gräuelbild ein weiteres hinzutat, austrank, die aber in ihrer Wirkung kaum über diejenige eines Salbei- oder Kamillentees hinausging. Und während ich weiter spuckte und hustete, gebückt, kniend im vom Hundeblut aufgeschlämmten Lehmboden kam es mir wie der Gipfel der Gehässigkeit vor, mich zu diesem ekelhaften Tun genötigt zu haben, ohne dafür auch nur den Zipfel einer Genugtuung zu gewähren.

Der Rest der Geschichte ist Ihnen hinlänglich bekannt, möglicherweise sogar gründlicher als mir, da ich doch wie im Delirium handelte und alles nur wie aus einem Traum in

Erinnerung habe. Einem Alptraum, zweifellos, der aber nicht, wie unterstellt wurde, das Ergebnis einer unglücklichen Ehe ist. Ich sagte ja bereits, dass die Gefühle meiner Frau gegenüber unter meiner Krankheit nicht gelitten hatten, dass es der Parasit in mir war, der mich zu einer Handlung presste, die sich möglicherweise mit dieser Aussage nur schwer in Einklang bringen lässt. Darüber hinaus habe ich nicht die Absicht, das Geschehene zu leugnen oder zu beschönigen. Was die Folgen anbelangt, so nehme ich sie bereitwillig in Kauf, nicht zuletzt, da sie mich von meinem Elend endgültig erlösen werden. Eine Erlösung, an der zudem, wenigstens für einige Tage, gleichfalls meine Leidensgenossen aus der Bechergruppe teilhaben werden.

Die große Schlacht

Nun ist es also getan. Bis dahin nichts als ein Paket von Papieren. Jetzt ein Ereignis, das jede gehabte Musik für alt und überholt stempelt. Unten im Hof ist bereits alles vorbereitet. Ich nehme an, man wird mir nun endlich die meiner Leistung angemessene Ehre erweisen. Schluss mit dem Dasein als hungerleidender, nie gehörter Komponist! Leider weiß ich nicht, wo eigentlich das Manuskript hingeriet. Natürlich hab ich's vollständig im Kopf. Bei Zeiten will ich's noch einmal aufschreiben. Bedauerlich auch, dass mein altes Klavier draufging. An und für sich war's nicht wertvoll. Soviel ich weiß, hat es mein Urgroßvater als Beute von einem Feldzug mitgebracht. Aus einer Nürnberger Werkstatt stammte es. Auf der Innenseite der Tastenklappe stand zwischen Ranken der Vers:

Greifst du nur hübsch die richtgen Tasten,
klingts reizend hier aus diesem Kasten.

Laut wenigstens klang es nie. Niemand brauchte sich zu beschweren, wenn ich nächtelang darauf übte. Es war das ideale Instrument, um sich das Schnaufen beim Musizieren abzugewöhnen, wenn nicht überhaupt das Atmen. Denn tatsächlich war's ein so heiseres Instrument, dass es noch von herumtappenden Fliegen übertönt zu werden drohte. Trotzdem war es mir teuer. Die meiste Zeit meines Lebens besaß ich nichts als dieses Kofferklavier. Wie oft saß ich nicht davor und spielte dem rebellierenden Magen zur Zerstreuung heitere Märsche darauf.

Wie gesagt, war's ein Erbstück. Mein Vater entdeckte das

alte Instrument in einer Speicherkammer und beschloss, dass, wenn man schon eins besaß, so auch einer in der Familie darauf zu spielen hatte. Der Auserwählte für diese zu lernende Fertigkeit war ich. Ein Lehrer wurde bestellt. Damals wimmelte es nicht von solchen. Ansonsten hätte man denjenigen, der bei uns anklopfte, gewiss wieder heimgeschickt. Der sah nämlich weniger nach einem sensiblen Musikus, als vielmehr nach einem ausgedienten Seepiraten aus. Eine Augenbinde, ein Holzbein, tätowierte Arme und eine Stimme, die sich zweifellos eignete, über enternde Banditen zu befehlen. Daneben besaß er aber ausgesprochen charmante Züge. Nachdem man sich an das Furcht erregende Äußere gewöhnt hatte, musste jeder zugeben, dass es ein höflicher und unterhaltsamer Mann war.

Besondere Kenntnisse für seinen Beruf als Klavierlehrer besaß er nicht. Wenn er mir die Noten erklärte, dann lediglich, indem er mir zeigte, wo sich die entsprechenden Tasten befanden. Dass es auch Namen für Töne gab, was außerdem alle anderen Zeichen auf dem Notenpapier bedeuteten, erfuhr ich erst später. Ebenso beschränkt war sein Übungsrepertoire. Er besaß nichts als eine Sammlung von 26 Soldatenliedern, die er auf losen Blättern mitbrachte und die ich im Verlauf der Unterrichtsjahre übte, abschrieb und auswendig lernte. Imposant war es aber doch, wenn er mir die Lieder vorspielte und seine gewaltige Stimme dazu hören ließ. Offenkundig versetzten ihn die Melodien in Zeiten und Umstände zurück, die ihm angemessener waren als sein Hauslehrerdasein. Gewöhnlich hieß er mich mitsingen. Aber neben seinem lauten Bass war weder vom Klavier noch von meiner Kinderstimme irgendwas zu hören und er selbst geriet in solch ein Fieber, dass er gar nichts merkte von der lungenschwachen Begleitung.

Nachdem ich alle 26 Soldatenlieder tadellos spielen konnte, auch bereits eine kleine Sammlung eigener hinzu komponiert hatte, wurde nach und nach der Gedanke in mir lebendig, die Musik zu meinem Beruf zu machen. Meine Eltern, die von der Sache nichts verstanden und immer nur entzückt waren, wie ich für meine Lieder stets die richtigen Tasten drückte, fanden an meinem Wunsch nichts auszusetzen. Allerdings meinten sie, es wäre für meine erhoffte Karriere von Vorteil, wenn ich zunächst eine höhere Schule besuchen würde, eine Akademie, wo man jungen Musikern den letzten Schliff zu geben pflegt. Obwohl ich der Ansicht war, einen solchen Schliff gar nicht mehr nötig zu haben, bewarb ich mich doch um den empfohlenen Studienplatz. Zum Beweis der Eignung hatte man eine Reihe selbstkomponierter Tanzsätze vorzulegen. Zunächst hatte ich keine Ahnung, was das heißen sollte, da ich ja nur die Sammlung der Soldatenlieder kannte.

»Polkas und so!«, meinte mein Lehrer.

Zum Glück besaß er ein kleines Büchlein *Allerlei Tänze selbst gemacht*. Nachdem er's lange gesucht hatte, borgte er mir das Buch. Mit meiner mangelhaften Ausbildung fiel es mir nicht leicht, den Text zu verstehen. Zuletzt aber hatte ich doch eine Mappe zusammen, worin sich neben meinen Soldatenliedern auch Pavanen, Gavotten und andere Sätze fanden. Ich begab mich also hin zur Prüfstelle, saß ziemlich lang zwischen einem Haufen anderer Aspiranten im Wartezimmer und wurde schließlich vor den Tisch des Eignungsprüfers gerufen.

Ich wäre sehr versucht, hier den Namen dieses Menschen zu nennen, wenn er mir nicht längst entfallen wäre. Natürlich will ich niemandem einen Posten missgönnen, der ihm seine Frau und seine Kinder ernährt. Aber es wäre doch angemessen, wenn jemand, der offenbar keinerlei Fähigkeiten für diesen seinen guten Posten besitzt, sich dort wenigstens still und unscheinbar verhielte. Andererseits muss ich zugeben, dass sich für meinen Werdegang diese Fehlbesetzung zuletzt als eine glückliche Fügung bewies. Der Weg, den mein Kunstschaffen nehmen sollte, durfte und konnte nur so verlaufen, wie er dann eben verlief. Und da ich hierüber in meinem jungen Alter noch nicht Bescheid wissen konnte, war es völlig korrekt, mir an dieser Etappe meines Lebens eine mögliche Abzweigung zu versperren. Man könnte sagen, dieser Mensch an seinem Schreibtisch erfüllte insofern eine bedeutungsvolle Aufgabe, indem er mir, ohne freilich von der Gewichtigkeit seines Tuns selbst zu ahnen, den falschen, meinem Talent und seiner Entfaltung nur hinderlichen Pfad verwehrte.

Aber kurz und gut: Der Kerl ließ sich meine Mappe reichen, blätterte darin, schob sie zurück und murmelte als Erklärung für sein ablehnendes Urteil: das seien alles nur Märsche.

Ich säße nicht hier auf diesem Stuhl, wenn mich ein solches Urteil zu erschüttern vermocht hätte. Im Gegenteil erkannte ich sofort, welches Gebirge an Unverstand sich einem jungen Musiker entgegenstellt und dass ein solcher eben darum nicht allein von den Musen, sondern gleichfalls von den Kriegsgöttern begabt sein muss.

Ungeachtet der Bedenken, die meine Eltern äußerten, packte ich mein Klavier auf den Rücken, mietete in der Stadt eine Bude und begann auf eigene Faust meinen weiten und elenden Marsch als Künstler. Schwer zu sagen, wovon ich mich damals ernährte. Irgendwie fand sich immer noch so viel, dass ich nicht verhungern musste. Hausrat legte ich mir gar nicht erst zu, weil ich so regelmäßig wegen nicht bezahlter Miete wieder hinaus und in die nächste Bude musste, dass es von Vorteil war, nicht viel mehr als das Klavier zu besitzen.

Ich gebe gerne zu, dass vieles von meinen ersten Werken noch keine bemerkenswerte Eigenständigkeit aufwies. Wie sollte es anders sein! Ein junger Mensch steht erst einmal ganz unter dem Eindruck derjenigen, die vor ihm schufen. Nur hier und da blitzt seine Person unter diesem Gewölk hervor, um sich dann nach und nach einen eigenen Platz freizuschaufeln. Einiges, von dem, was ich damals schrieb, ließ aber doch bereits erkennen, in welche Richtung sich das Ganze bewegen sollte. Ich nenne hier *Die heimkehrenden Trommler*, den *Satirischen Umzugsmarsch*, den *Trauergesang beim Einsammeln der Toten*. Verschiedene Tanzspiele und Oratorien habe ich mir zugegebenermaßen allein darum abgerungen, weil ich dachte, es sei nötig, sich auch in diesen Gattungen zu versuchen. Rege und lebendig wollte meine Fantasie aber immer erst dann werden, wenn ich mir das zu Komponierende auf dem Hintergrund eines Schlachtgeschehens vorstellte. Vor meinen Augen rückten noch einmal alle Krieger der Vergangenheit heran und während die Römer Karthago einäscherten, die Athener die persische Flotte versenkten, Lapithen und Kentauren einander die Leiber verstümmelten, drängelten alle Instrumente zu einem Tongemälde heran. Und dann, wie ich eines späten Abends noch mit Pauken und Posaunen in den Ohren mich zu Bett legte, erstand vor mir das Werk, das so völlig mit meinem Talent harmonierte, dass ich es in einem einzigen Guss niederschrieb.

Das ist so das schöne Gerede, womit sich die Künstler ein Scherflein Respekt bei der Mitwelt einholen. Meistens ist es dummes Gerede. In der Kunst wie überall rast und kriecht der Pinsel zu gleichen Teilen. Es dürfte ein grober Fehler sein, die langsamen Phasen gering zu schätzen. Nur weil der Pöbel den Wert einer Arbeit ganz besonders danach bemisst, wie flott sie getan wurde, darum wirft man ihm solche Auskünfte hin, man habe dies und jenes Opus von sage und schreibe 500 Seiten in drei Nächten niedergeschrieben. Freilich kommt es vor. In der Regel genau dann, wenn plötzlich die Idee einleuchtet, wie sich die über Jahre hinweg ertüftelten Details in einem großen Gemälde zusammenfügen lassen. Und eben das war der Fall an jenem Abend.

Während mir noch unter Trommelwirbeln und Fanfaren die schlachtenden Assyrer durch den Kopf wimmelten, auf dem Kissen dann bei geschlossenen Lidern das ganze allmählich verblasste und erste Traumbilder vorüberhuschten, schoss es mir plötzlich durch den Kopf: das Verhältnis umzukehren, die Musik vor Ort zur Führerin des Schlachtens zu machen, die Kampfhandlungen einer Choreografie zu unterwerfen, nicht länger von der Musik weg nach dem Krieg zu schielen, sondern umgekehrt, den Krieg als ein Schauspiel zu verstehen, das den Noten des Komponisten zu gehorchen hat.

Keine gewöhnliche Oper. Schließlich gibt es kein Publikum, das sich für die Vorstellung fein gemacht und Eintritt bezahlt hat. Außerdem bleibt natürlich dem Zufall ein viel größerer Raum. Im Orchestergraben verspielt sich hin und wieder einer. Meistens, ohne dass die Zuhörer es merken. Hier indes könnten mitten im Stück die ersten Geigen allesamt ausfallen. Der Solist im schönsten Spiel von einer Kugel getroffen werden. Die Aufgabe des Dirigenten dürfte also um vieles bedeutender sein, da er in solchen Fällen, die gar nicht ausbleiben können, auf der Stelle entscheiden muss, wie sich die Aufführung, ohne den Charakter der Komposition zu beeinträchtigen, fortsetzen lässt.

Ich zündete neue Kerzen an und begann:

Vorspiel beim Sammeln der Truppen (allegro moderato).

Gleichzeitig entwarf ich eine Landschaftsskizze, also eine Gegend, nicht untypisch für meine Heimat und geeignet für ein Heereszusammentreffen.

Gedanken der Soldaten an die Heimat (grave religioso).

Vor allem musste die Beschaffenheit des Terrains zusammen mit den Aufstellungsorten der Musiker eine tadellose Akustik ergeben.

Trommelwirbel. Aufmarsch der feindlichen Truppen (andante con spirito).

Natürlich lässt sich die Musik nicht anders vermitteln, als indem sie gelesen oder gehört wird. Ob sie in absehbarer Zeit noch einmal zur Aufführung kommen wird, kann ich vorerst nicht sagen. Versteht sich, dass hierfür eine gewisse Aufgeschlossenheit der Mitwirkenden und Sponsoren nötig ist. Im Übrigen habe ich längst neue, unvergleichlich gewaltigere Kompositionen unter der Hand. Zusammenführungen, welche bei der bloßen Vorstellung den Atem verschlagen. Spektakel, an welchen nicht nur ein Häuflein Mitwirkender und Zuschauender teilhaben, sondern alle – bis in die entlegensten Weltswinkel.

Wenn ich nicht irre, habe ich eine knappe Woche gebraucht. Die Musik, alle Regieanweisungen – dieser Teil fiel beinahe so umfangreich aus wie der erste – und schließlich sehr genaue, ins Reine gezeichnete Bühnenbilder, also die topografische Karte mit verschiedenen Stadien der Truppenbewegungen.

Die Papiere verstaute ich in einer Mappe und während ich dieses mein Werk erschöpft und glücklich an die Brust drückte, klopfte der Vermieter. Das alte Gemecker hub an. Ich nahm das Klavier auf den Rücken, pochte mit der Faust auf meine Mappe und sprach, was ich dieser Welt schuldig sei, habe ich hiermit bezahlt.

Allerdings war's noch eine lange Prozedur, bis auch die Welt meine Zahlung entgegennehmen wollte.

In der Zwischenzeit dürfte ich so gut wie jedem deutschen General meine Idee unterbreitet haben. Dass mein Projekt bedauerlicherweise nicht ins jeweilige Kriegsprogramm passte, zeugte zwar für eine Steifheit des Verstandes, an welcher wahrscheinlich schon die ersten Hütten bauenden Höhlenmenschen verzweifelten. Immerhin ließ es sich hinnehmen, weil selbstverständlich abzusehen war, dass sich mit solchen Simpeln ohnehin kein anspruchsvolles Projekt durchführen ließ.

Wer indessen glaubte, es sei gar nicht nötig, mich anzuhören, der vertat sich in dem, welcher hier auf diesem Stuhl sitzt. Bevor man mich nicht vorgelassen hatte, war ich nicht von der Schwelle zu bekommen.

Im Anfang war die Sache eigentlich recht einfach. Irgendein Vorzimmerbeamter fragte mich, in welcher Angelegenheit ich den General denn zu sprechen wünsche. »In Betreff einer Schlacht, die noch nicht stattgefunden hat, aber unzweifelhaft demnächst stattfinden wird.« Der Mann machte große Augen, eilte ins Kongress-Zimmer und sofort wurde ich herein gewunken. Im Übrigen trug ich die ganze Zeit mein Klavier auf dem Rücken, was zwar ein wenig unvorteilhaft aussah, aber den praktischen Nutzen hatte, dass sich gegebenenfalls die eine und andere Passage des Werks unverzüglich vorspielen ließ. In der Regel saß der General im Zirkel seiner Feldwebel und Offiziere. Aus meiner Ankündigung hatte man verstanden, ich wisse etwas streng Geheimes aus dem Kriegsrat der feindlichen Kompanie. Entsprechend gespannt starrten mir alle ins Gesicht. Indessen schnallte ich mein Klavier vom Rücken und begann nach einigen einleitenden Worten, meinen Plan auszubreiten. Zuerst verstand keiner, was das solle, wovon ich eigentlich spräche. Nach und nach legte sich jede Stirn in Falten. Die Herrschaften schauten sich untereinander kopfschüttelnd an, bis endlich der General unterbrach: »Entschuldigen Sie, junger Mann! Ich denke, Sie haben sich in der Tür geirrt.« Einige wurden auch rabiat: was mir eigentlich einfiele und dass ich schleunigst mein Klavier packen und verschwinden solle. Andere wieder winkten bloß nach den Wachen, die mich sodann wortlos hinausbeförderten.

Später schien sich die Sache unter der deutschen Generalität herumgesprochen zu haben. Wenigstens bewirkte der

Satz von der stattfindenden Schlacht nichts mehr und einer, den ich nie zuvor gesehen hatte, schob mich mit den Worten hinaus: man wisse schon Bescheid, wer ich sei und was ich wolle.

Ich ließ aber, wie gesagt, nicht locker. Wer mich nicht vorließ, dem lauerte ich auf. Völlig unbeeindruckt davon, dass mir solche Manöver jedes Mal Prügel bescherten. Irgendeiner musste die Bedeutung meines Werkes begreifen und nichts wollte ich unversucht lassen, diesen einen zu finden.

Ich fand ihn dann auch. Obwohl ich nicht unterstreichen möchte, dass er mein Werk verstanden hat und zu würdigen weiß. General Zeck. Angeblich ein hervorragender Kriegstaktiker.

Zunächst war ich völlig überrascht, dass ich nicht bei meinem bloßen Sichtbarwerden schon aus dem Vorzimmer gejagt wurde.

»Wen darf ich anmelden?«, fragte der obligate Beamte.

Die Gelegenheit, jenen verheißungsvollen Satz zu sagen, hatte sich lange nicht mehr ergeben. Ich dachte auch, es sei klüger, ihn überhaupt nicht laut werden zu lassen. Ich sagte also nur, Tobias Grölle sei mein Name.

»General Zeck! Ein Herr Tobias Grölle wünscht Sie zu sprechen. Ein Musikus, wie es scheint«, flüsterte der Mann hinter aufgehaltener Tür ins Offizierszimmer.

»Grölle?«, murmelte es. »Tobias Grölle. – Den Namen kenn ich doch. – Aber ja!«, rief es. »Das ist ... rufen Sie ihn herein!« Und da ich eintrat, war der Mann vom Sessel aufgestanden, starrte mir fröhlich ins Gesicht, ließ den Zeigefinger in meine Richtung wippen und rief: »*Die heimkehrenden Trommler!*«

Jetzt war es einmal an mir, nichts zu verstehen.

»Tobias Grölle. Der Erfinder – aber nein, wie nennt man das? Der Kompositeur. – *Die heimkehrenden Trommler*. Nicht wahr! Das ist von Ihnen. Ein wunderbarer Marsch. Den kennen Sie doch«, wandte er sich an die Umsitzenden. »Tatatum tata!«, machte er vor, wobei er Arme und Beine mitwirken ließ. »Und am Schluss. Das ist ... das ... ja wie soll man das sagen. – Aber Sie haben ja Ihr Klavier dabei. Seien Sie so nett, spielen Sie uns *Die heimkehrenden Trommler* vor!«

»Es ist nicht gerade das beste Klavier«, bedauerte ich. »Es ist etwas leise.«

»Spielen Sie nur!«

Während ich also mein Klavier vom Rücken nahm und die Tastatur öffnete, warf sich Zeck zurück in den Sessel.

Sonderlich gut habe ich, wie ich meine, nicht gespielt, außerdem war natürlich das Klavier völlig ungeeignet für einen derartigen Vortrag. Trotzdem fuhr Zeck voller Begeisterung mit der Faust im Takt auf und nieder, zuckte rhythmisch mit den Ellenbogen und brummte hinter aufgestülpten Lippen die Melodie nach. Alle anderen schienen etwas verlegen, die Münder in den Handtellern vergraben, nur unter herabgesunkenen Brauen zu mir hinüber schielend.

»Wie ich es bedauere, dass ich nicht Klavier spielen kann«, rief Zeck. »In meiner Familie war leider niemand musikalisch. Mein Vater hat ein wenig Blockflöte gespielt. Aber nur zu Weihnachten. So das übliche eben.«

Einer der Offiziere räusperte sich und fragte, ob man nun nach diesem musikalischen Intermezzo wieder zur Tagesordnung zurückkehren wolle.

»Aber natürlich, meine Herren«, rief Zeck und wechselte unverzüglich über zur militärischen Beratung. Die Offiziere warfen unschlüssige Blicke in meine Richtung, bis endlich einer meinte, dass es wohl nicht anginge, wenn der Musikus im Zimmer bliebe. Zeck wandte sich wieder zu mir herum, als wär's ihm völlig entfallen, dass ich nach wie vor dasaß, und bat mich höflich, einen Moment lang draußen zu warten.

Aus dem Moment wurden Stunden, die ich natürlich still und unbeirrt durchhielt. Zuletzt öffnete sich die Tür und die Offiziere traten heraus. Sowie der letzte davon war, warf ich einen Blick ins Konferenzzimmer, wo Zeck soeben Papiere zusammenlegte.

»Herr Grölle!«, rief er, sowie er mich hinter der Tür bemerkt hatte. »Kommen Sie nur herein! Ich bin sofort frei für Sie.« Und nachdem er die Melodie meines Marsches geflötet hatte: »Herrlich diese Musik! Das erste Mal habe ich sie während einer Schlacht in Lothringen gehört. Anschließend bin ich gleich hin zum Kapellmeister und hab ihn gefragt, was das für ein wunderbares Stück war. – Möchten Sie etwas trinken?«

Wir nahmen auf einer Sesselgruppe jenseits des Konferenztisches Platz und während Zeck zwei Gläser mit Schnaps füllte, erzählte er weiter, wo er später den besagten Marsch nochmals hörte und wie er es stets bedauert hatte, dass ihm niemand hatte sagen können, wo der Autor dieses beeindruckenden Werkes zu finden sei.

»Ehrlich gesagt«, sprach ich, »bis jetzt hab ich selbst nicht gewusst, dass der Marsch irgendwem bekannt, ja überhaupt zugängig war.«

»Und da hat der Zufall Sie geradewegs an meinen Tisch gespielt. – Lassen Sie uns anstoßen!«

»Wissen Sie«, sprach er weiter, »ich versteh ja sonst nichts von der Sache. Aber einen guten Marsch, den erkenn ich. Und ich sage Ihnen, so einer ist was Seltenes. Meine Güte! Was man sich nicht alles anhören muss! Ich meine bei Paraden und so. Irgendwie fehlt immer – wie soll ich mich ausdrücken? – der Esprit sozusagen. Aber das wissen Sie selber ja viel besser als ich. – Wie finden Sie den Schnaps?«

Nachdem ich diesen gelobt hatte, merkte ich schließlich an, dass ich noch etwas dabeihabe, welches auch der Grund für mein Herkommen sei.

»Sagen Sie nur! Einen Marsch! Einen neuen?«
»Sozusagen eine Schlachtmusik.«
»Eine Schlachtmusik!«, echote Zeck.

Während ich nun meinen Plan auspackte und erläuterte, lehnte sich mein Zuhörer im Sessel zurück, mit lachendem Gesicht, allemal ein *Hoho!* und *Sie Teufelskerl!* einstreuend. Solchen Zuspruch wenig gewohnt, redete ich mich in Feuer, malte die Szenerie aus, spielte Passagen der Musik auf dem Klavier vor. Zeck ließ sich die Karte zeigen, grinste und meinte, es sei eine fantastische Sache. »Die drei Kanonen hier stehen falsch«, bemängelte er zwischendurch, trotz aller Begeisterung die kriegstechnischen Details genau überblickend. »Die würden nur da vorn in das Wäldchen feuern. Und hier die Gruppe darf nicht nach rechts einschlagen, der Feind würde sofort den freien Platz nutzen und in die Flanke einfallen. Aber das sind Kleinigkeiten, die sich noch korrigieren lassen.« Er goss die Schnapsgläser nach, schaute gegen die Zimmerdecke und meinte: »Ein großartiges Projekt. – Aber lassen Sie uns realistisch sein!« Er stülpte die Lippen vor, runzelte die Brauen, schien nachzudenken. »Wer kommt hier als Feind in Frage? – Wo sind Sie eigentlich untergebracht?«

»Nirgends. Ich bin sozusagen auf Durchreise.«

»Mit den Franzosen kann man so was nicht machen. Die Italiener würden die Sache zu würdigen wissen. Aber es ist etwas weit über die Alpen. Das nächstgelegene wären die Österreicher. Was meinen Sie? – Die Österreicher!«

Ich überlasse es der Nachwelt, über General Zeck das Urteil zu sprechen. Zweifellos gibt es einiges, was man dem Menschen hoch anrechnen muss. Vorab natürlich, dass er sich mein Projekt vollkommen unvoreingenommen anhörte und sich dann dafür einsetzte, es zu verwirklichen. Ob er dabei vollkommen uneigennützig handelte, will ich nicht beurteilen. Persönlich habe ich nichts gegen ihn vorzubringen. Einmal abgesehen davon, dass er ziemlich bald anfing mich zu duzen. Für das Projekt stand mir jederzeit seine Kasse offen. Er wollte auch keine Erklärungen hören, wie ich sie ihm andernfalls sofort hätte erteilen können.

Nötig waren vor allen Dingen Instrumente und Musiker. Bedauerlicherweise war die Zeit zu kurz, das Angebot zu knapp, als dass ich mit angemessener Strenge hätte auswählen können. Gleichfalls die Proben mussten mangelhaft bleiben, da wir uns bereits auf dem Marsch in Richtung Österreich befanden und alle Besprechungen und Anweisungen zwischen Zeltstangen zu geschehen hatten. Außerdem musste ich mit Zeck den geeigneten Schlachtplatz absprechen. Da wir uns schließlich auf eine Gegend in der Nähe von Linz geeinigt hatten, musste ich dorthin vorausreisen und die nötigen Vorkehrungen treffen. Denn wenn auch der ausgesuchte Fleck im Wesentlichen mit meinem Plan harmonierte, so natürlich nicht in jedem Detail. Vieles ließ sich vernachlässigen. Einige Baumgruppen mussten indes abgeholzt, fehlende wiederum aufgestellt werden. Eine Felsgruppe drohte die Aufführung mit einem unangenehmen Nachhall zu stören, weswegen ich sie wegsprengen ließ. Hier und da, soweit es Zeit und Mittel gestatteten, ließ ich einige Bodenerhebungen abtragen und andernorts aufschütten, so dass zuletzt der Schauplatz fast ganz mit meiner Karte übereinstimmte.

Da ich von diesen Vorarbeiten zurück auf die Truppen Zecks stieß, hatte man bereits die Salzach überquert und gleich die nächstgelegenen Ortschaften überfallen. Einmal abgesehen davon, dass die Richtung, welche die niedergebrannten Dörfer beschrieben, sich von der abgesprochenen entfernte, wusste ich nicht, was dieses Niederbrennen bezwecken sollte. Zeck erklärte mir, dass ein Krieg ohne solches nicht auskäme, dass es sich ferner hierbei um die Vorstufen handle, welche zur Entscheidungsschlacht hinführten.

Andernfalls gäbe es ja keinen Grund, eine solche auszutragen.

Ich gab mich zufrieden mit der Auskunft, bestand aber darauf, dass die ausgehandelte Route eingehalten würde, was mir der General auch zusicherte.

In den folgenden Tagen rückten wir, nicht immer auf dem kürzesten Weg, aber doch stetig in Richtung Linz vor. Die Österreicher hatten indessen ihre Truppen gesammelt und losgeschickt und da wir spät abends das vorausbestimmte Gelände erreichten, hieß es, der Gegner stünde bereits auf den jenseitigen Hügeln. Von einem, der hiervon was verstand, ließ ich mir das Wetter für den kommenden Tag voraussagen. Sodann vereinbarte ich mit Zeck, die Schlacht pünktlich bei Morgengrauen zu beginnen, weil eben dann, nach einem flüchtigen Taunebel das Klangerlebnis die größte Wirkung zu entfalten verspräche.

Ich übergehe die Aufregung, in welcher ich mich an diesem Vorabend befand. Jeder wird es sich vorstellen können, was es bedeutet, ein Werk wie das meine aus der Studierstube an die Geschichte der Menschheit weiterzureichen. Zumal wenn alle Umstände bis hin zum Wetter vom wohlgesinnten Zuspruch der Götter zeugen.

Sowie die Sonne heraufstieg und während noch die Erde von einem fladenförmigen Nebel zugedeckt war, sammelten sich auf den Anhöhen die Truppen. Zugleich erhob sich nach und nach, anfangs kaum das Gezwitscher der Vögel übertönend ein mehrstimmiger Gesang von Geigen und Krummhörnern. In langen Noten folgten die ersten, noch verhaltenen Trommelschläge. Der Chor der Soldaten setzte ein. Natürlich sangen nicht die Soldaten, sondern die dafür bestellten Musiker. Der Nebel verflüchtigte sich. Die Österreicher wurden sichtbar und wahrscheinlich wäre man längst losgestürmt, fand aber den Gesang, die Geigen so ungewöhnlich, dass man ratlos stehen blieb, lauschte und nach links und nach rechts schaute, wo Querpfeifen, Glockenspiele und auch ein Lautenchor in die Musik einfielen.

Zunächst war ich also der Einzige, der über das noch freie Schlachtfeld hin und zurückeilte auf einem Pferderücken, den Stab in der erhobenen Rechten, die Einsätze zu dirigieren, Tempo und Lautstärke zu verbessern. Hinsichtlich der Musik wären an diesem Eingang nur ein paar wenige, nicht weiter ins Gewicht fallende Versehen zu bemängeln gewesen. Ich war aber doch unzufrieden, da ich natürlich in diese Entrada das Geschrei der Soldaten, das Schwirren der Pfeile und Donnern der Kanonen bereits einberechnet hatte. Es waren auch nicht allein die Österreicher, welche überrascht und staunend da standen, woraus ich schließen musste, dass Zeck es versäumt hatte, seine Truppen über das Projekt aufzuklären. Ich wollte den Weg einschlagen in die Richtung der Offiziersgruppe, einen empörten Satz bereits im Munde, als neben mir die erste Kugel aus den Kanonen des Gegners niederging. Eben darum ist es mir leider nicht möglich, die weitere Aufführung zu beschreiben, mit der Partitur zu vergleichen und also einige Anmerkungen beizufügen über gelungene und weniger gelungene Passagen. Derjenige, der mich abends auf eine Trage lud, bestätigte mir aber, es sei alles nach Plan gelaufen und ein unvergessliches Erlebnis gewesen.

In den folgenden Tagen wurde ich ausführlich über mein Werk und meine Beziehung zu General Zeck ausgefragt. Bisweilen kam mir der Tonfall, in welchem diese Ausfragungen getan wurden, ein wenig ungehalten, um nicht zu sagen respektlos vor. Auch die Art der Unterbringung erscheint mir alles andere als korrekt. Möglicherweise fürchtet man, ich könne ein falscher Friedrich sein. Schließlich ist, wie gesagt, sowohl mein Klavier als auch die Partitur verloren. Ich denke aber, es dürfte keine Schwierigkeit sein, diesen Verdacht von mir zu waschen.

Im Hof wurde bereits ein Gerüst aufgebaut. Nur für mich, wie mir mein Zimmerdiener erklärte. Mittags solle das Tor geöffnet werden, um gleichfalls dem einfachen Volk einen Geschmack zu geben von meiner Kunst. Ein Flügel wäre mir allerdings lieber gewesen. So ganz habe ich nicht verstanden, welches besondere Instrument dem Schreiner vorschwebt. Möglicherweise eine Art Trummscheit, mit dem Finger gezupft, dem Bogen gestrichen, auf dem ich meinen Zuhörern einige Kostproben aus meinem Werk vorspielen soll. Vielleicht als ein Versuch gedacht, das Ereignis, von dem zweifellos in allen Straßen bereits die Rede ist, der Vorstellung ein wenig näher zu bringen, hierdurch fernerhin den allgemeinen Stand der Bildung ein wenig anzuheben; vornehmlich der musikalischen Bildung – was selbstverständlich meinen ganzen Beifall findet.

Wespen

Zuerst war es Erik, der die Lust am Lesen verlor. Kann allerdings sein – so gut war ich nicht mit ihm bekannt –, dass er ohnehin keine Freude an solcher Unterhaltung hatte, dass er die Möglichkeit allein in Anbetracht unserer Umstände in Erwägung gezogen, ausprobiert und ziemlich bald wieder verworfen hatte. Für einen Augenblick war ich versucht, ihm ein vielleicht besseres Buch aus meiner eigenen Kiste anzubieten. Nicht so sehr aus Freundlichkeit, vielmehr weil er, solange er unbeschäftigt auf der Veranda saß, mich von meiner eigenen Lektüre ablenkte. Es war mir dann, als wenn in seiner Langeweile so etwas wie ein Vorwurf mitschwang. Der Vorwurf, dass ich ihm meine Gesellschaft entzog, ihn im Stich ließ, wo es doch meine moralische Pflicht gewesen wäre, gleichfalls das Buch wegzulegen und wenigstens durch gemeinsames Schweigen an seiner Unzufriedenheit teilzunehmen. Natürlich überzeugte ich mich, dass eine solche Pflicht unmöglich existieren konnte. Ich empfand den Anspruch sogar als empörend, ärgerte mich und hatte dann an diesem Ärger ein weiteres Hindernis, das mich davon abhielt, mich in den gelesenen Text zu vertiefen.

Bisweilen warf er von seinem Korbsessel aus einzelne Sätze in die Stille. Nicht einer war darunter, der eine Antwort erfordert hätte, vielmehr war jeder von der Art, eines in Worte gesetzten Aufseufzens: wie jämmerlich dies ewig gleiche Wetter sei; was er jetzt nicht für ein frisch gezapftes Bier geben würde. Oder er entdeckte einen vorstehenden Nagel in einem der Balken und fragte laut: wozu man den wohl eingeschlagen habe. Versteht sich, dass mir solche Bemerkungen, mitten in einen Roman hineingerufen, auf die Nerven gingen, dass ich oft nahe daran war, ihn anzufahren: wenn er sich schon nicht selbst zu beschäftigen wisse, solle er mich wenigstens in Ruhe lassen. Aber ich fürchtete, der grobe Ton, den ich wahrscheinlich nicht zu korrigieren gewusst hätte, könne zum Auftakt einer Streiterei werden. Eine Streiterei, die vielleicht ihm einen erwünschten Zeitvertreib verschafft hätte, gerade darum aber schwer beizulegen gewesen und in Anbetracht unserer Umstände einer Katastrophe gleichgekommen wäre. Und eben dies ärgerte mich umso mehr: dieses verantwortungslose, schulbubenhafte Benehmen. Schließlich war er ein erwachsener Mensch wie ich, der aus Erfahrung wissen musste, wie unabdingbar es war, Frieden zu wahren, um die Wartezeit durchzustehen.

Auf den ersten Blick hätte man meinen können, es wäre keine Schwierigkeit gewesen, einander aus dem Weg zu gehen. Der immer blaue Himmel, die üppige Landschaft mit ihren Bergspitzen, den Waldhängen und Felsenküsten schien das ideale Panorama für ausgedehnte Spaziergänge. Aber schon nach wenigen Schritten leuchtete der Irrtum ein. Bei jeder Bewegung schwirrten Myriaden von Insekten in die Höhe, flatterten um die Augen, die Nasenlöcher und sprenkelten ihre Bisse und Einstiche über die Haut. Von einem Trampelpfad hin zur Küste abgesehen, existierte auch nirgends ein Weg. Alles war überwuchert von einer Pflanzenfülle, die sich ohne Buschmesser kaum durchqueren ließ. Kam hinzu, dass wir über die Fauna der Gegend nur sehr mangelhaft unterrichtet waren, kaum einen der zahllosen Grunz- und Schreilaute einem uns bekannten Tier zuordnen konnten und folglich dem Busch gegenüber die Scheu und den Respekt von Kindern empfanden. Nicht einmal die Küste, wohin der Pfad verlief, lockte als Ausflugsziel. Denn die Felsen, die sich ins Wasser hinab senkten, waren übersät von Seeigeln. Man hätte die Schuhe anbehalten oder sich einen anderen Schutz unter die Füße binden müssen. Natürlich sah das Wasser verlockend aus, es wäre gewiss angenehm gewesen, darin zu schwimmen. Aber ich muss zugeben, dass mir jedes Mal, wenn ich an der Küste stand, die Aussicht auf eine solche Erfrischung völlig gleichgültig war. Schon allein das notwendige Entkleiden erschien mir wie eine Umständlichkeit, die in keinem Verhältnis zu dem Vergnügen eines Bades stand. Überhaupt erfüllte mich der Anblick der Landschaft mit einer Unlust und Müdigkeit, die ich mir nur als die Folge einer Übersättigung erklären konnte. Ein Überdruss an schöner Gegend, ein lähmendes Zuviel an Wundern und Herrlichkeiten. Denn natürlich wäre jeder Ausschnitt geeignet gewesen für ein Kalenderfoto, das man sich daheim übers Sofa hängt, um sich während trostloser Novembertage momentweise hineinzuträumen; ahnungslos allerdings, wie beklemmend solche Schönheit wirken kann, wenn sie aus jedem Winkel hervor strahlt.

Jedenfalls war in mir ziemlich bald jede Freude an dem Ort restlos verdämmert und wenn ich gelegentlich doch zur Küste hinab lief, so allein um einmal die Beine zu bewegen, das ewige auf der Veranda Sitzen durch einen Spaziergang zu unterbrechen. Zugeben muss ich auch, dass ich, noch bevor sich die Farce um die Wespen abzuzeichnen begann, gleichfalls die Lust am Lesen verlor. Zwar hielt ich nach wie vor das aufgeschlagene Buch auf dem Schoß, folgte aber nur mehr hin und wieder einem Satz oder Abschnitt, um ungerührt vom Gelesenen zurück in ein gleichgültiges Dösen zu verfallen.

»Scheint nicht sehr spannend zu sein«, kommentierte Erik prompt, wenn er merkte, wie mir der Kopf über dem Buch hinab und wieder herauf nickte.

Ich antwortete mit einem angewiderten Blick, schaute auf das unrasierte, nahezu kinnlose Gesicht, die offene Uniformjacke, die verklebten Brusthaare, die nackten, schmutzigen Füße. Aber nur kurz, unsicher außerdem, ob ich ihn mit meinem egal wie abweisenden Blick am Ende doch nur dazu einlud, in seinen Bemerkungen fortzufahren.

Natürlich hatte er auch bereits mehrfach die Wespen kommentiert, die zahlreich über die Veranda und während der Essenszeiten aggressiv und lästig um die Teller und Löffel schwirrten. Er wischte dann mit der Hand durch die Luft, redete zu den Tieren wie zu aufdringlichen Kindern, drohte mit dem abgelutschten Löffel, schlug auf die Tischplatte, die Topfkante, ohne aber je eine zu erwischen. Und da ihm einmal während des Essens eine der Wespen dicht unter der Nase vorbeiflog, spuckte er aufhustend seine Suppe aus, warf wütend den Löffel hin, meinte: »Jetzt reicht's aber!«, und ging dann ins Haus, um etwas zu suchen, das sich besser als der Löffel für eine Fliegenklatsche eignete. Zunächst war's nichts weiter als eine zusammengerollte Zeitung, die er von da an stets in Reichweite hatte.

»Das bringt doch nichts«, warf ich gelegentlich ein, wenn er während der Mahlzeiten nach der Zeitung griff und auf die Wespen einschlug.

»Bringt doch nichts? – Habt ihr gehört!«, rief er mit verstellter Stimme. »Habt ihr das gehört! Na dann hopp! Macht euch zu dem da!« Und dabei wedelte er mit der Zeitung die Wespen in meine Richtung. »Komm schon, du blödes Tier!«, fauchte er eins der Tiere an, das sich hartnäckig nicht vom Tellerrand entfernen wollte. »Meinst du wohl, ich hab die Zeitung nur zum Spaß in der Hand! Na warte, du kleines Miststück! Kann mich nicht erinnern, dich eingeladen zu haben.« Und während er so vor sich her brabbelte, scheuchte er die Wespe nun doch vom Teller und ließ die Zeitung niedersausen. Über die Tischplatte gebeugt, schaute er nach, ob das Tier erledigt oder nur angeschlagen war, schubste es mit dem Papierrand ein Stück über das Holz. »Das zappelt ja noch!«, kommentierte er dann und versetzte der Wespe eine Reihe weiterer Schläge.

Im Grunde genommen hätte ich diesen egal wie absurden Zeitvertreib meines Veranda-Genossen begrüßen können. Denn immerhin schien sich seine Aufmerksamkeit ganz auf die Wespen verlegt zu haben. Ich war also aus seinem Blickfeld entlassen und hätte ungestört weiter lesen können. Wie gesagt war mir aber inzwischen gar nicht mehr nach Lektüre; ich fühlte mich selbst eingelullt und erdrückt von einer Langeweile, gegen welche kein Roman eine Linderung versprach. Und weil mir auch sonst nichts einfiel, womit sich der Kopf sinnvoll beschäftigen ließ, war ich nun selbst wie zum Spott auf meine anfangs angedeutete Überheblichkeit nur noch mit dem Benehmen meines Kompagnons beschäftigt. Ich bildete mir ein, er habe mir durch sein gelangweiltes Dahocken mit Absicht die Lust am Lesen verdorben, um sich dann erst – voller Schadenfreude über die gelungene Gehässigkeit – seinen Wespen zuzuwenden. Stundenlang erging ich mich in einem nur gedachten, von endlosen Wiederholungen aufgeblähten Vortrag über den Stumpfsinn meines Gefährten.

Allerdings hatte dessen Beschäftigung tatsächlich Auswüchse angenommen, die zumindest Besorgnis hätten erregen können. Unentwegt befand er sich jetzt draußen wie drinnen auf Wespenjagd. Von früh bis spät klatschte bald in der Nähe, bald entfernt die Zeitungsrolle über Möbel, Wände und Fensterscheiben. Da schließlich das Papier von den zahllosen Schlägen völlig zerrissen war, bastelte er aus einem Stock und einer alten Schuhsohle ein neues und zugleich effektvolleres Jagdinstrument. Außerdem hatte er begonnen, die erlegten Wespen in einem Marmeladenglas zu sammeln. Abends, wenn sich die offenbar unausrottbaren Tiere in ihre Nester verkrochen, stattdessen die Motten und Nachtfalter über die Veranda stromerten, die aber beim

Sammler kein Interesse weckten, schüttete er im Licht der Öllampe seine Beute auf den Tisch, um sie ausgiebig zu begutachten, zu zählen und nach einem rätselhaften System zu sortieren. Gewöhnlich saß ich dann ein Stück abgerückt in einem der Korbstühle und starrte verhasst und fassungslos zu ihm hin, in Gedanken unentwegt den Fluch vor mich her wälzend, wie man mich mit einem solchen Idioten hierher hatte versetzen können.

Auch während der Mahlzeiten hatte er jetzt stets mit seiner Beute zu tun. Während er seine Tomatensuppe löffelte, kramte er mit dem freien Zeigefinger in den Insektenleichen herum, murmelte dazu wie ein Sammler, der einen Stoß Neuerwerbungen durchsichtet. Und während er solcherweise beschäftigt war, flog eine einzelne Wespe an den Tisch, über den Topf und dann hinein, wo ich gerade mit der Kelle in der Suppe rührte. Sofort hob Erik den Blick, verfolgte stumm, wie ich das halb ersoffene Tier herausfischte und dann am Topfrand abstrich. Die Wespe zuckte noch mit den verklebten Beinen, weswegen Erik gleich nach der Klatsche griff. »Nichts da!«, herrschte ich ihn an, indem ich wie schützend die Hand über Topf und Wespe hielt. »Das ist meine«, sagte ich, worauf er mich anglotzte wie ein Achtjähriger, der den Sinn einer neuen Hausordnung nicht versteht.

»Ist ja lächerlich«, grunzte er schließlich. »Was willst du denn damit? Mit der einen Wespe?«

»Meine Sache«, entgegnete ich, nahm dann das halbtote Tier mit dem Löffel herab und schüttelte es in mein leeres Wasserglas.

Erik schaute hin auf die bescheidene Beute, wandte sich wieder der eigenen zu, aufseufzend, offenbar nervös, von einem Verdacht beunruhigt, zwischendurch immer wieder die Augen nach mir und dem Glas verdrehend. Mehrfach nahm ich das Glas in die Hand und betrachtete die Wespe darin, wie sie gekrümmt und zitternd unter dem klumpigen Film braunroter Tomatensoße ihr Leben ausröchelte.

Später glaubte ich diese Albernheit damit entschuldigen zu können, dass ich, hätte ich Erik die Wespe überlassen, seine skurrile Beschäftigung gutgeheißen, dass ich ihn durch ein weiteres Sammelstück in seinem schwachsinnigen Zeitvertreib bestärkt hätte. In Wahrheit aber empfand ich beim Anblick der eingefangenen und krepierenden Wespe nichts als eine böswillige Genugtuung. Die Genugtuung daran, endlich, nachdem ich so lange das öde Warten und Herumsitzen ertragen hatte, den Ekel und Überdruss an der Landschaft, den ewig blauen Himmel, das Gezirpe der Heuschrecken, den herum leiernden Genossen, da nun endlich dazwischen zu fahren, mich durch eine Handlung gegen all die Zumutungen zu empören, nicht länger meinen Hass zwischen den Zähnen zu zerkauen, sondern auszuspucken und einmal selbst zu verletzen. Mag sein, die Handlung war im Grunde lächerlich, wäre jedem anderen nur ein Schulterzucken wert gewesen. Und doch spürte ich, dass wenigstens mein Gegenüber die Bedeutung sehr wohl begriff, dass er verunsichert immer wieder zu mir hinsah, weil mein Grinsen beim Anblick der verreckenden Wespe sich in Wahrheit auf ihn bezog.

In der Nacht verwahrte ich das Glas neben meiner Matratze wie einen Geldbeutel. Ich zweifelte nicht, dass Erik keinen Versuch auslassen würde, die Wespe zu entwenden. Weniger weil er sie besitzen und seiner Sammlung hinzufügen wollte, als vielmehr weil er die Beleidigung nicht auf sich sitzen lassen konnte, weil ich durch meine Handlung die Grenzlinie zwischen uns verletzt hatte, von der er mich wieder davon scheuchen musste. Und ich bin sicher, ich hätte ihm ansonsten tatsächlich in einem stummen Krieg sein Terrain zusammengestrichen, den dritten Korbstuhl endgültig für mich beansprucht, ihn bei den Mahlzeiten wie einen Bettler behandelt, vielleicht auch seinen Löffel verschwinden lassen und meinen nur unter der Auflage gewisser Gefälligkeiten verliehen.

Obwohl ich im Verlauf der Nacht mehrfach nach dem Glas tastete, um mich zu versichern, dass die Wespe nicht gestohlen wurde, war sie dann am frühen Morgen tatsächlich verschwunden. Sofort sprang ich auf, lief zur Veranda, wo sich Erik mit Wespenglas und Klatsche bereits auf Beutefang befand. Da ich im Türrahmen erschien, starrte er mich an, als durchfliege er noch einmal alle seine Gründe, die ihn zum Diebstahl veranlasst hatten.

»Wo ist meine Wespe?«, fauchte ich ihn an, worauf er zusammenzuckte, dann aber in die Maske des Gleichgültigen schlüpfte und wie gelangweilt antwortete: was ihn das denn angehe.

Ich riss ihm das Glas aus der Hand, wollte die Gestohlene darin wieder erkennen und zurücknehmen, was er aber nicht duldete. Kurz zerrten wir an dem Glas, bis er begann, mit der Schuhsohle auf mich einzuschlagen. Das Glas fiel zu Boden, verstreute die toten Wespen über die Dielen. Unbeeindruckt von der Klatsche, mit der er mir weiter über den Rücken hämmerte, packte ich ihn, rutschte aus, und während wir uns über den Boden wälzten, einander die Kiefer in die Höhe pressten, die Arme verrenkten, mit den Fingernägeln durch die Gesichter kratzten, waren plötzlich Schritte zu hören.

»Was ist denn das!«, rief es. Und während ich noch die wild herumschlagenden Arme Eriks zu fassen suchte, sah ich neben uns die Spitzen zweier Stiefel, die Stiefel des Kommandanten. Ich warf den Kopf in den Nacken, glotzte hinauf mit verzweifelt wütendem Blick; aber nur für einen Moment, wie aus einem Traum aufgeschreckt, der sich verwirrend ins gewöhnliche Dasein mischte, dann verblasste und völlig zurückwich vor den Geboten des Alltags.

Wasser und Bier

Zuerst dachte ich, da passiert endlich was: Die Welt eine Wundertüte, in die auch endlich ich hineingreifen darf. Das eigene Dorf kam mir im Vergleich zu all den Herrlichkeiten, die sich jenseits der Hügelketten verstreuten, wie eine Niete vor und jeder Respekt vor meinen Eltern verlöschte, wenn ich mir vorstellte, wie sie auf alles Weite und Mannigfache verzichtet hatten, um sich mit diesem lumpigen, ereignislosen Flecken zufrieden zu geben.

Gesagt hab ich nie was. Man merkte zwar, dass ich häufig auf den Anhöhen saß, dachte aber, ich bewundere die Berge und den Himmel darüber. Ob der Heilige mich besser durchschaute? Meistens kam es mir vor, als habe er sich völlig in mir vertan. Aus dem Dutzend jugendlicher Dorftrottel wählte er mich, weil er glaubte, ich sei ein stiller, seelenvoller Knabe, der sich wie ein Hündchen mitführen lässt, alle Strapazen teilt und in den Abendstunden das Gefühl der Verlassenheit mindert. Es kann aber ebenso gut sein, dass er sich von meiner schweigsamen Art nicht irreleiten ließ und sehr wohl ahnte, warum ich seinem Wink sofort gehorcht hatte und mitgezogen war. Ich weiß es bis heute nicht. Ich habe auch nicht herausbekommen, ob er mir meine Lüge abkaufte oder ob er wusste, dass ich in der letzten Nacht unserer Wanderung einmal ganz nach meinem Geschmack in der Weltstüte gewühlt hatte.

Was den Geschmack anbelangte, waren wir so verschieden wie Fasten und Karneval. Nur dass ich eben wie ein Hund nichts sagte und jedes Gelüst unterdrückte, wenn sich der Mann nur kritisch räusperte. Denn Achtung besaß ich vor ihm und einerlei, wie unsinnig mir seine Vorschriften vorkamen, wäre es mir doch niemals eingefallen, in seinem Beisein eine zu übertreten. Was ich mir dachte, war freilich eine Angelegenheit, über die er keine Gewalt besaß. Wenn ich die Hände im Schoß ließ, die Augen schloss, mit dem Kopf nickte, so war's nicht unbedingt ein Spiegel meiner Gedanken. Vollkommen unvernünftig, ja skandalös erschien mir der Kanon, den er sich für unsere Mahlzeiten ausgedacht hatte. Nicht so sehr die endlosen Gebete und Rituale, die jedes Essen einrahmten. Wäre dazwischen etwas Lockendes gewesen, ich hätte den ein- und ausleitenden Klimbim bereitwillig hingenommen. Es war aber ein so erbärmliches Missverhältnis zwischen der Masse unserer Dankeshymnen und derjenigen, die wir im Vergleich dazu zwischen die Zähne bekamen, dass mir jedes Mal vor Wut die Augen nass wurden. Meiner Meinung nach wären die kargen Mahlzeiten gar nicht notwendig gewesen. Im Anfang hatte ich noch gedacht, ich könne mich verdient machen, da ich mich auf zahlreiche Techniken verstand, wie sich Hasen, Vögel und Fische fangen ließen. Der Heilige war aber der Ansicht, es verstoße gegen die Gesetze der Religion, Tiere zu töten. Damit nicht genug, entsagte er – und ich natürlich mit – gleichfalls allen Nüssen und Beeren, weil diese, wie er meinte, nicht für uns Menschen gemacht seien. Aus dem großen Katalog der Speisen blieben für unsere Ernährung also nur mehr die Rubriken der Wurzeln und Kräuter. Weil aber immer noch nicht ausgeschlossen war, wir – oder wenigstens ich – könnten uns auf dem zusammengestrichenen Terrain zu einer vorschriftswidrigen Schwelgerei hinreißen lassen, hatten wir beim Sammeln darauf Acht zu geben, nur solches zu pflücken oder auszugraben, das sein Krautdasein bereits erfüllt und ohnehin demnächst abgestorben wäre.

Oft dachte ich daran, einfach davonzulaufen. Da wir aber die meiste Zeit nur durch Wälder marschierten, wusste ich nie, in welche Richtung überhaupt. Die Ortschaften, die wir durchquerten, kamen mir um nichts herrlicher vor, als das Dorf meiner Herkunft, weswegen ich nie auf mich warten ließ, wenn es Zeit zum Aufbruch und Weitermarsch wurde. Insgeheim hoffte ich, unser Weg würde uns irgendwann an einen Flecken führen, der soviel wie einen Volltreffer, einen Hauptgewinn darstellte. Darüber, wie so ein Hauptgewinn aussehen sollte, hätte ich allerdings keine Auskunft geben können. Zumindest nicht wie alle die Käffer und Kuhdörfer, die aus ihren jämmerlichen Tälern zu uns herauf gähnten.

Auch der Zweck unserer Wanderung wollte mir nie zu einer Herzensangelegenheit werden. Der Heilige sprach von Schafe sammeln. Die Leute, bei denen wir aufkreuzten, sollten für eine milde Variante der Religion gewonnen werden. Milde insofern, da es ihnen gestattet blieb, sich zu ernähren, wie sie es gewohnt waren. Wenn ich mich selbst auch nie für dieses Missionswerk erwärmen konnte, so muss ich dem Heiligen doch zugute halten, dass er seine Sache auf eine beeindruckende Weise vorbrachte. Zunächst einmal war seine ganze Erscheinung auffallend und Ehrfurcht einflößend: eine graue Mähne, ein üppiger Bart. Infolge der kargen Mahlzeiten war er zwar etwas hager, aber doch gesund, mit kräftigen, trotz seines Alters tadellosen Zähnen. Wenn er den Mund auftat, so war's, als träte der Chor auf die Bühne. Jede Handlung wurde unterbrochen. Die Hacken und Grabschaufeln verstummten in den erstarrten Händen der Bauern. Man glotzte hin auf seine Lippen, geradezu als hätte eine Baumkrone zu reden begonnen. Bisweilen geschah's, dass die Leute auf die Knie fielen und die Hände falteten, obwohl er noch gar nichts Außergewöhnliches gesagt hatte. Seine Stimme war zweifellos ein starker Trumpf: tief und geheimnisvoll. Jedes R wie zu einem kurzen Raubtierknurren gerollt. Das S und das T zu einem gläsernen, beinahe schmerzhaften Ton gezischt. Wenn man ihn sah und hörte, konnte man glauben, es habe sich die Seele der Erde seiner bedient, um aus tiefster Höhle ihre Geheimnisse zu verlautbaren.

Darüber hinaus besaß der Heilige Qualitäten, die uns das herrlichste Leben erlaubt hätten, wenn er nur bereit gewesen wäre, sie etwas öfter hervorzukehren. Von einer dieser erstaunlichen Fähigkeiten erfuhr ich auch erst, da wir bereits etliche Monate unterwegs waren und abends nach einem tagelangen Marsch durch die Urwälder bei einem Bauern in der Stube saßen.

Der Mann wollte uns eine Mahlzeit vorsetzen, worauf der Heilige aber nur lächelnd den Kopf schüttelte. Wir wären mit einem Becher Wasser zufrieden, erklärte er, woraufhin unser Wirt einen Krug und drei Becher brachte. Das Wasser sei leider nicht besonders gut, entschuldigte er sich. Man sei gerade dabei, einen neuen Brunnen zu graben und solange der noch nicht fertig sei, müsse man sich mit Regenwasser behelfen. Wären wir eine Woche eher gekommen, so hätte er uns Bier anbieten können.

Der Heilige gab durch einen Blick zu erkennen, dass er von diesem Getränk noch nicht gehört hatte. Und also, während wir ohne großen Durst an unseren Bechern nippten, erklärte der Wirt, wie man Bier braue und welchen Geschmack es habe. Nicht in der Art eines Lehrers, der seinen Schülern das Rechnen beibringt. Auch nicht in der Art des Heiligen, wenn er mir erklärte, welche Teile einer Pflanze essbar waren und welche nicht. Vielmehr mit einer Begeisterung und Hingabe, als wenn er von seinen kleinen Töchtern und Söhnen reden würde. Der Heilige nickte zu dem Bericht und obwohl die Erzählung längst vollständig war, erinnerte sich der Wirt immer wieder an weitere Einzelheiten, die er noch mit leuchtenden Augen hinzufügte.

Anschließend warf er einen bekümmerten Blick in seinen Becher und schwieg.

»Wenn ich dir damit eine Freude mache«, sprach nach längerer Pause der Heilige, »so will ich dir deinen Becher mit diesem Getränk füllen.«

»Wie?«, wunderte sich der Bauer. »Hast du denn Bier dabei?«

»Das nicht, mein Sohn. Aber wenn es dem Herrn gefällt, so gibt er uns, was wir wünschen. – Reich mir deinen Becher!«

Verdutzt, aber natürlich neugierig darauf, woher der Alte das Bier nehmen wollte, schob der Bauer seinen Becher über die Tischplatte. Der Heilige nahm den Krug, goss Wasser nach und legte zwei Finger auf den Rand. Mit ungläubigen Augen schwenkte der Bauer den Blick bald auf den Wasserspiegel im Becher, bald auf das still konzentrierte Gesicht des Heiligen. Sowie dann die ersten Luftblasen vom Becherboden stiegen, weiteten sich die Lidspalten des Bauern und während sich die Blasen zu einem Schaum bauschten, sank dem Mann die Kinnlade bis zur Halsgrube.

»Lass es dir wohlbekommen!«, sprach der Heilige, indem er den Becher mit einem Lächeln zurückschob.

Der Beschenkte starrte immer noch mit offen stehendem Mund auf die Schaumkrone. Er schnupperte mit weit geblähten Nasenlöchern, klappte endlich das Maul wieder zu und stupfte den Finger in den Schaum. »Das ist ja wirklich Bier!«, sprach er, plötzlich aufstrahlend. Er setzte den Becher an den Mund, trank einen Schluck, wischte mit dem Ärmel über die Lippen. »Wie stellst du das an? Eben war es noch Wasser und jetzt ist es Bier. Und so ein fabelhaftes Bier! So eins hab ich ja noch nie getrunken.«

»Vom Herrn kommt immer nur das Beste«, nickte der Heilige.

»Das will ich meinen. Solche Gäste wie euch, die könnt

ich jeden Abend brauchen. – Wenn ich das erzähle, das glaubt mir ja kein Mensch.«

»Erzähl es gar nicht erst!«, meinte der Heilige, den die Begeisterung des Bauern bereits besorglich stimmte.

Aber die Ermahnung traf auf taube Ohren. Nachdem der Mann den Becher halbleer getrunken hatte, rief er nach seiner Frau. Da sie nicht hörte, riss er die Haustüre auf und weil eben sein Nachbar den Weg entlangkam, winkte er diesen herein.

»Pass auf! Jetzt wirst du Augen machen!«, prophezeite er, während er einen vierten Becher holte und einen Schluck Bier hineingoss. Sodann forderte er den Nachbar auf, er solle trinken und sagen, was es ist.

»Das seh ich doch jetzt schon«, bemerkte der Mann, etwas ratlos wie diese Aufregung um einen Schluck Bier zu verstehen sei. Nachdem er getrunken hatte, nickte er anerkennend. Da ihm aber sein Nachbar erklärte, das Bier sei eben noch Wasser gewesen, der Heilige habe seine Finger auf den Becherrand gelegt und das Wasser in Bier verwandelt, lächelte er ungläubig.

Der Bauer flehte daraufhin den Heiligen an, er möge das Wunder noch einmal vollbringen, das ganze Dorf würde ihn ja für verrückt erklären, wenn er sonst niemanden hätte, der ihm die Sache bezeugen könne. Dem Heiligen schien das bedenklich und in seinen Augen flimmerte es, als ahnte er bereits, dass er einen Fehler begangen, mit seinem Wunder eine Lawine losgetreten hatte. Der Bauer füllte indessen den leeren Becher mit Wasser und schob ihn über den Tisch. Wahrscheinlich in der Meinung, er habe sich verschuldet und müsse nun stillschweigend die Folgen über sich ergehen lassen, legte der Heilige die Finger ein zweites Mal auf den Becherrand und wie zuvor, bildete sich eine Schaumkrone und aus dem Inhalt der Regentonne wurde Bier.

Der Nachbar staunte nicht weniger über diese Verwandlung als unser Gastwirt. Der forderte ihn auf, aus dem Becher noch etwas in seinen zu gießen, was man dann mit großer Vorsicht besorgte. Nebenher fragte der Bauer den Heiligen, ob er nicht auch einmal probieren wolle. Der aber schüttelte den Kopf. Mich fragte man leider nicht. Trotzdem stieg auch in mir eine Ahnung herauf, der Heilige könne sich tatsächlich verfehlt haben, ausgerutscht sein im Kampf gegen den Karneval und es würde sich dank diesem Ausrutscher endlich einmal die Gelegenheit eröffnen, den ewigen Fastentagen zu entkommen. Solange der Mann neben mir saß, war freilich nicht daran zu denken. Ich schaute zwar mit verzweifelt flehendem Blick zu ihm auf, in der Hoffnung er gäbe mir mit einem gnädigen Nicken Bescheid, dass auch ich von dem wunderbaren Getränk probieren dürfe, aber der Alte starrte nur in seine Gedanken versunken auf die Tischplatte und beachtete mich nicht.

Am anderen Tischende flüsterte indessen der Nachbar zu unserem Gastwirt, dass es doch klüger gewesen wäre, wenn er dem Alten gleich den ganzen Krug vorgesetzt hätte. Der Bauer nickte, nahm dann den Krug und stellte ihn mit einem Räuspern vor dem Heiligen auf den Tisch. Der schüttelte bekümmert den Kopf. Die Beiden berieten sich leise, traten dann rechts und links hinter den Heiligen, packten ihn um Hals und Handgelenk und nötigten ihn, das Wunder zu wiederholen. Ich ruckte erschrocken auf meinem Stuhl zur Seite, machte mehrere halbherzige Anläufe, aufzustehen und einzugreifen, damit der Hering bleibe, sich der Kampf gegen die Wurst auch an diesem Abend zum Wohlgefallen des Herrn entscheide. Ich lupfte aber nur den Hintern, überzeugte mich dann, dass so ein Hänfling wie ich nichts gegen diese zwei Kerle verrichten konnte und begnügte mich damit, aufgeregt mit den Armen durch die Luft zu fuchteln. Indessen schäumte das Wasser zu Bier. Der Nachbar meinte jetzt, man hätte ihn gleich zur Regentonne tragen sollen. Der Bauer, der den Heiligen noch im Schwitzkasten hatte, zog ihn vom Stuhl herab und sagte, er werde ihn in die Besenkammer einsperren. Sodann und zwischendurch immer wieder von dem Bier trinkend suchten sie in den Schränken nach anderen Krügen. Der Nachbar erinnerte sich eines leeren Fasses, das er rasch holen wollte. Nicht lange darauf war der ganze Ort im Zimmer versammelt, der Tisch voll gepackt mit Brot, Schinken und Käse. Aus allen Tonnen wurde das Regenwasser geschöpft und dann dem Heiligen hingereicht. Und weil der alte Knapser aus der Besenkammer kein Auge auf mich hatte, im Gewühl der Leute auch sonst keiner nach mir fragte, langte ich selbst zu, ließ mir das Fleisch schmecken und den Becher mit Bier füllen.

Gelegentlich fragte dann doch jemand, wer eigentlich ich sei. Das sei der Bursche von dem Alten, antwortete der Bauer, nachdem er einen kurzen und gleichgültigen Blick auf mich geworfen hatte. Die Dame, die sich bei dem Mann nach mir erkundigt hatte, setzte sich neben mich und meinte, ich müsse ja furchtbar ausgehungert sein. Ich nickte beklommen und erzählte von den traurigen Ernährungsansichten des Heiligen. Die Frau klapste mit den Händen an ihre Wangen und meinte, das wären aber nicht die richtigen Mahlzeiten für einen jungen Kerl wie mich. Kein Wunder sei es, dass ich so hager aussehe. Ob er mich denn ansonsten gut behandle. Er sei immer freundlich zu mir, wenn nicht das Essen so mager wäre, hätte ich nichts zu klagen.

»Wahrscheinlich lernst du auch viel bei ihm. – Kannst du denn auch Wasser zu Bier machen?«

»Das noch nicht. Aber die Sprache der Tiere verstehe ich.«

»Die Sprache der Tiere«, echote die Dame mit einem anerkennenden Lächeln.

Die Auskunft war freilich erfunden. Der Heilige hatte mich zwar mehrfach ermuntert, den Vögeln zuzuhören, wenn wir abends unbeschäftigt im Wald saßen und ich die Anzeichen der Langeweile sehen ließ. Aber natürlich hatte ich hierdurch nicht die Fähigkeit erlangt, dem Gesang ein Gespräch zu entnehmen. Weil ich aber vor der Frau nicht als ein völlig gleichgültiger Tropf dastehen wollte, flunkerte ich. Und ich flunkerte ungeniert weiter, da sie sich erkundigte, was sich denn die einzelnen Tiere erzählten. Schließlich hätte sie allzu gern einmal eine Probe dieser ungewöhnlichen Fähigkeit gehabt und also schlug sie mir vor, einmal in den Stall hinüber zu gehen, damit sie erfahre, was die Kühe muhten.

Von alledem hab ich dem Heiligen nichts gesagt, ihm vielmehr weisgemacht, die Leute hätten auch mich weggesperrt, in den Stall, aus dem ich mich erst am Morgen befreien konnte, um dann gleichfalls ihn aus seiner Besenkammer zu holen. Der Heilige schaute kurz in meine Augen. »Im Stall?«, fragte er. »Und was hast du die ganze Nacht über im Stall getrieben?«

Ich wurde rot und stotterte, ich hätte natürlich versucht, hinauszukommen, aber es wären alle Luken vernagelt gewesen und endlich wär ich eingeschlafen.

Der Heilige nickte auf seine Weise, der sich nicht entnehmen ließ, ob er nun meiner Antwort glaubte, oder ob er einen Verdacht ganz anderer Art bestätigt sah. Behaglicher wär's mir gewesen, wenn er mir seine Meinung freiheraus ins Gesicht gesagt hätte. Ich hätte ihm meine eigene entgegengehalten und durchaus möglich, dass er mich mit klugen Argumenten davon überzeugt hätte, dass ich schlecht gehandelt, dass ich ihm besser in die Besenkammer gefolgt wäre. So aber, da er gar nicht versuchte, mich zu belehren, seine heiligen Ansichten stattdessen für sich behielt, als wären sie viel zu kostbar, um für einen Streit mit einem Spund wie mir hervorgeholt zu werden, da dachte ich mir: soll doch der alte Wundermann mit seinem Hering allein durch die Wälder marschieren. Und also wartete ich sein Mittagsschläfchen ab und stahl mich davon.

Der Einzige

Jetzt war ich also kurz davor, alles herauszubrüllen und ich bin mir unschlüssig, ob es richtig oder eine Dummheit gewesen wäre. Wie es da in mir gärt! Wie sich da Wut und Verzweiflung zu einem grauenerregenden Gewölle verklumpt haben! Schon die Ahnung davon, muss wie der Vorbote einer Sintflut vorgekommen sein, einer alles vernichtenden Lawine. – Oder irre ich mich und es wäre nichts als ein ohnmächtiges Aufbegehren gewesen, ein idiotisches Gezappel, das mich nur tiefer hineinschnürt ins Gestrüpp. Ich bildete mir ein, man wäre betroffen gewesen – wie herumjuxende Kinder, die plötzlich einsehen, zu weit gegangen zu sein. Aber es war doch wohl ein Rückfall in verkehrtes Denken, ein Hinweis darauf, dass ich die Wahrheit noch lange nicht so vollständig verinnerlicht habe, um endlich am Ziel anzulangen. Denn wenn ich einmal ganz davon erfüllt bin, jeden noch so unscheinbaren Zweifel ausgemerzt habe, wird sich augenblicklich diese ganze Theaterbühne in Nichts auflösen. Eben darum, weil sie mich nicht mehr fassen kann, weil sich da kein einziges Häkchen mehr befindet, woran sie mich in ihr lästiges Getriebe hineinzerren könnte. Und also wird sie verpuffen wie ein Traumgebilde.

Wie konnte ich auf die Idee verfallen, man wäre angerührt gewesen? Empfindungen und Gedanken finden nur in mir statt, alles Übrige ist Apparat – raffiniert vielleicht, aber seelenlos, nur dazu gemacht, der einzig wahren Existenz ein buntes Potpourri ähnlicher Existenzen vorzugaukeln. Aber es gibt sie nicht und wenn ich von ihnen den Eindruck einer

Empfindung erhalte, so ist es nur dem Programm gemäß, einem Programm, das sich ausschließlich auf mich bezieht, dessen Zweck allein darin besteht, mich in dieser scheinbaren Welt festzuhalten. Und darum flüstert sie mir ein, ich sei doch genauso unbedeutend wie alle ihrer Pappfiguren. Ja! Darauf versteht sie sich, das ist ihr Element: zu verwirren und zu erniedrigen, sich mit der Brille des Klugscheißers aufzubauen, den Kopf zu schütteln, wie über etwas Kleines, Unbedeutendes, dem man nur im Vorbeigehen eine verächtliche, wegwerfende Aufmerksamkeit zuwendet. Pfui über diese Anmaßung! Dieses aufgeblähte Nichts, das sich im vollen Ernst für wichtiger ansieht als den einzig Existierenden.

Aber warum auch lasse ich diese Blicke nicht einfach unbeachtet! Wie Marionettenköpfe, die ihren Ausdruck haben, der aber nur aufgemalt ist und sich in keiner Beziehung zum Inneren ihrer Holzköpfe befindet. Wenn ich doch nur endlich in völligem Einklang mit der Wahrheit wäre! Aber es ist eben der Sinn meines Daseins, das einzig Wahre von allem Falschen zu scheiden. Und immerhin: Ich habe Fortschritte gemacht. Vor Jahren noch glaubte ich, ich selbst sei der Erfinder dieser Welt, alles um mich her sei nichts als ein unbewusstes Fantasieren, an dem ich teilzunehmen mir einbilde. Dabei hätte ich doch, bei entsprechender Einsicht, alles Geschehen unverzüglich abschalten können. Und ich habe tatsächlich lange darüber nachgedacht, welche Einsicht dafür notwendig wäre. Heute weiß ich, dass dieser Gedanke in die falsche Richtung geht; wenn es mir auch nicht möglich ist, den Irrtum logisch zu erklären, ich hierfür vielmehr nur auf eine Empfindung zurückgreifen kann, die sich aber doch wegen ihrer Deutlichkeit als überzeugend erwies. Denn es erscheint mir höchst zweifelhaft, eine Welt erfunden zu haben, zu der ich keine Beziehung verspüre, die mir vom Morgen bis zum Abend nichts als lästig, abgeschmackt und widerwärtig vorkommt. Warum etwa sollte ich mir selbst eine ständig überfüllte U-Bahn ausmalen! Wenn es nur darum zu tun wäre, eine Welt vorzugaukeln, würden doch drei, vier scheinbare Existenzen auf die Sitzbänke verteilt vollkommen ausreichen. Und woher, bitte, sollte mir der Stoff kommen, um all das Gebabbel der Herumstehenden zu erfinden! Selbst ich hätte die Einfälle dafür – es käme mir doch nicht in den Sinn, diesen billigen Quark gleich ins Bild zu setzen. Ja, im Gegenteil! Es schreit doch jedes Mal in mir: warum nicht endlich einmal Ruhe sein kann. – Nein! Meine Erfindung ist das nicht. Ich würde mich überhaupt nicht mehr in die U-Bahn begeben, in meinem Sessel würde ich sitzen bleiben und zusehen, dass endlich dieser vorbeiflimmernde Bildersalat verdämmert. Aber bis dahin werde ich wohl noch so manche Prüfung bestehen müssen und leider auch vor manch einer versagen – wie heute Abend eben. Es wäre besser gewesen, ich hätte mir nichts anmerken lassen. Ein still reserviertes Dasein, ohne Auffälligkeiten, stumm, erduldend, gleichgültig, nur hier und da ein nicht zu umgehendes Wort einstreuend, das aber weit entfernt davon ist, einen Blick in mein Innenleben zu gewähren. Für wen auch! Es gibt ja nichts außer mir und diesem vorgespielten Flitterkram. Wenn er wenigstens amüsant wäre! Denn es ist ja nicht allein die ständig überfüllte U-Bahn, die mir auf die Nerven geht. Warum, frage ich mich, muss man mir eine Welt vorspiegeln, worin so gut wie jeden Tag schlechtes Wetter ist! Natürlich gebe ich zu, dass es sich nur um einen unbedeutenden Aspekt handelt. Und doch scheint mir daraus etwas Wesentliches zu sprechen, eine wohlüberlegte Böswilligkeit. Ich sehe geradezu die hässlich grinsenden Gesichter, wie sie sich über die Einfälle freuen, mit denen sie noch im Detail ihre Erfindung mit lauter Widerlichkeiten ausstatten. Denn es wird sie ja wohl geben, diese Gesichter, das Schöpfungskomitee, Zusammenkunft der Experten für Abgeschmacktes. Wenn ich nicht davon betroffen wäre, könnte ich unbefangen darüber staunen, wie raffiniert ihre Einfälle sind. Zu jeder angenehmen Empfindung existiert eine gegensätzliche, die sich nicht von der ersten trennen lässt, vielmehr darin als Keim verborgen ist und unbemerkt ausblutet, alles Schöne auch sogleich in eine Fratze verwandelt. Eben die Fratze der Erfinder, deren Welt, wäre sie ungeschminkt, nichts als Ablehnung hervorriefe, der zu widerstehen, keinerlei Disziplin erforderte. Und eben das gilt es zu verinnerlichen: dass alles Erfreuliche nur eine Lüge ist, womit die Erfinder ihr schmuddeliges Produkt aufmotzen. Jedes beschwichtigende Wort, jedes relativierende Aufmuntern ist nur ein Beitrag zur Falschheit, eine Bestätigung ihrer Methoden, vor allem aber: die Voraussetzung für ihr Fortbestehen.

Ich hätte die Klappe halten sollen! Gerade in ihren absurden Auswüchsen zeigt sie ja ihr wahres Gesicht. Ein voll gestopfter U-Bahn-Wagen – was ist das anderes als eins der vielen Bilder ihrer im Perversen badenden Fantasie. Als wollte sie sich über mich lustig machen, schiebt sie mir die pickligen Hälse ihrer Strohpuppen vor die Nase, den Geruch verschwitzter Kleiderstoffe, die Rasierwasser und Damenparfums zusammen mit der Ahnung, welche Ausdünstungen erst heraufsteigen würden, schlüpfte man aus den Schuhen und ließe man die Hosen runter.

Ich solle mich hier mal nicht so dick machen, hieß es dann. Und man hatte gleich ein Gesicht dazu erfunden, wahrscheinlich ein Ebenbild seines Schöpfers, von so ungeheuerlicher Hässlichkeit, mit fettigen Haarsträhnen, blass und ungepflegt und doch mit dem Dünkel der Dummheit ausgestattet, jener dreistblöden Anmaßung, die alles nur im spärlichen Licht des eigenen schmal bemessenen Gesichtsfeldes erblickt. Und im Augenblick war mir, als sei es tatsächlich die Quelle, aus welcher diese falsche Welt hervorsprudelt, diese jahrzehntelange Marter, von der ich nicht einmal sagen kann, welchen Zweck sie verfolgt, die einfach nur agiert aus Lust am Quälen.

Ob er tatsächlich mich meine, polterte es aus mir heraus, ob er tatsächlich meine, ich sei es, der sich hier dick mache, und meine Stimme knisterte wie ein Zündkabel so unmissverständlich, dass rings um mich jeder zurücktrat mit verschreckter, eingeschüchterter Miene, nicht anders, als hätte ein Felsbrocken gewackelt, vor dem man sich besser in Acht nahm. Es erhob sich sogar jemand von seinem Platz, so dass ich mich hinsetzen konnte. Aber ich war wie im Fieber, an einem Brechreiz würgend, den ich nicht zulassen wollte. – Oder ist eben das der Fehler? All die Jahre über hab ich geschwiegen, die Wahrheit für mich behalten, da sie notgedrungen niemand sonst hätte von Nutzen sein können. Vielleicht verbirgt sich eben hier der Haken, der mich vom Ziel zurückhält; und statt am Tisch zu sitzen und aufzuschreiben, wofür es keinen Adressaten gibt, sollte ich besser das Fenster aufreißen und es auf die Straße hinaus brüllen, dass ich es leid bin, dass ich mich nicht länger für diesen Quark hergebe und dass ich nicht eher mit Schreien aufhöre, als bis sich diese ganze Weltsattrappe in Nichts auflöst.

Spuk in Deutschland

Franz Säbler, Student in Regensburg, hatte sich, wenn auch unbewusst und allein einer nie formulierten Sympathie folgend, all die Äußerlichkeiten angeeignet, welche jeden Beobachter auf einen freudlos einsamen Menschen hätte wetten lassen. In der Regel schwarz gekleidet, nie ohne eine etwas altmodische Anzugsjacke und allenfalls während der Hundstage auf den Rollkragenpullover verzichtend. Mit einem wie betont langsam dahin schlurfenden Gang, die Hände müde herabbaumelnd, den Blick stets auf die Pflastersteine gesenkt; blass und, wenn auch von muskulöser Konstitution, so doch bei jeder Treppenstufe aufseufzend, als wäre ihm das Hindernis eine weitere gehässige Zutat an sein von Quälereien übervolles Dasein.

Geprägt war dieses Dasein vom Fluch der Langeweile, nicht derjenigen, die sich auf dem Mist der Einfallslosigkeit ausbreitet und die in der Regel, ihrer Natur gemäß, gar nicht als solche empfunden wird; vielmehr die bittere Variante, unter welcher jede Erscheinung, ob froh oder düster, den Geschmack der Inhaltslosigkeit besitzt. Entsprechend lustlos betrieb er sein Studium, für das er zwar mittels einer mechanischen Fleißigkeit alle nötigen Scheine zusammenbrachte, über dessen weiteren Sinn ihn aber jede Nachfrage in Verlegenheit gesetzt hätte. Und doch gab es gewisse Lichtblicke. Momente einsiedlerischer Lektüre, während deren er einmal seine eigenen Umstände völlig vergaß, auf jedes Urteil verzichtete und wie unbeleibt als ein nur Schauender über der Welt schwebte.

Folglich war er regelmäßiger Kunde in allen Regensburger Buchhandlungen und Antiquariaten. Und in einem solchen Antiquariat entdeckte er dann ein Buch, das ihm – fast möchte man sagen: wie ein böswilliger Scherz ins Leben geworfen wurde. Zunächst interessierte es ihn gar nicht. Einen Stapel neu eingetroffener Bücher durchsichtend, warf er es sofort, nachdem er den Titel gelesen hatte, auf den Packen der abgelehnten Ware. Erst da es ein zweites Mal auftauchte, stutzte er, schaute unwillkürlich nach, ob es denn tatsächlich zwei Exemplare seien. Und da er das bereits Verworfene nicht wieder finden konnte, gruselte ihn das merkwürdige Wiederauftauchen, zumal das Buch den durchaus entsprechenden Titel hatte: *Spuk in Deutschland*. Nachdem er für einen Moment den schwarzen Einband angestarrt hatte, schlug er es an beliebiger Stelle auf. Wie es der Zufall wollte, glotzte ihm von dort das unscharfe Gesicht eines Mannes entgegen: vollbärtig, scheinbar mit allen Grausamkeiten vertraut, anherrschend und missbilligend. Und wenn Franz auch im ersten Affekt das Buch sofort wieder zuklappte und fortwerfen wollte, so ging er doch im Anschluss an den Schreibtisch des Antiquars und bezahlte den Preis, der auf der hintersten Seite notiert war.

Auf seiner Bude las er das Buch, war bis in die Nacht hinein so gefesselt von den Berichten, dass er zwei, drei Verpflichtungen des Nachmittags bedenkenlos sausen ließ. Um einen nie gehörten Inhalt handelte es sich nicht. Von Fußbodenkacheln war da die Rede, auf denen sich die Gesichter Verstorbener abbildeten, von Küchenschränken, die in gewissen Winkeln nicht stehen bleiben wollten, von herumfliegenden Äpfeln, herabregnenden Fröschen, losen Menschenköpfen, die nachts am Fußende der Betten auftauchten.

Zugute kam dem Buch, dass es flott und bilderreich geschrieben war, eine Qualität, die bekanntlich selten ist und jeden noch so albernen Gegenstand zu einem solchen der Faszination verwandeln kann. Bemerkenswert fernerhin, dass das Buch ganz in der Weise eines Kunstführers angelegt war. Die Berichte nach dem Alphabet der Spukorte sortiert, diese außerdem auf einer in der Buchklappe befindlichen Landkarte eingetragen. Über die Brisanz des jeweiligen Spuks gab die Anzahl der angefügten Sternchen Auskunft, wobei indes höchstenfalls sechs solcher Sternchen vergeben wurden. Die Karte lud natürlich dazu ein, einmal nachzuschauen, wie es in der Nachbarschaft des Lesers mit dem Übernatürlichen aussehe und ob sich vielleicht, gar nicht so weit weg, einer der Volltreffer, ein Sechs-Sterne-Spuk zu ereignen pflege. Versteht sich, dass dies dann auch die Beschäftigung war, der sich Franz im Anschluss an die Lektüre widmete, noch einmal nachzublättern, was im Sinne des Buchs in Regensburg und nächster Umgebung an Schauerlichem stattfand. Die Stadt konnte nur mit einem Zwei-Sterne-Grusel aufwarten, aber immerhin in erreichbarer Nähe: in der Münzgasse, die, wie er mit einem Blick auf den Stadtplan feststellte, nur wenige Straßen entfernt lag. Und wenn auch die Geisterstunde längst vorüber war, zog er doch Schuhe und Jacke an, steckte das Buch in die Tasche und lief hin, wo angeblich nachts das weiße Gesicht eines längst Verstorbenen zum Fenster herausschaute.

Da er hinkam, stieg bereits, vom Vogelgezwitscher begleitet, die Sonne herauf und auch die Straße war träge belebt von denjenigen, die in früher Stunde ihren Weg zur Arbeit machten. Was aber dem Spuk weit mehr entgegenstand als der heranbrechende Tag, das war die Tatsache, dass die bezeichnete Adresse gar nicht mehr vorhanden war, anstelle des Spukhauses eine Grube lag, aus deren Tiefe bereits ein neues Gebäude heraufwuchs. Durch die Maschen des Bauzauns schaute Franz hinab auf den fertig ausgegossenen Kellerestrich, die Stahlgitter und Schalhölzer, zwischen denen sich die Männer mit gelben und weißen Schutzhelmen an ihre Arbeit begaben. Und wenn es auch zweifellos kein erhebender, irgendwie beglückender Anblick gewesen wäre – der bleiche Kopf eines Toten hinter einem verstaubten Fenster – so empfand Franz doch bei demjenigen, der ihm stattdessen geboten wurde, eine Beklemmung wie über einem zerplatzten Traum, einer von ordinärer Hand fortgewischten Vision.

Trotzdem ließ er sich von dieser einen Pleite nicht die Faszination an dem Buch verderben. Nicht allzu weit entfernt, wenn auch nicht sofort und zu Fuß erreichbar, lag gleich der nächste Spukort, der Rachelsee, mitten im Wald und immerhin mit vier Sternchen ausgezeichnet. Noch am gleichen Vormittag besorgte sich Franz eine Fahrkarte nach Spiegelau, dem nächst gelegenen Bahnhof, und wanderte von dort, mit nichts als seinem Spuk-Führer ausgerüstet, den Weg bis zu der Anhöhe hinauf, wo sich der See, fern von allem Verkehr und jeder Ortschaft im Kerngebiet des Bayrischen Nationalparks befand.

Nicht viel größer als ein Dorfplatz war der See, aber offenbar tief, denn während man am Rande durch das klare Wasser weit hinabschauen und jedes Blatt und jeden Algenfaden deutlich erkennen konnte, verlor sich der Blick weiter zur Mitte in einem düsteren wie endlosen Trichter. Vornehmlich, wenn man auf einen inselartigen Felsen kletterte, welcher, vom Ufer aus durch einen Sprung erreichbar, über den Spiegel ragte und zu dessen Füßen der wassergefüllte Abgrund in rätselhafter Undeutlichkeit verschwamm. Rings um den See standen Bäume mit grotesk über Steine und Erde greifenden Wurzeln, umgeben von herabgestürztem Geäst, worauf Moose und Jungpflanzen wucherten. Zur einen Seite des Sees stieg der Wald steil in die Höhe und es befand sich dort, auf halber Strecke, eine Kapelle, die von unten indes nur an ihrer Turmspitze zu erkennen war.

Wie gesagt, lag der See im Kerngebiet des Nationalparks, weswegen die wildromantische Kulisse mit Details aufwartete, welche dem Ort etwas Museales verliehen, den Geschmack einer konservierten, von sich aus nicht mehr lebendigen Sehenswürdigkeit. Links und rechts aller Wege befanden sich knöchelhohe Holzgestänge wie Absperrseile, geradezu als handelte es sich bei den Waldböden dahinter um alte Teppiche, die keine groben Schuhsohlen vertragen. Allerorten standen Schilder, worauf wie in einer Hausordnung aufgelistet war, wessen sich der Besucher im Nationalpark zu enthalten habe. Im gleichen Tonfall, in welchem Beschwerden und Zahlungserinnerungen geschrieben werden, weswegen sich in jedem Leser unwillkürlich das schlechte Gewissen über mögliche Versäumnisse regte, zumindest aber jeder begriff, im Unterschied zu den Fliegen und Eichhörnchen hier im Wald nicht zu Haus, allenfalls als stumm regloser Betrachter geduldet zu sein. Von einem am See stattfindenden Spuk stand natürlich auf keiner Tafel ein Wort, obwohl es sich im Zusammenhang mit der Ermahnung, die in jeder Schutzhütte wie ein Haussegen an der Wand hing – hier sei das Nächtigen verboten – doch zweifellos sehr effektiv gemacht hätte.

Als Ausflugsziel war der See durchaus beliebt, wenn auch das Wasser sehr kalt und darum zum Baden nur wenig geeignet war. Da Franz am späten Nachmittag hinkam, lagerten mehrere Familien am Ufer. Kein Betrieb, welcher das Wort Rummel nahe gelegt hätte, und doch an diesem Ort wie etwas Absurdes, Hereinplatzendes erschien; die Badetücher, die wie Werbeplakate zwischen den dezenten Farben der Sträucher hervor blitzten, die Radios, die ihre Sportnachrichten in das Gezwitscher der Vögel hinein verkündeten, der Geruch der Sonnenöle, der sich wie ein Abwasserfilm über die Landschaft verbreitete. Zumindest auf einen Menschen, der einen Ort dämonischen Unwesens erwartet hatte, wirkte der Anblick des gewöhnlichen Badebetriebs ernüchternd und niederdrückend.

Auch eine Trias junger Frauen, alle im Bikini, hockte am Seeufer. Eine der Drei hatte gelegentlich nach der schattigen Stelle gesehen, wo Franz saß. Die Köpfe rückten zusammen und unter dem Anschein zufälliger Bewegung schauten auch die anderen hin, um sich sodann mit einem Kichern zurück in den Schoß der Gruppe zu beugen. Verlegen kramte Franz in seiner Anzugsjacke nach den Zigaretten, nahm dann auch das Buch hervor, schielte aber doch über den Seitenrand hinweg immer wieder nach den drei Schönheiten, die sich da, nur ein paar Schritte entfernt, nahezu nackt vor ihm im Gras aalten. Zwei der Mädchen schlüpften in ihre Sandalen, kamen, mit zerkautem Gelächter dicht an dem Lesenden vorbei, so dicht, dass Franz den Geruch von Schweiß und Sonnenöl roch, die im Takt der Schritte auf- und abzuckenden Muskeln der Beine sah und die Fußsohlen in den Sandalen klatschen hörte. Kaum waren sie vorbei, prustete das unterdrückte Lachen hervor, und sie sputeten sich, etwas geschwinder voranzukommen; den Hang zur Kapelle hinauf.

Franz versuchte den Eindruck von sich zu schütteln, indem er auf den Felsen im See starrte, von dem sich vor Jahren, dem Buch zufolge, jemand ins Wasser warf, um seitdem in jeder Mitternacht als wimmerndes Gespenst an der Stelle wieder zu erscheinen. Im Augenblick allerdings sah der Stein nicht danach aus, als wenn er die Probe bestehen würde. Ein gewöhnlicher Felsen wie auf der Fotografie eines Reiseprospekts. Links davon, am anderen Seeufer, machte ein Mann in roter Badehose Kniebeugen. Die Mädchen hatten die Kapelle inzwischen erreicht und winkten und riefen zu ihrer Freundin herab, die sich daraufhin die Hand an die Stirn hielt und dann, das gute Echo des Seekessels nutzend, zurückgrüßte. Gleichzeitig erhob sich ein anderer Mann jenseits eines Gebüschs, schüttelte ein Handtuch aus und rief zur Kapelle hinauf, sie sollten wieder runterkommen, man gehe jetzt. Und wie auf ein Klingelzeichen begannen nun alle Leute am See, ihre Bade- und Picknicksachen einzupacken. Lachend und schwatzend eilten die Mädchen von der Kapelle wieder herab. Ringsum wurden Hemden und Hosen angezogen und ehe noch Franz die nächste Zigarette aufgeraucht hatte, war der ganze Betrieb über den Weg in Richtung Spiegelau verschwunden.

Jetzt vermisste er sein Buch, das er zurück in die Jackentasche gesteckt zu haben glaubte. Er schaute rings um seinen Sitzplatz im Laub und fand es schräg hinter einem Baumast wie weggeworfen. Er stand auf, hielt das Wiedergefundene in der Hand – mit gesenktem, rätselndem Kopf. Dann bemerkte er die plötzliche Stille. Selbst die Vögel waren verstummt. Nur hier und da wuselte, wie auf der Flucht, eine Maus durchs Laub. Inzwischen hatte sich der Schatten des jenseitigen Hanges ganz über den See geschoben und während der Himmel noch in hellem Blau leuchtete, gesprenkelt von wenigen rot und gelb aufstrahlenden Wolkenfetzen, so versank der Wald umher in einem, von rätselhaften Schattierungen durchwühlten Schwarz. Jeder Strauch schien sich seiner Kontur zu entledigen, in düsterem Spiel aus dem Geäst und Wurzelwerk ein neues Geflecht von Flecken und Linien zu bilden. Auf der Folie eines lichteren Hintergrunds ein auf- und abwippender Zweig wie ein winkender Totenarm. Der Umriss der gegen den Himmel ineinander verschmolzenen Blätter wie in ihrem Schreien und Zupacken eingefrorene Missgestalten.

Über dem See aber hatte sich ein Nebel gebildet, ein Nebel der sich aus zahllosen einzelnen Fähnchen zusammensetzte, und diese Fähnchen kreisten wie zum lautlosen Karussell auf dem Spiegel rund um den Felsen, der bald hinter dem Schleier verschwand, bald wieder sichtbar wurde. Wie ein Auftakt, von Sylphen getanzt, ein zaghaftes, in die Luft witterndes Vorspiel, dem sich die finsteren Töne aus der Tiefe des Sees anschließen. Und doch stumm anherrschend, unduldsam gegen alles Störende, weswegen Franz sich nicht getraute, eine bereits zwischen den Fingern steckende Zigarette anzuzünden. Während er mit der anderen Hand das Buch in die Jackentasche schob, tat er lautlos einige Schritte in Richtung des Sees, beim Anblick der rätselhaften Szenerie von einem Schauder angeweht, der jeden Gedanken einschläferte und nur einen entrückt starrenden Zeugen zurückließ.

Dann aber knisterte es jenseits des Felsens wie von heranschleichenden, unregelmäßigen Schritten. Ein Rascheln und Aufblitzen, das Knacken von Zweigen, Umrisse, die sich näherten. Und es war dann wie ein Katapult, wie das Weckerklingeln in einen Traum, da ihn jemand ansprach: »So, junger Mann! Es ist Ihnen schon bekannt, dass das Nächtigen im Nationalpark nicht gestattet ist!«

Außerdem war natürlich das Rauchen sowie das Verlassen der Wege untersagt, weswegen der Beamte den Personalausweis verlangte und dann im Schein einer vom Kollegen gehaltenen Taschenlampe den Strafzettel ausfüllte.

»Was meinen Sie eigentlich, wozu wir hier überall Schilder aufstellen!« Er riss den Zettel vom Block und reichte ihn Franz. »Und jetzt muss ich Sie bitten, den Nationalpark auf kürzestem Weg wieder zu verlassen«, sprach er, indem er mit der Hand über den See hinweg nach dem Weg in Richtung Spiegelau zeigte.

Franz nickte, blieb aber zunächst stehen, während die Parkaufseher links herum in den Wald abbogen. Da er nach dem See blickte, hatte sich dort der Nebel wieder verflüchtigt. Unter dem schwarzen Himmel erschien das Wasser nur mehr wie eine gewöhnliche dunkle Brühe und auch da er nun selbst auf den Felsen kletterte in der Hoffnung, den vorigen Eindruck neu herauszufordern, dem Wasser das Gespensterhafte wieder zu entlocken, kam es ihm wie irgendein Fleck vor, eine träge und passive Stelle im Geschiebe der Erdkruste. Und da er sich über den Spiegel beugte, rutschte das Buch aus der Jackentasche, blätterte auf, taumelte kurz, sich voll saugend im Wasser und verschwand dann wie eine Sternschnuppe am Nachthimmel. Sprang er hinterher, nur um das Buch wieder herauszufischen? Jedenfalls ist in einer Neuauflage des Spuk-Führers der Rachelsee mit allen sechs Sternchen verzeichnet.

Der Besteckputzer

Meine Eltern waren nie zufrieden mit meiner Berufswahl. Da ich, neunzehnjährig, beim Abendbrottisch meinen Wunsch äußerte, Besteckputzer zu werden, folgte ein langes und peinliches Schweigen.

»Und dafür hast du Abitur gemacht?«, äußerte endlich mein Vater in einem wegwerfenden, beinahe spöttischen Ton.

Ich antwortete: das sei auch nötig gewesen, woraufhin meine Mutter ihr angebissenes Butterbrot hinwarf und ausrief: »Du mit deinen absurden Einfällen! Kannst du dir nicht einmal etwas Normales und Vernünftiges vornehmen!«

Der gereizte Tonfall meiner Mutter veranlasste meinen Vater dazu, sich von seiner verständnisvollen Seite zu zeigen. Er nickte in Richtung meiner Mutter mit einem Ausdruck, der soviel besagte wie: ›Lass mal!‹ und erkundigte sich dann bei mir, wie ich mir denn den Weg zu meinem Berufsziel vorgestellt habe. Sein wohlgesinntes Gesicht gefror aber doch wieder zur Grimasse, da ich ihm eröffnete, einen Ausbildungsplatz bereits gefunden zu haben auf einer Hochschule für Küchenfachkräfte.

»Ich dachte, Besteckputzer ist nur ein anderes Wort für Spülhilfe.«

»Das, mein lieber Vater, ist ein Irrtum.«

»Ach was! Das hab ich ja noch nie gehört. Eine Hochschule für Besteckputzer – so was gibt's doch gar nicht!«

»Besteckputzer!«, echote meine Mutter, indem sie wie eine Opernsängerin die Hände erhob. Sie wurde aber gleich unterbrochen: »Jetzt halt du mal den Mund! – Also nein! Da kannst du bei uns auf keine Gegenliebe rechnen. Ich bin gerne bereit, dir eine Ausbildung ganz nach deinem Geschmack zu bezahlen. Aber für so einen Unsinn werde ich meine Geldbörse nicht zur Verfügung stellen. – Besteckputzer! Da muss ich doch der Mutter einmal Recht geben.«

Hätten meine Eltern jemals einen offenen Blick für meine Talente und Veranlagungen gehabt, sie wären wahrscheinlich ganz im Gegenteil überrascht gewesen, wie zielsicher ich aus der Menge möglicher Berufe den einzig für mich in Frage kommenden auswählte. Nicht nur, dass ich von jeher eine Abneigung dagegen hatte, ein Butterbrot, wie es meine Eltern gewohnt waren, zwar mit dem Messer zu schmieren, aber mit den Händen zu essen; darüber hinaus hatte ich mein Taschengeld stets für besondere Küchenbestecke ausgegeben, Kaviarlöffel, Fischmesser und Vorlegegabeln, wie sie in unserer nur unvollständig ausgestatteten Besteckschublade nicht existierten, und die ich auch täglich hervor nahm und in der Weise eines noch wenig erfahrenen Liebhabers pflegte und polierte. Da ich eine Anmerkung in diese Richtung machte, also mein immer schon lebhaftes Interesse an Bestecken erwähnte, behaupteten meine Eltern kurzweg, von einem solchen Interesse nie etwas bemerkt zu haben.

Auch da ich das angekündigte Studium tatsächlich begann und hierfür meinen Eltern keinerlei Zuwendung abverlangte, waren sie nach wie vor nicht dazu bereit, ihre Meinung neu zu überdenken. Ließ ich bei Gelegenheit ein paar Worte über meine jüngst erworbenen Kenntnisse fallen, so entstand augenblicks ein gereiztes Schweigen, geradezu als wäre ich mit Dingen befasst, deren Erwähnung das sittliche Empfinden verletzt. Erkundigte sich jemand bei meinen Eltern, zu welcher Karriere ich denn nach bestandenem Abitur angetreten sei, so empfanden sie einen ausgesprochenen Widerwillen, hierauf zu antworten. Ohne Zweifel hätte ich ihnen einen besseren Dienst erwiesen, wäre ich völlig tatenlos oder auch nur mit Biertrinken beschäftigt gewesen. Denn solches hätte doch nach einer jugendlichen Ratlosigkeit ausgesehen, der man gerne mit den probaten Sprüchen zu Hilfe gekommen wäre. In meinem Fall hingegen geriet man selbst in völlige Ratlosigkeit. Umso weiter ich vorankam in meinem Studium, umso verbissener gingen meine Eltern jeder Erwähnung und Anspielung aus dem Wege. Meine Mutter duldete es nicht, wenn ich in die Küche kam und beim Abtrocknen helfen wollte. Wäre es möglich gewesen, so hätte man bei Tisch, nur um nicht an das Thema erinnert zu werden, auf jedes Besteck verzichtet und ganz mit den Fingern gegessen. Allein, da ich nach dem Ende meines Studiums ohne alle Schwierigkeiten eine Anstellung im besten Hotel unserer Stadt erhielt, kamen sie nicht umhin, für einen Augenblick zumindest, mich mit völlig verblüfften Gesichtern anzusehen.

Etliche Jahre blieb ich dort, was für meine Eltern immerhin den Vorteil hatte, dass sie bei Nachfragen die verhasste Berufsbezeichnung durch den klangvollen Hotelnamen austauschen konnten. Allerdings war ich dort gar nicht angestellt unter der deutschen Bezeichnung, sondern als ein *maître d'écrin à couvert*. Der Inhaber war ein betagter Franzose, Monsieur Fourchette, der mich stets in seiner Muttersprache anredete. Fast alle der zahlreichen Fachwörter meines Berufs entstammen dem Französischen. Folglich war davon auszugehen, dass ich auch darüber hinaus in dieser Sprache genügend Kenntnisse für eine Unterhaltung besaß. Natürlich waren ihm wiederum zumindest die Grundlagen meines Fachberufs bekannt. Wenn ich bisweilen einen Irrtum seinerseits korrigierte oder eine Lücke seines Wissens schließen konnte, so hörte er jedes Mal dankbar und aufmerksam zu. So etwa, wenn ich für eine Sorte spanischen Silbers ein asiatisches Ziegenfett lobte oder einen Fachstreit über Handtuchgrößen erwähnte und meine persönliche Meinung zu diesem Thema anfügte. Wie für jeden ernst zu nehmenden Hotelier gab es für ihn keinen Zweifel, dass der Ruf eines Hauses bei seinem Besteck beginnt. Egal, was ich sagte, stets war er im Anschluss darum bemüht, jede noch so kostspielige Löffelpaste und Fischmesserpolitur zu beschaffen und meinem Arbeitsschrank hinzuzufügen.

Mit Wehmut erinnere ich mich heute an diesen Herrn und diese Jahre. Vor allem aber an meinen Putzerschrank, angefüllt mit Gläsern und Dosen, worin sich der Reichtum raffiniertester Pasten befand, Pinsel und Bürsten mit seltenen Haarsorten, die je nach Besteckritze zum Einsatz kamen, Tücher und Tupfer, für deren Beschaffung ein ganzes Monatsgehalt nicht ausgereicht hätte und deren Material und Machart erst eine voll genügende Politur ermöglichten. Jeder, der mit wahrer Hingebung ein Handwerk ausübt, wird diese Erinnerung nachempfinden können, die Erinnerung an eine in jeder Hinsicht befriedigend ausgestattete Werkstatt.

Aber es kam, wie es nun einmal die Zeitläufe mit sich brachten und wären meine Eltern mit einem etwas schärferen Blick bedacht gewesen, sie hätten damals beim Abendbrot völlig andere Bedenken geäußert.

Monsieur Fourchette hatte endlich das Pensionsalter erreicht. An seine Stelle rückte ein junger Mann, der zweifellos ein besseres Gespür für den Geist der Zeit besaß, dem er sich auch anstandslos fügen wollte. Bereits an seiner Bekleidung ließ sich ablesen, für welche Zukunft der Betrieb neu ausgerichtet werden sollte. Denn wenn er auch einen tadellosen Anzug trug, so hatte er an den Füßen zwei rot weiße Turnschuhe, mit Lichtspielen an den Sohlen, geradezu als wollte er sich über die übrige Tadellosigkeit lustig machen, die Seriosität eines guten Anzugs mit einem Scherz würzen. Da ich in sein Büro gerufen wurde, versah er mich mit einem Blick, als habe er gleichfalls über mich bereits Scherze gehört, wenn auch nur solche, die es nicht lohnten, wiederholt zu werden, die nur für einen Moment und bei meinem Anblick wieder aufblitzten und für treffend befunden wurden. Das halbe Grinsen wechselte sogleich zu einem Ausdruck des Gelangweiltseins. Während er den Blick zurück auf die Papiere seines Schreibtischs wandte, sprach er: »Sie arbeiten ab morgen in der Spülküche!«

Für einen Moment war ich völlig fassungslos und starrte nur auf das rot blaue Lichtspiel der Turnschuhe.

»Entschuldigen Sie! Aber ich bin nicht als Spülkraft angestellt. Wenn Sie die Freundlichkeit haben, noch einmal einen Blick auf meinen Vertrag zu werfen, so werden Sie sehen, dass ich als *maître d'écrin à couvert* bezahlt werde.«

»Mag sein. Brauch ich nicht mehr. Das Besteckputzen übernimmt die Bedienung. Wie gesagt, wenn Sie möchten, können Sie einen Platz in der Spülküche haben.«

»Aber – ich bin doch Besteckputzer!«, stotterte ich, worauf er mit einem kurzen gegrunzten Lachen antwortete, dann durch die Luft wedelte und meinte: »Schon gut! Jetzt gehen Sie mal wieder!«

Dieses *Schon gut!* verstand ich im Anfang, als habe er sich nur einen Scherz erlaubt, als wollte er eben ganz wie mit den Turnschuhen gleichfalls in seinen Betrieb ein paar witzige Einfälle einstreuen, um das Konventionelle etwas aufzulockern. Unmöglich, dachte ich, kann ein gut gehendes Hotel auf einen Besteckputzer verzichten oder dessen Aufgabe auf die Bedienung übertragen. Spätestens nach Verlauf einer Woche würde es doch an den Tag treten, welche Folgen es hat, wenn an der Besteckpflege gespart wird, wenn sich der Kellner zwischen zwei Gängen hastig und ohne tiefer gehende Kenntnisse um diese für eine gediegene Tischkultur unablässige Arbeit kümmert.

Die Kollegen waren auch zunächst dankbar, da ich die Aufforderung zum Spüldienst ignorierte und meiner gewohnten Arbeit nachging. Man jammerte über den anderen Wind, der sich breit machte, nickte kummervoll in den Besteckkasten und seufzte wie über einen Anblick, welchen der Lauf der Zeit auf immer vernichten sollte.

Dann eines Morgens, als ich zur Arbeit erschien, war einer der Kellner damit beschäftigt, den Putzerschrank auszuräumen und alles in eine Mülltüte zu stopfen. Sowie er mich bemerkte, hielt er inne mit einem Blick, als habe er sich von Frau und Kindern zu verabschieden. Ich riss ihm empört die Tüte aus der Hand und begann alles zurück auf die Regalbretter zu räumen.

»Jetzt lass es doch! Es hat doch keinen Sinn!«, wollte er einlenken.

»Weißt du überhaupt, was das ist!«, rief ich, indem ich ihm eine Dose venezianischer Silberschmiere hinhielt. Und ich war auch im Folgenden nicht bereit, meinen Beruf so leichthin austilgen zu lassen, sträubte mich, krakeelte, benahm mich wie ein wildes Tier, das in den Zoo abzutransportieren ist, bis endlich die ganze Brigade versammelt war und dann auch zwei Polizisten hervortraten. Die redeten auf mich ein in einem mitfühlenden Ton, wie eben auf ein Tier im Käfig, das mit seiner Wildheit nur mehr sich selbst verletzen kann und darum leid tut. Aber dieses Mitgefühl schwand doch augenblicks, da mir einer der Polizisten die Tüte wegnehmen wollte und ich unwillkürlich nach einer Tranchiergabel griff. Völlig unbedacht und sinnloserweise, denn natürlich gab ich mit der Gabel nur den Anstoß dazu, der Szene ein Ende zu machen und den Besteckputzer auf die Straße zu setzen.

Meine Eltern gaben sich dann den Anschein, als hätten sie alles vorausgesehen, als wäre mein Hinausschmiss die völlig logische Konsequenz eines lächerlich absurden Einfalls.

»Da solltest du dir jetzt aber mal Gedanken drüber machen!«, bemerkte mein Vater, als wenn er selbst bereits all diese Gedanken getan und gesammelt hätte, die doch in seinem Fall nichts anderes als nebelhafte Meinungen sein konnten, die ihm aus einer nur so obenhin betrachteten Welt notwendig ins Bewusstsein wehten. Ein Bewusstsein, das keinen Anstand daran nimmt, auf Messer und Gabel zu verzichten, wenn's eben die Zeitläufe diktieren, das bereitwillig stoppt und zum Rückmarsch durch die Weltgeschichte antritt, sich von allen Tischsitten verabschiedet und auf eine Renaissance des Höhlenlebens zustrebt.

Ich sagte ihm, dass ich nicht bereit sei, irgendwem zuliebe niveaulos zu werden. Worauf er empört auf den Tisch schlug und erklärte, wenn mir sein Niveau nicht passe, solle ich mich gefälligst hinaus machen, was ich dann auch ohne jede Widerrede sofort befolgte.

Ein System von Löchern

Mit diesem Schreiben möchte ich Ihnen eine Entdeckung bekannt machen, die, wie ich zugebe und leider auch bereits erfahren musste, beim ersten Anhören völlig unglaubwürdig erscheint. Dabei sind die Belege, die ich in jahrelanger Arbeit gesammelt habe, zwar bisweilen kompliziert und umfangreich, aber doch, wie ich meine, mit etwas Geduld gleichfalls für einen Zuhörer ohne besondere Vorkenntnisse nachvollziehbar. Vollständig allerdings sind sie nicht. Ich nehme an, es wird noch etliche Jahre dauern, bis sich das ganze Ausmaß meiner Entdeckung auch nur annähernd überblicken lässt. Ich habe sogar Gründe für die Annahme, dass ich bislang nur einen Vorspann ans Licht gezogen habe – einer Inselgruppe vergleichbar, von deren jenseitiger Küste aus sich erst der neue, noch unbetretene Kontinent zu erkennen gibt. Eben diese Weitläufigkeit, an welcher die Kräfte eines einzelnen Menschen scheitern müssen, überzeugte mich dann von der Notwendigkeit, aus der Eremitage eines von aller Welt unbehelligten Forschers herauszutreten und meine Entdeckung öffentlich bekannt zu machen. Ich möchte hinzufügen, dass ich mich zu diesem Schritt einzig aus diesem Grund entschlossen habe und nicht etwa, weil ich fürchtete, es könne mir jemand zuvorkommen; also jemand, der zur gleichen Zeit mit demselben Gegenstand beschäftigt ist und der ein schnelleres Ergebnis präsentieren kann. Es wird sich Ihnen sehr bald zeigen, dass eine solche Gleichzeitigkeit nicht möglich ist. Allenfalls im Hinblick auf die Auswertung; denn ich zweifle nicht daran, dass meine Entdeckung eine völlig neue Dimension der Wissenschaft auftut, die möglicherweise gleichfalls von anderer Warte aus vorhersehbar ist. Eine Dimension, wo trotz Ausklammerung des Subjekts der zu erforschende Gegenstand seine Zusammenhänge nur einer einzigen vorbestimmten Person preisgibt.

Eben darum ist es nötig, wenn ich, bevor ich von meiner Entdeckung spreche, zunächst in kurzen Worten die Hintergründe schildere, also Privates erwähne, das in aller bisherigen Wissenschaft ohne Bedeutung war oder besser gesagt, von dem man annahm, es habe nichts zu bedeuten und könne auch nie etwas zu bedeuten haben. Die Räumlichkeiten zum Beispiel, wo eine Entdeckung getan wurde. In meinem Fall ließe sich, wie Sie sehr bald einsehen werden, gar nichts nachprüfen ohne diese Räumlichkeiten: meine Wohnung also, der sich, flüchtig besehen, nichts anmerken lässt, das diesen Brief in Ihren Händen rechtfertigen würde. Auch mir war in den ersten Jahren, die ich in dieser Wohnung verbrachte, nichts anzusehen von der Geschäftigkeit und Disziplin, wie sie für die Aufdeckung einer noch verborgenen Wahrheit unabdingbar ist. Es dürfte ja auch nicht das erste Mal gewesen sein, dass sich der Moment einer bedeutsamen Entdeckung gerade dort einnistet, wo man ihn am wenigsten erwartet hätte. Dabei scheint mir diese Bevorzugung einer leicht einsehbaren Regel zu gehorchen; denn natürlich benötigt der Gegenstand, der entdeckt zu werden wünscht, erst einmal eine Atmosphäre der Leere und Gedankenlosigkeit, einen mentalen Zustand, auf welchen alle anderen Erscheinungen nur einen schwachen Zugriff haben. Und eben in diesen Zustand musste ich zunächst, und ohne dass ich selbst davon wusste, hineingeführt werden.

Es hatte sich meiner damals ein Gefühl vollkommener Sinnlosigkeit bemächtigt. Ich hatte den Eindruck, es sei nichts auf dieser Welt, das tatsächlich verdiente, betrachtet und untersucht zu werden. Es war mir, als wenn zwischen meinem Ich und den mich umgebenden Dingen keinerlei Beziehung bestünde, weswegen ich beim besten Willen nicht hätte sagen können, warum ich mich morgens überhaupt aus dem Bett erhob. Allerdings mangelte diesem Gefühl die letzte Konsequenz. Das heißt: Es mischte sich in völlig unlogischer Weise immer wieder der Gedanke hinein: es könne so nicht weitergehen. Und da ich eines Nachmittags eben mit diesem Gedanken am Fenster stand, fiel es mir ein, um nur irgendetwas – sagen wir: Beschwichtigendes zu tun – einmal die Leute zu zählen, die unten über die Straße und am Haus vorbeiliefen. Der Einfall war auch nicht völlig aus der Luft gegriffen, entsprach vielmehr einer Neigung, die ich immer schon besessen habe, einer Neigung zum Messen und Zählen; und wenn ich auch zunächst nicht hätte sagen können, welchen Zweck es haben soll, Passanten zu zählen, so schien mir der Vorschlag doch passabel; zum einen, weil er keine bemerkenswerten Unbequemlichkeiten bedingte, zum anderen, da er, wie gesagt, Rücksicht auf meine Veranlagungen nahm.

Ich zählte also, notierte auf einem Block die Menge der täglich Vorbeilaufenden, die ich nach Geschlecht, Haarfarbe und Schritttempo unterschied. Ich stoppte die Zeiten, welche vor verschiedenen Schaufenstern verbracht wurden, zählte die fortgeworfenen Zigarettenkippen, die ausgespuckten Kaugummis und hatte fast täglich weitere Einfälle, was sich der Liste sonst noch hinzufügen ließ. Gelegentlich, in einem Moment schläfriger Verspieltheit, der keinen Anspruch auf Beachtung besaß, lediglich eine völlig anders ausgerichtete Komponente in die im Ganzen gesehen doch etwas eintönige Beschäftigung warf, da bemerkte ich also, dass infolge der perspektivischen Verkürzung von meinem Posten aus gesehen, keine der unten laufenden Personen auf der Fensterscheibe mehr als sechzig Quadratzentimeter in Anspruch nahm. Zunächst fand ich diese Tatsache völlig uninteressant. Ein verregneter Sonntag veranlasste mich dann aber doch dazu, einmal nachzurechnen, wie viele verkürzte Passanten auf der gesamten Scheibe Platz hätten. Die Fenstermaße waren alles andere als genormt; die Quadratzahl, die ich schließlich errechnete, bot keinen erfreulichen Anblick, da sie mit ganzen sechs Ziffern hinter dem Komma aufwartete. Trotzdem wollte ich die Rechnung fortsetzen, als mir auffiel, dass die Zahl dem aktuellen Datum entsprach, ja dass fernerhin die lästigen Bruchziffern als Zeitangabe gelesen, haargenau mit dem Moment übereinstimmten, da ich beschlossen hatte, das Fenster auszumessen.

Eine gute Stunde lang war ich wie überwältigt von dieser Entsprechung. Wahrscheinlich war es noch nie jemandem eingefallen, die genaue Fläche der Scheibe zu berechnen. Selbst der Glaser wird sich mit der Angabe von Breite und Länge begnügt haben, um sodann ein Stück zurechtzuschneiden, in dessen Quadratzahl sich unbemerkt, aber doch haargenau der Augenblick fixierte, da ich – und zweifellos erst etliche Jahrzehnte später – zum Zollstock greifen sollte, um einmal eine präzise Berechnung vorzunehmen. Natürlich sah ich ein, dass es sich um einen Zufall handeln konnte. Ein vielleicht seltenes, so doch bedeutungsloses Zusammentreffen. Hätte sich die Kongruenz von Maß und Datum mit dieser einen Erscheinung erschöpft, es wäre eine etwas magere Entdeckung gewesen, über die ich gestaunt, die ich aber doch bald wieder vergessen hätte. Immerhin schien es mir der Mühe wert, die Sache einmal gründlicher zu prüfen, also nachzumessen, ob die entdeckte Parallelität auch aus anderen Maßen zu erschließen war. Und ich sollte fürwahr nicht enttäuscht werden! Ja, es stellte sich heraus, dass meine Wohnung, die auf den ersten Blick viel eher den Eindruck einer planlosen Anlage erweckt, ein mit geradezu überirdischen Kenntnissen raffiniert ausgetüfteltes System darstellt. Hinzufügen muss ich allerdings, dass sich diese

Raffiniertheit von niemandem sonst als von mir hätte feststellen lassen, weil sie sich bevorzugt auf mich und meinen Lebenslauf bezieht. So verbarg sich hinter dem Ergebnis, welches der Rauminhalt meiner Schlafecke war, nichts weniger als der genaue Zeitpunkt meiner Geburt, was selbstverständlich für jeden anderen kein nachvollziehbar bemerkenswertes Ergebnis gewesen wäre. Aus der Strecke zwischen Schlafecke und Türklinke ließ sich fernerhin die genaue Anzahl der Tage ersehen, die ich bis zum Verlassen meines Elternhauses verlebte. Wenn man sodann über diese Strecke hinweg die Diagonalen der Zimmerecken zieht, so wird die Linie haargenau dort geschnitten, wo auf einem Zeitstrahl meine Einschulung sowie mein Abitur einzutragen wären.

In diesem Schreiben ist selbstverständlich kein Platz, alles aufzuzählen, was ich seit jenem Tag an Parallelen entdeckt habe. Nur willkürlich sei aus der Masse herausgepickt, dass die Anzahl der Fußleisten sowie diejenige der Leistennägel mit dem Breiten- und Längengrad meines Geburtsortes übereinstimmen, dass sich aus den Gradzahlen der Zimmerwinkel – wenn auch auf etwas kompliziertem Weg und unter Zuhilfenahme anderer Berechnungen – die Anzahl meiner Liebschaften errechnen lassen, wobei links vom Komma diejenigen auftauchen, die ich verehrt, rechts dann diejenigen, mit denen ich tatsächlich ins Bett gestiegen bin.

Sie werden sich vorstellen können, welche Mühe es mich zeitweise kostete, über diesen doch bisweilen etwas entblößenden Charakter meiner Forschungen hinwegzusehen. Nicht nur, dass ich mich täglich von einem Spiegelbild aus Zahlen konfrontiert sah und es geradezu herbei betete, es möge auch einmal etwas anderes als immer nur ich zur Sprache kommen; obendrein machte dieses Spiegelbild vor keinerlei Intimitäten halt, erinnerte mich mit unveränderter Sachlichkeit an die Anzahl und Art meiner Erkrankungen, wie auch an schlüpfrige Entgleisungen, die mir, für sich besehen, wenig geeignet schienen, in eine wissenschaftliche Untersuchung miteinbezogen zu werden. Und doch leuchtete mir ein, dass hier eine völlig neue Qualität gefordert war, eine höhere Stufe dessen, was bislang einem Forscher abverlangt wurde. Denn natürlich ließ sich dieses in seiner Präzision geradezu perverse Ebenbild meines Ichs nur so lange betrachten und untersuchen, wie ich dieses Ich als einen gar nicht mich betreffenden Gegenstand empfand. Und es wurde mir außerdem klar, dass es sich bei dieser Arbeit noch gar nicht um die entscheidende Entdeckung handeln konnte, eine Vorschule vielmehr, ohne welche das Nachfolgende gar nicht zu bewerkstelligen wäre.

Sie werden ja bemerkt haben, dass alles, was ich bislang herausgefunden habe, ausschließlich feststellenden und keinen prophetischen Charakter besitzt. Die Liste der Berechnungen ist zwar ganz ohne Zweifel erstaunlich, ja von geradezu unheimlicher Art, und trotzdem: Es findet sich nichts darunter, worüber ich nicht gleichfalls ohne die Zimmermaße mehr oder weniger genau hätte Bescheid geben können. Ich habe aber gute Gründe für die Annahme, dass sich das Geheimnis meiner Wohnung noch lange nicht erschöpft hat und dass es sich bei diesen Rekonstruktionen des bereits Gewussten nur um einen Anfang handelt. Erst in den letzten Monaten ist es mir eingefallen, gleichfalls die Außentoilette zu untersuchen. Aus Gründen, die ich jetzt einmal beiseite lassen möchte, weil sie nur in präziser Formulierung einsichtig werden, wofür hier kein Platz ist – was mir dann auch das Gespräch mit der Hausverwaltung bestätigte – aus diesen durchaus vorliegenden, aber ausgesprochen komplizierten Gründen, glaube ich sicher, dass sich die nächste und ins Prophetische eindringende Stufe meiner Forschungen eröffnet, wenn man oberhalb der Klosettspülung ein Loch (genauer gesagt: ein System von Löchern) quer durchs

Gebäude bohren würde. Wie bereits angedeutet, habe ich die Hausverwaltung von der Notwendigkeit solcher Löcher nicht überzeugen können. Sie werden sich aber vorstellen können, dass es nicht an der Schlüssigkeit meiner Argumente mangelte, dass vielmehr mein Gesprächspartner diese Argumente gar nicht anhören wollte. Er hat natürlich Recht, insofern sich das Haus als Wohngebäude bei einer Bewilligung meiner Pläne nicht mehr verwenden ließe. Eine einfache Schlussfolgerung, die aber doch zusammenfällt, sofern man die Sachlage aus höherer Perspektive betrachtet. Denn ganz offenbar ist die Bewohnbarkeit des Hauses nur eine beiläufige Erscheinung, die völlig unerheblich wird, sobald man die Erkenntnisse meiner Forschung daneben hält. Nicht allein diejenigen, die bereits gemacht wurden, sondern gleichfalls und vor allem diejenigen, die noch ausstehen. Es wäre völlig unangebracht, wenn ich mich in dieser Hinsicht mit Versprechungen zurückhielte. Aus dem, was ich sagte, geht ja deutlich genug hervor, dass ich bereits vor meiner Geburt dazu auserwählt wurde, den Menschen alles dasjenige zu offenbaren, das sie ohne solche Hilfe nie erfahren würden. So zum Beispiel den endlich präzis errechneten Zeitpunkt des Weltuntergangs, wofür, wie ich doch denke, ein allgemeines Interesse besteht und folglich die nötigen Kosten (wie sie sich den angehefteten Papieren entnehmen lassen) kein Hindernis darstellen dürfen.

Ein Selbstmörder

Von all dem, was mir in den letzten Tagen gesagt und angeraten wurde, beunruhigt mich vorrangig die immer wieder eingeflochtene Behauptung, mein Unternehmen sei unbedacht gewesen. Ich bin gerne bereit, verschiedene Meinungen über das Geschehene zu akzeptieren; allein der Vorwurf, ich hätte unüberlegt gehandelt, erscheint mir völlig absurd, belegt, wie ich meine – und hier einmal forsch entgegnen möchte –, einen geradezu peinlichen Mangel an Beobachtungsgabe. Es dürften nur wenige Aspekte in meinem Leben zu finden sein, auf welche sich der Vorwurf mit Rechtfertigung anwenden lässt. Ansonsten bin ich ein unbestechlicher Freund des Gründlichen, Gewissenhaften, Kalkulierbaren. Bis hin zu den kleinen und unscheinbaren Verrichtungen des Alltags habe ich mich stets darum bemüht, eine meinen Vorlieben entsprechende Form und Ausführung zu überdenken und mir zur Gewohnheit zu machen. Es wäre meiner Natur im höchsten Grade zuwider gewesen, eine so bedeutsame Tat wie diejenige, von der zu reden ist, nur mit dem Fundament einer zufälligen Laune zu versehen. Aber ich denke, nach der Lektüre dieser, wenn auch nur kurzen Erklärung wird mir jeder zustimmen, dass in meinem besonderen Fall gar nichts anderes vorstellbar ist.

Wenn ich mich aus der umfangreichen Palette der Möglichkeiten für den Strick entschied, so auch hier in der Folge lang und gründlich geführter Überlegungen. Überlegungen, die keinen Anspruch auf Allgemeingültigkeit erheben können, wie ich bereitwillig zugebe, sich vielmehr ganz an meinem privaten Geschmack orientierten. Da ich von jeher eine Abneigung gegen Schmutz und Unordnung habe, konnte ich aus oben genannter Palette (oder sagen wir: Liste) etliche Rubriken von vorneherein ausschließen: das Aufschlitzen der Pulsadern, der Pistolenschuss durch die Schädeldecke oder auch der Sturz von einem mehrstöckigen Gebäude. Dabei hätte ich, was die letztgenannte Spielart anbelangt, einen unbestreitbaren Vorteil genossen insofern, da sich meine Wohnung in der siebten Etage befindet, außerdem unterhalb des Balkons ein breiter, gepflasterter, kaum zu verfehlender Gehweg entlangführt. Wenn ich trotzdem von dieser Methode Abstand nahm, so eben wegen meiner bereits erwähnten Idiosynkrasie gegen alles Entstellte, Fratzenhafte, mit Unrat Besudelte. Eine Zeit lang glaubte ich mich überzeugt, es sei der Tod im Wasser, welcher meinen Vorstellungen am nächsten kam, und ich würde dieser Vermutung nach wie vor beipflichten, solange sich der Kreis der Betrachtung auf den Augenblick des Sterbens konzentriert. Mit Schaudern allerdings entsann ich mich dann, welchen Anblick eine Wasserleiche zu bieten pflegt. Ich möchte mich präzisierender Worte enthalten, da mir bereits der flüchtige Gedanke Ekel bereitet, begnüge mich also mit dem Hinweis, dass ich mich zuletzt und nachdem ich, wie gesagt, sämtliche Todesarten in Betracht gezogen hatte, für den Strang entschied.

Beim ersten Hinsehen könnte man meinen, dieser Entschluss kranke an einem ähnlichen Irrtum wie die gerade erst verworfene Sympathie für den Wassertod. Denn gewiss hinkt der Anblick eines Erhängten an Abscheulichkeit nur unwesentlich demjenigen einer Wasserleiche hinterher, sofern – und eben dies war ausschlaggebend – gewisse Vorkehrungen vernachlässigt werden; Vorkehrungen, die mir in dem einen Fall unmöglich, im anderen indes ohne großen Aufwand durchführbar erschienen.

Diejenigen, die mich anhören, werden sich über solche Dinge möglicherweise noch keine Gedanken gemacht haben, weswegen ich zur Erklärung darauf hinweisen möchte, dass sich – von einigen kleineren Details abgesehen – die Elemente des Grauenvollen bei einem Erhängten auf das Gesicht zentrieren. Der Eindruck lässt sich also herab stimmen, indem man einen, gegebenenfalls mit ansprechendem Muster versehenen Stoffbeutel über den Kopf zieht. Mit einem solchen Beutel ausgestattet könnte dem Dahängenden sogar etwas friedlich Dekoratives zu Eigen werden, allenfalls verstört von den unausweichlichen Assoziationen, welche sich das Gehirn beim Anblick selbst zusammenreimt.

Was die besagten kleineren Details anbelangt, so war fernerhin zu beachten, die möglicherweise unnatürlich verfärbten und eingekrallten Hände in einem Paar ausgesuchter Handschuhe zu verbergen. Außerdem hatte mich entsprechende Lektüre darüber belehrt, dass sich mit großer Regelmäßigkeit im Augenblick eines solchen Todes die Blase und gleichfalls der Hoden entleert. Es schien mir zweifelhaft, ob dieser Erscheinung durch eine vorgeschaltete und gründliche Purgation zuvorzukommen wäre. Der Makel ließ sich indes, wie ich fand, einfach verhindern oder besser gesagt: abfangen, indem man sich mit einer Windel präparierte.

Dies zunächst die dringlichsten Probleme, welche sich, wie zu sehen war, allesamt umstandslos ausräumen ließen.

An nächster Stelle galt es zu entscheiden, wo überhaupt das Unternehmen stattzufinden habe. Da sich das Erhängen für mich durch den Vorzug auszeichnete, nicht erst die Wohnung verlassen zu müssen, musste also hier ein angemessener Platz gefunden werden, ein Platz, der sich erstens im Zusammenhang der Wohnungseinrichtung nicht gegen eine im Raum hängende Person sträubte, zweitens überhaupt die Möglichkeit zur Befestigung des nötigen Stricks bot. Nachdem ich mehreres erwogen hatte, wählte ich die Höhe über dem Wohnzimmertisch. Von einem Handwerker ließ ich an entsprechender Stelle einen genügend stabilen Haken anbringen. Ich hatte mich zuvor auf einer Waage im Badezimmer noch einmal meines Gewichts versichert und dann dem Mann aufgetragen, einen solchen Haken und Dübel zu verwenden, welcher sich problemlos mit ungefähr siebzig Kilo belasten ließe. Der Kerl meinte zwar, das sei nicht der Rede wert, trotzdem zog ich es vor, den Haken einer Probe zu unterziehen, indem ich für die Nacht ein abgewogenes Paket voller Bücher daran aufhing. Den kommenden Morgen prüfte ich, ob der Haken unter dem Gewicht gelitten hatte und da sich nichts bemerken und beanstanden ließ, glaubte ich, diesen Punkt der Vorbereitung gelöst und geregelt zu haben.

Die nächste Frage, der ich mich zuzuwenden hatte, war diejenige, auf welche Weise ich vom Dastehen ins Hängen hinüberwechseln wollte. Jeder andere hätte hier an nichts weiter als einen Stuhl oder Hocker gedacht, der im entscheidenden Moment mit den Füßen umgestoßen oder fortgeschleudert wird. Für mich kam diese Methode nicht in Frage. Die Vorstellung eines umgeworfenen Stuhls behagte mir nicht. Das daliegende Möbelstück hätte, wie ich meinte, der Szenerie einen störenden Moment rumpelnder Gewalttätigkeit hinzugefügt. Gleichfalls der Lärm, der sich bei diesem Akt kaum hätte vermeiden lassen, wäre mir vulgär und unpassend vorgekommen wie ein hustender Zuschauer auf dem Höhepunkt einer Theatervorstellung. Aus einem ähnlichen Grund konnte ich mich nicht mit der Möglichkeit anfreunden, von dem einen in den anderen Zustand mittels eines Sprungs zu wechseln. Dabei wäre es gewiss das Einfachste gewesen: mich auf die Tischkante zu stellen und dann herabzuhüpfen. Aber eben diese hüpfende oder springende Bewegung schien mir eine hier nicht hergehörende Note zu besitzen. Das Bogenförmige, Gekrümmte der Handlung widersprach, wie ich fand, in seinem Ausdruck dem vorgegebenen Inhalt. Ich hätte mir stattdessen etwas Geradliniges gewünscht, etwas Schnörkelloses, streng Klassisches.

Spätestens hier müsste jedem Zuhörer einleuchten, dass sich meinem Unternehmen nicht der Vorwurf des Unbedachten machen lässt. Ansonsten hätte ich mich kaum dazu entschlossen, den Wohnzimmertisch mit einer Klappe auszustatten; einer Klappe, welche die oben genannte Geradlinigkeit des Geschehens möglich machte. Natürlich habe ich nicht selbst in den Tisch gesägt, vielmehr einen Schreiner mit der Arbeit beauftragt. Es ist auch nicht eine flott gebastelte Einweg-Klappe, sondern eine ausgetüftelte Konstruktion, die sich für mehrmaligen Gebrauch empfiehlt. Aber auch ungenutzt scheint mir die Klappe den – im Übrigen wertvollen – Tisch durchaus um ein interessantes und gleichfalls gefälliges Element zu bereichern. Etwas Rätselhaftes, die Neugierde Anregendes eignet der Konstruktion ähnlich den Geheimfächern in alten Schreibtischen. Auf der Oberseite befindet sich ein unscheinbarer Messingknopf. Drückt man darauf, schwingt die Klappe herab. Alle Schnittstellen wurden säuberlich geschliffen und nachlackiert, so dass es den Eindruck macht, als wäre der Tisch von jeher mit diesem ungewöhnlichen Beiwerk versehen gewesen.

Nebenher sei erwähnt, dass ich mir die Konstruktion selbst ausdachte und dann – wofür ich einiges Geschick besitze – eine Zeichnung davon anfertigte. Der Schreiner, dem ich sie vorlegte, fand nichts daran auszusetzen, erkundigte sich vielmehr mit anerkennendem Nicken, ob ich die Herstellung solcher Entwürfe gelernt habe. Natürlich habe ich die Zeichnung sorgfältig verwahrt und ich bin gerne bereit, sofern ein Bedarf besteht, sie einem größeren Publikum zugänglich zu machen.

Soviel also zu den ersten und wichtigsten Vorkehrungen. Natürlich waren noch etliche Kleinigkeiten zu besorgen, die ich nicht alle aufzählen möchte. Eins sei aber doch noch eingefügt: Gelegentlich, da ich das Unternehmen noch einmal prüfend im Kopf durchspielte, fiel mir ein, es könnten, nachdem sich die Klappe geöffnet und das Seil gespannt hat, die Pantoffeln von den Füßen rutschen. Es war sogar anzunehmen, da es sich um solche Pantoffeln handelt, die hinten nicht geschlossen sind. Es galt also noch ein Paar geeignete Schuhe zu besorgen. Meine gewöhnlichen Straßenschuhe zog ich nicht in Erwägung, weniger weil mir das Aussehen dieser Schuhe unpassend vorgekommen wäre, als vielmehr weil ich es zutiefst verabscheue, ja als ein Merkmal schlimmster Unkultiviertheit ansehe, in solchem Schuhwerk, das bereits auf der Straße benutzt wurde, eine Wohnung zu betreten. Ich wage es gar nicht, mir zu vergegenwärtigen, womit ein solches Paar Schuhe in Kontakt geriet und wovon es dann einen mehr oder weniger sichtbaren Stempel auf dem Fußboden hinterlässt. Ich bitte darum, mir keine genaueren Details abzuverlangen, möchte außerdem diejenigen, die meinen, in meinem Fall und für das besagte Unternehmen sei's doch egal gewesen, dazu auffordern, diesen Text mit angemessener Aufmerksamkeit noch einmal zu lesen, womit ich dann, wie ich meine, jeder näheren Erklärung enthoben sein dürfte.

Ich kaufte also ein Paar neuer Lederschuhe. Außerdem kaufte ich, wie aufgezählt, den Beutel (eine Schwimmtasche für Kinder, worauf Delfine und Pinguine abgebildet waren), eine Windel (die sich natürlich nicht einzeln erstehen ließ), sowie einen Strick, über dessen fachgerechte Knotung ich mich aus einem entsprechenden Handbuch hatte unterrichten lassen.

Zu meinen Vorbereitungen gehörte fernerhin eine Nachricht an den Hausmeister. Versteht sich, dass ich nicht länger als eine Nacht vom Deckenhaken hängen wollte, da ich fürchtete, es könne ansonsten der eintretende Leichengeruch den so aufwendig korrigierten Eindruck der Szenerie wieder zunichte machen. Aber auch die Zimmertür versah ich außen mit einem Schild, worauf ich das Vollzogene ankündigte. Ich ersuchte darum, Frauen und Kindern den Zutritt ins Zimmer zu verwehren, riet gleichfalls sensiblen Personen männlichen Geschlechts davon ab, einen Blick auf das Geschehene zu tun. Ich hätte mich zwar darum bemüht, alles Verstörende des Anblicks zu verdecken, weswegen ein erwachsener und gesunder Mensch keinen Schaden daran nehmen werde, vielleicht sogar im Gegenteil ein interessantes und wegen seiner Raffinesse nachahmenswertes Tableau vorfinde, trotzdem aber und in Anbetracht der so schwer berechenbaren Affekte menschlicher Naturen würde ich im Zweifelsfall dazu anraten, draußen zu bleiben. Fernerhin gab ich meine Personalien bekannt und hinterließ in einer unterhalb angebrachten Papiertasche all die Ausweise und Bevollmächtigungen, welche für die reibungslose Entfernung der Leiche nötig sind.

Eine Zeit lang war ich noch damit beschäftigt, herauszufinden, welches die richtige Ausleuchtung für die Szenerie wäre. Ob ich also die Deckenlampe anlassen sollte oder nur diejenige neben dem Lesesessel. Eine Frage, die mir im Verlauf der Vorbereitungen entgangen war, die also weitere Überlegungen forderten und somit die Durchführung des Unternehmens um eine gewisse Zeitspanne verzögerte. Zunächst schien mir dies unbedenklich, da ich davon ausgegangen war, der Hausmeister würde nur vormittags seinen Briefkasten öffnen. Er schien aber doch öfter hineinzuschauen, denn ich hatte noch keine Entscheidung hinsichtlich der Lampen getroffen, als es klingelte.

Ich stutzte, hielt inne und da ich nicht sofort herbei sprang, begann man draußen offenbar mit einer Brechstange die Wohnungstür zu bearbeiten. Und dies, obwohl ich in meinem Schreiben drauf hingewiesen hatte, dass sich der

Schlüssel unter der Matte befinde. Ich nehme an, man hatte in der Eile auf dieses Detail nicht Acht gegeben. Möglicherweise empfand man auch, was mich nicht wundern würde, eine Genugtuung daran, brachial vorzugehen das Schweigen der Geheimnisse mit plebejischem Lärm niederzuknüppeln, die eigenen banalen Spuren ins Geschehen zu stempeln. Natürlich hätte ich hingehen und einen Irrtum vorgaukeln können. Aber ich war gelähmt von dem Geräusch, diesem insektenhaften Raspeln und Krachen, diesem formlosen Geknispel inhaltsloser Kreaturen, die sich als geistlose, aber geschäftig nützliche Miniaturen über die Welt ausrieseln, aus allen Winkeln hervor wuseln, nach Brotkrumen geifern und ihren Kot versprenkeln. Natürlich auch hätte ich rasch auf den Tisch springen können. Aber es wäre mir diese Eile eine unverzeihliche Geschmacklosigkeit gewesen, ein schmähliches Zugeständnis, ein verkehrter Pinselstrich einer fremden und lächerlichen Eitelkeit zuliebe.

Die Zimmertür sprang auf. Zwei Polizisten polterten herein, sahen auf mich, auf den von der Decke baumelnden Strick.

»Um Gottes Willen!«, sprach ich verächtlich, ahnungslos auch, dass man später ganz besonders auf diesem Ausruf herumreiten sollte. »Warum, bitte, ziehen Sie denn nicht Ihre Schuhe aus!«

Die Aubergine

Gerade komme ich zurück von einem Abendessen in Gesellschaft, verwirrt, beinahe erschüttert, zumindest an eine Geschichte aus Studentenjahren erinnert, die ich vor den Leuten nicht preiszugeben wagte, möglicherweise aus völlig unnötiger Diskretion. Überbackene Auberginen gab es. Sowie die Form auf den Tisch kam, wurde ringsherum der Einfall zu diesem Essen gelobt. Das heißt – und eben hierüber wusste ich für einen Augenblick das Maul nicht mehr zu schließen: Das Lob kam aufrichtig nur aus weiblichen Mündern, während die Männer eher gezwungen lächelten. Sollte es also doch wahr sein? Dieser Quatsch, den uns Professor Zana aufschwatzte. Immerhin hatte ich dieses Mal Gelegenheit, die Sache vollständig zu beobachten, auf jede Miene der anwesenden und Auberginen gabelnden Damen aufzupassen. Es geschah aber nichts. Es verschwand auch keine mit zerquältem Gesicht und nach beendeter Mahlzeit. Und da ich somit diese fast schon vergessene Kinderfantasie endgültig zerplatzen sah, hätte ich aufschreien können vor Lachen und ich hätte mir Luca her gewünscht, den inzwischen zum gemütlichen Spießer aufgedunsenen Luca, um ihn raten zu lassen, was es war, das hier soeben mit Genuss verzehrt wurde.

»Aber was ist denn mit Ihnen?«, wurde ich prompt gefragt, da sich ein breites Grinsen nicht unterdrücken ließ.

»Nichts. Nur eine Albernheit, die mir gerade einfiel.«

Und hier also nun doch diese Albernheit, wenigstens dem Papier erzählt.

Damals war die Aubergine in Italien noch völlig unbekannt. In unserem Dorf ohnehin. Mindestens fünf Mal die Woche gab es Kohlsuppe und diese Kohlsuppe war einer der zahlreichen Nebengründe, weswegen wir verzweifelt den Termin herbeibeteten, um endlich zum Studieren nach Bologna zu verschwinden. Der Hauptgrund waren nicht etwa Bücher und alles, was sich diesen Büchern entnehmen ließ. Über den Hauptgrund tauschten wir uns allabendlich auf unseren Zimmern aus, indem wir zunächst mit wegwerfenden Gesten einige Anmerkungen über die Mädchen im Dorf machten, um sodann ausführlicher dasjenige zu besprechen, was sich sonst noch vorstellen ließ. Ich selbst neigte dazu, mir die gewöhnlichen Romanzen auszumalen. Aber Luca verzog das Gesicht wie über einen schlechten Geruch. Solche Schmachtfetzen seien völlig aus der Mode, nur etwas für Spießer und Schulbuben. Er hingegen kannte eine Menge Geschichten, unerhörte Begebenheiten, denen ich mit rot glühenden Ohren zuhörte, ohne je auf die Idee zu verfallen, es könne das ein oder andere daran ein wenig über die Wahrheit hinausschießen. Wenn er mir eine Handvoll solcher Anekdoten aufgetischt hatte, grinste er mich an, als hätte er einen raffinierten Zug beim Schachspiel getan. Und dabei, beteuerte er abschließend, sei das alles noch gar nichts im Vergleich zu dem, was in Bologna auf uns wartete.

Zunächst allerdings, da wir in der Stadt anlangten, eine gemeinsame Bude mieteten und unser Studium begannen, sah nichts danach aus, als hätte irgendwer auf uns gewartet. Natürlich gab es Schönheiten auf allen Straßen und es ist durchaus möglich, dass einmal eine genauer hinsah, was das für zwei Burschen seien, die jeden Morgen mit ihren Mappen so schnurstracks zur Universität marschierten. Ansonsten aber erschöpfte sich unsere Sehnsucht weiterhin in Fantasien und Konjunktiven.

Auf der Universität gab es damals keine Frauen. Ein Umstand, über den sich Luca regelmäßig ausließ, wie über eine lästige, altmodische und völlig überflüssige Regelung. Die Frage, warum man das andere Geschlecht von den Hörsälen ausschloss, interessierte ihn dabei nicht. Vielmehr empörte er sich über diese Vorschrift, weil sie es einem jungen Studenten erschwere, wenn nicht sogar unmöglich mache, auf natürliche Weise mit Frauen in Kontakt zu kommen. Man sei doch kein Novize und angehender Heiliger. Ein so schwerer und umfangreicher Stoff, wie wir ihn zu lernen hatten, ließe sich auch gar nicht aufnehmen und verarbeiten, wenn man nicht hin und wieder davon entspanne, sich einmal zurücklehne, den Gürtel lockere. Natürlich könne man spazieren gehen oder Bier trinken. Natürlich gab es verschiedene Ventile. Aber wenn man einmal ehrlich sei – und warum sollte man es nicht laut und deutlich aussprechen, was man in Wahrheit wollte, woran es mangelte.

Wenn er einen sitzen hatte, ließ er es auch laut und mit fuchtelnden Armen durchs Wirtshaus tönen: dass seiner Meinung nach eine Universität mit einem gesonderten Amt aufzuwarten habe, wo man vorstellig werden könne, wenn einem einmal nach angemessener Entspannung zumute war.

Das ein oder andere Mädchen lernten wir natürlich auch ohne eine solche Einrichtung kennen. Zunächst Corinna, die Tochter unserer Vermieterin, die etwas häufiger als nötig bei uns vorbeischneite, uns mit einem: »Na ihr zwei Hübschen!« begrüßte, um sodann das Zimmer mit einem nicht endenden Monolog auszufüllen. Ich selbst fand sie hübsch und reizend. Aber Luca machte das Essiggesicht des Kenners und meinte, eine Quatschbacke sei die. Ich gab zu, sie sei etwas redselig, sähe aber immerhin nicht übel aus. »Sieht nicht übel aus!«, äffte mich Luca nach. »Du solltest mal deinen Geschmack ein wenig kultivieren. So eine wie die gibt's in jedem Kuhdorf. Dafür hätten wir nun wirklich nicht hierher kommen müssen.«

Außerdem gab es noch zwei Schwestern in der Nachbarschaft, die uns einmal in witzelndem Ton gefragt hatten, warum wir denn immer so ernst schauten. Die Beiden waren etwas dünn und offenbar völlig flach auf der Brust, was Luca jedes Mal, wenn wir an ihnen vorbei gelaufen waren, zum Anlass für eine Serie vulgärster Witze und Bemerkungen nahm.

Was unser Studium anbelangte, so pflegten wir mit mechanischer Stumpfheit den Fleiß der Mittelmäßigen. Kein einziger Lernstoff erhob sich über die Bedeutung, welche man dem Zähneputzen oder dem Stiefelschnüren beimisst. Nur wie Säuglingserinnerungen sind mir folglich die Bilder der Hörsäle und Professoren im Gedächtnis haften geblieben.

Eine Ausnahme hiervon machte einzig Signor Zana, Professor für Pflanzenkunde, ein so hässlicher und abstoßender Mensch, dass er sich ohne jede Korrektur fürs Gruselkabinett empfohlen hätte. Verkrümmt und ungewaschen, einen Geruch wie faulendes Gemüse im Hörsaal verströmend, mit langen, grauen Haaren wie verklebte Teppichfransen, einer herabhängenden Unterlippe, auf welcher, neben schorfigen Stellen, in Blasen und Fäden der Speichel glitzerte, schwarze, krallenartige Fingernägel, die jedes Mal mitkratzten, wenn er die Tafel beschrieb.

Wir lernten bei ihm all dasjenige, was ein Mediziner über Heil- und Giftpflanzen zu wissen hat. Wahrscheinlich sogar mehr, denn obwohl wir den Kursus schon seit Wochen besuchten, war der Professor in seinen nach dem Alphabet sortierten Pflanzenvorträgen noch nicht über das A hinausgekommen. Etliches von dem, was er uns zu Wissen auftrug, erweckte eher den Eindruck von heiteren, anekdotenhaften Zwischenkommentaren. Wir waren allerdings gewarnt worden von älteren Kommilitonen, den scheinbaren Unsinn nicht gering zu schätzen. Der Alte pflege durchaus, ja bevorzugt in seinen Prüfungen danach zu fragen, was etwa passiere, wenn man sich Pfefferminzblätter in den Hintern stopfe, warum man im Wald nie auf ein Leberblümchen pinkeln solle und anderes mehr, wie man es sonst eher von der derb sinnlichen Fantasie der Bauern gewöhnt ist. Überhaupt konnte man leicht, wenn man Signor Zana über die Botanik reden hörte, dem Eindruck erliegen, es befänden sich sämtliche Pflanzen in einem innigen Verhältnis zu den Ausscheidungsprodukten der Menschen. Zu jedem Kraut und Gemüse ließ er uns erfahren, welche Farbe und Konsistenz nach der Einnahme Urin und Stuhlgang anzunehmen pflege, welchen Einfluss es auf den Geruch verschiedener Körperregionen habe – kurz und gut: Niemandem, der den Professor sah und hörte, wäre es eingefallen, in der Pause ein mitgebrachtes Butterbrot auszupacken.

Nachdem wir nun also etliche Tage lang über Nutz und Schaden der Atzelbeere belehrt worden waren (einem Gewächs, von dem ich nie wieder gehört habe), wechselten wir dem Alphabet gemäß zur Aubergine. Signor Zana begann den Vortrag, indem er zunächst ein keulenförmiges Gebilde auf die Tafel malte, dem er am schmaleren Ende ein Gezupfel kleinerer Striche hinzufügte.

»So sieht es aus«, sprach er dann und während er sich mit spastischem Grinsen den mitschreibenden Studenten zuwandte, fuhr er fort: »Das Teufelsding! – Macht doch einen ganz friedlichen Eindruck das Früchtchen. – Häh! Du da! Fällt dir da was ein? Woran erinnert dich das?«

Der Aufgerufene stotterte und meinte, eine Birne vielleicht.

»Äh! Eine Birne! So ein langweiliger Einfall! Hat denn hier keiner von euch ein bisschen Fantasie?«

Es wurden andere Vorschläge zum Vergleich gemacht, denen aber der Professor angewidert abwinkte. »Alles Quatsch, ihr Dumpfbacken!«, sprach er. »Eine Gebärmutter ist das. Da wisst ihr Rotznasen wieder nicht Bescheid. – *Dies ater* der Naturgeschichte. Hat sich selbst zum Bild dessen gemacht, wo es zu kitzeln pflegt. Frucht eines Apfelkerns, den die Schlange im Maul aus dem Paradies stahl, um ihn in Evas Gemüsegärtlein zu verstecken. Da wuchs sie dann die Aubergine zwischen Salat und Rüben. Groß und leuchtend wie der Turban einer Haremstochter. Fest und fleischig wie die Schenkel junger Gören. Und da das Weibsbild von der Frucht probierte, wurde ihr der Rock zu eng und alles, was ihr in die Hände kam, musste hinein ins Schlupfloch. Und da ihr Adam vom Feld kam, hatte sie immer noch nicht genug, musste der Kerl weiterstupfen, bis ihm der Stängel brannte, die Testikuli wie ausgeschrupfte Schoten von den Beinen lummerten. Da musste noch der Nachbar her und dessen Sohn und Schwager. Da wurde geschupft und gestöchelt, als wär's ein Schlitz in der Erde, den man sinnlos mit Felsbrocken füllte. Und als das Weib endlich Ruh gab, nahm man die elende Frucht und warf sie ins Feuer. Aber es gibt sie noch. Und es sind Leute, die das billigen. Spanier vornehmlich. Deswegen sehen die auch alle so blass und ausgemergelt aus.«

Versteht sich, dass wir diesem Vortrag mit ganz ungewohnter Aufmerksamkeit lauschten. Aber nicht nur Luca und ich. Der ganze Saal schien so betroffen von dem Gehörten, dass jeder das Mitschreiben vergaß und wie versteinert, nur mit schluckendem Kehlkopf dahockte und dieses eine Mal jedes Wort in sich einsog.

Natürlich gab es dann noch einiges andere über die Aubergine zu referieren, das aber nicht mehr die Wirkungskraft der Einleitung besaß und darum wieder von dem gewöhnlichen Geraschel und Geflüster begleitet wurde. Bei Gelegenheit stieß mich Luca mit dem Ellbogen an, nickte mir vielsagend zu und flüsterte: »Das Ding besorgen wir uns!«

Wie gesagt, war die Aubergine damals kein Gemüse, das sich an jedem Marktstand kaufen ließ. In Anbetracht dessen, was wir erfahren hatten, schien es uns auch unwahrscheinlich, dass sie wie Kohlköpfe in aller Öffentlichkeit angeboten wurde. Trotzdem klapperten wir alle Läden ab in der Meinung, wenn jemand sie vorrätig habe, dann gewiss in einer gesonderten Kiste, die sich vom Ladenraum nicht einsehen ließ, nach deren Inhalt zunächst diskret zu fragen war. Folglich warteten wir jedes Mal ab, bis wir die einzigen Kunden im Geschäft waren. Wir würden nach einem eher seltenen Gemüse suchen, erklärten wir, zu Studienzwecken, Studenten der Medizin seien wir; Aubergine heiße die Frucht, sehe aus wie eine Birne, sei aber größer außerdem blau oder violett. Die meisten Händler schienen nie von dem Gemüse gehört zu haben, schüttelten die Köpfe und boten uns Alternativen an. Zuletzt fand sich dann doch einer, der Bescheid wusste, bei der Anfrage aufstrahlte, uns das Begehrte anpries, wenn auch nicht in dem Sinne, der uns vorschwebte, vielmehr als ein völlig zu unrecht verschmähtes Gemüse, das gebraten oder gekocht eine unvergleichliche Mahlzeit abgebe; nur richtig gewürzt müsse sie werden, frischer Basilikum sei unablässig, ob wir den noch zu Hause hätten oder ob er gleich noch welchen dazu packen solle.

Draußen dann, in einer unbenutzten Toreinfahrt holten wir die Aubergine aus der Papiertüte, betasteten und beschnüffelten sie, stießen einander an die Schultern wie zwei Ganoven, denen ein Diebstahl gelang. Blieb allerdings die Frage, wen und bei welcher Gelegenheit wir mit dem Gemüse füttern wollten. Mein Vorschlag war es, die beiden Schwestern aus der Nachbarschaft einzuladen. Aber Luca winkte ab. Wir sollten uns stattdessen auf einer Bank im Park postieren und uns dort zwei der Schönsten aussuchen.

»Im Park?«, wunderte ich mich. »Wie soll denn das im Park funktionieren?«

»Wenn die davon gegessen haben, sagen wir eben, sie sollen mit auf unsere Bude kommen. Das werden die dann schon.«

»Aber wie willst du sie denn vorher überreden, von der Aubergine zu essen?«

»Wir werden das Ding eben hübsch auf einem Teller anrichten und ganz galant ein Häppchen anbieten. Da wird uns schon was einfallen.«

Mir kam das eher komisch und schwierig vor, weswegen ich noch einmal den Vorschlag machte, vielleicht als erstes, auf Probe sozusagen, die beiden Schwestern einzuladen. Man müsse ihnen ja nicht gleich die ganze Frucht aufdrängen.

»Was hast du denn mit diesen beiden Küken?«, fragte Luca.

Den ganzen Weg nach Hause über konnten wir uns nicht auf die Vorgehensweise einigen. Luca zog mich mit den beiden Schwestern auf, die seiner Meinung nach auch ohne Aubergine sofort zu haben seien, für die sich aber nur ein Strohkopf wie ich interessiere. Spargeldünn wären die und sähen nackt wahrscheinlich nicht anders aus als wir.

Ich hingegen fand die Idee, im Park einer wildfremden Frau ein Stück von einer Aubergine anzubieten, sei völlig idiotisch. Die denke doch, wir wären nicht ganz gescheit.

»Na und?«, meinte Luca. »Ist doch egal, was die denkt. Hauptsache sie nimmt sich ein Stück.«

»Und wenn wir es erstmal bei Corinna versuchen?«

»Die blöde Quasselstrippe! Die besteht doch innen nur aus Zunge und Kehlkopf. Wenn die davon isst, können wir uns wahrscheinlich auf einen Mega-Rede-Anfall gefasst machen.«

Auf unserer Bude waren wir dann immerhin eins darin, die Aubergine einmal aufzuschneiden und das Innere der Frucht zu besehen. Obwohl der Anblick nichts Überraschendes bot, empfanden wir einen Schauder wie beim Eintritt in eine Räuberhöhle, einen im Urwald vergessenen Tempel, dessen unheimliches Ambiente uns dazu verpflichtete, die Stimmen und Bewegungen zu mäßigen.

Mitten hinein in diese andachtsvolle Betrachtung tönte ein Klopfen an der Tür. Corinna polterte herein und erklärte, ihre Mama habe gesagt, wenn wir jetzt jede Nacht so spät nach Hause kämen, sollten wir uns im Treppenhaus gefälligst die Stiefel ausziehen. Es könne schließlich nicht die ganze Welt studieren. Manche müssten auch arbeiten und morgens aus dem Bett. Wo wir uns denn so spät noch herumtrieben. Auf den Spielplätzen sei doch um diese Zeit kein Licht mehr.

»Was habt ihr denn da?«, unterbrach sie sich, da sie auf den Teller mit der aufgeschnittenen Aubergine merkte. »Müsst ihr jetzt Gemüse sezieren? Ach, ich glaube, das hab ich schon mal bei meiner Tante in Turin gesehen. Die isst nämlich kein Fleisch, weil ihr die Tiere Leid tun. Aber sonderlich aufregend schmeckt das nicht. Zumindest meine ich mich zu erinnern, dass es etwas fade ist. Kann aber sein, es lag an der Tante. – Was habt ihr denn damit vor?«

Inzwischen war sie von der Tür bis zum Tisch herangetreten, schwatzend, dann den Kopf über die Auberginenhälften beugend. Weil sie immer so viel und schnell redete, waren wir daran gewöhnt, auf ihre Sätze nicht genau hinzuhören, und wenn wir sie dieses Mal trotzdem stumm und gebannt anstarrten, so hatte dies nichts mit dem Inhalt ihrer Worte zu tun. Luca stieß mit dem Finger an den Tellerrand wie zum Zeichen, dass sie sich gerne bedienen dürfe. »Kann man die auch roh essen?«, fragte das Mädchen und indem sie bereits Luca das Messer aus der Hand nahm. Sie schnitt ein kleines Stück herab, steckte es in den Mund und kaute, den Blick zur Zimmerdecke, wie um sich auf den Geschmack zu konzentrieren. Luca drehte die Augen zu mir herüber mit dem Ausdruck dessen, der eine Explosion, eine Lawine erwartet, unentschieden noch, ob das Ereignis gefährlich werden könne, aber doch gespannt vorauszitternd und offenbar jetzt wieder fern der Befürchtung, es könne nichts als ein Redeschwall sein, der uns drohte. Ich selbst sah heimlich zur Seite nach dem Bett, wo, wie gewöhnlich, die Kissen und Decken zerknautscht herumlagen. Corinna stemmte die Hände in die Hüften, wippte auf den nackten Fußsohlen. Wir schauten hin wie auf eine Tür, die sich im nächsten Augenblick auftun sollte, die Wunder und Herrlichkeiten einer geheimen Kammer vorzuzeigen, einmal die ausgeleierten Träume durch Fassbares zu vertauschen.

»Das schmeckt aber gar nicht gut«, bemerkte Corinna nach wie vor auf dem Stück kauend. »Richtig eklig schmeckt das. – Aber was glotzt ihr denn so blöde? Ihr habt wohl irgendwas vor! Ihr wollt mich vergiften! Ihr Blödiane!«, rief sie, kramte mit der Zunge den Happen zusammen und spuckte ihn aus in Lucas Gesicht.

»Hab ich's nicht gesagt«, zischte er mich an, sowie das Mädchen wieder abgezogen war. »Hab ich nicht gesagt, dass die zu blöd dafür ist. Komm du mir noch mal mit deinen Vorschlägen! Wir suchen uns jetzt was Richtiges. Läuft doch genug im Park herum.« Er nahm also das Messer, schnitt die Aubergine in zahlreiche Stücke und schnappte dann den Teller wie der Kellner ein Gericht, das an einen entfernten Tisch zu tragen ist.

Im Park angekommen, stellten wir fest, dass die zerschnittene Aubergine sich inzwischen dunkel verfärbt hatte und nur mehr wenig verlockend aussah. Luca schnauzte mich an, es sei meine Schuld, wir hätten uns sofort hierher begeben sollen. Wahrscheinlich sei ich tatsächlich in diese beiden Hühner von nebenan verknallt. Ich sagte: »Jetzt reicht's aber!«, und stieß ihn an die Brust, wobei die Aubergine vom Teller rutschte. Mit der Hand rettete Luca zwei, drei der

Stücke, schmiss dann aber doch alles in den Staub und schrie mich an: das hätte ich aus Feigheit getan, in Wahrheit würde ich's nicht einmal fertig bringen, irgendeiner auch nur das Stück einer Aubergine aufzuschwatzen. Ich packte ihn dann am Hemd und er mich auch und aus den schwülen Träumen wurde nichts als eine ordinäre Rauferei, bis zuletzt jeder von uns mit blutender Nase sich die zerdrückten Auberginenstücke vom Hintern pellte.

Noch eine zu kaufen, ist uns nicht eingefallen. Es war auch seitdem ein nie abreißender Unfrieden zwischen uns, der sich aber doch vielleicht gelichtet, in einem gemeinsamen Lachen restlos aufgelöst hätte, wäre Luca heute Abend zum Auberginen-Auflauf mit dabei gewesen.

Im Nobiskrug

Bereits beim ersten Aufruf hatte er sich für einen Augenblick geärgert, den eigenen Namen nicht zu hören. Er meinte sogar, unter den Vorzitierten sei jemand gewesen, der später eintraf, der bei einer ordnungsgemäßen Abwicklung also noch gar keinen Anspruch auf seinen Abtransport hatte. Aber nur für einen Augenblick; denn natürlich entsann er sich gleich darauf, wie irrational und fehlplatziert dieses beleidigte Gefühl war. Er brauchte sich nur den Anblick der Landschaft in Erinnerung zu rufen, wie er sie bei seiner Ankunft gesehen hatte. Ein alptraumhaftes Bild, kalt und trostlos, weswegen ihm die Enge im Wirtshaus unwillkürlich behaglich vorgekommen war. Wie ein sicheres Nest, wo es nicht hineinregnet.

»Und wenn ich mir vorstelle, dass ich in Wahrheit keinen Kopf mehr habe!«, dachte er, indem er noch einmal nachtastete und alles ganz gewöhnlich fand, sogar der schwitzigen Atmosphäre und der langen Wartezeit gemäß.

»Wenn man da vorne einbiegt – dahinten irgendwo, da muss deiner liegen«, hatte ihm der Fahrer gesagt. Und da er verwirrt nachfragte, wie das denn möglich sei, hatte der Mann gelacht: »Ja, das denken alle: sie hätten ihn noch. Werden aber hier verpflastert. Knirscht ja auch nicht schlecht.« Und dabei ließ er den Wagen zur Seite schwenken auf ein Stück selten befahrener Straße, wo unter den Rädern ein paar noch unzerquetschte Schädel krachten. Es klang aber kaum anders, als würde Holz zersplittert, und auch der Anblick der Straße war viel zu absurd, um zu beängstigen. Die

Landschaft allerdings! Wenn er jetzt das Bild neu heraufbeschwor, glaubte er, es sei wie ein Ursprung aller Ängste, die Werkstatt, aus welcher alles Unselige hervorgeht. Und doch wäre gar nichts Besonderes zu nennen gewesen, nichts Lautes, Gewalttätiges, nichts Einzelnes, das warnend ins Auge springt als eine Gefahr, die zu fliehen ist. Eine endlose, flache Küste, deren graugrüne Farbe sich kaum von derjenigen des Meeres unterschied. Wie die Szenerie eines nie betretenen Planeten. Mit unbewegtem Wasser und träge dastehenden Nebelschwaden, die wie Wollmäuse auf den schlammigen Wiesen lungerten. Und in der Ferne, aus dem Wasser emporragend, eine Felseninsel, vielleicht auch ein jenseitiges Festland, schwarz und monströs, die Orientierung verwirrend, wie aus einem anderen Bild hineingeklebt. Und zwischen den Scharten zuckte es rot, aber ohne Geräusch, wie überhaupt ringsum nichts zu hören war und doch alles erfüllt schien von einem dunklen Rumoren, das sich der Haut, den Eingeweiden, aber nicht den Ohren mitteilt. Und in diese düstere Stille hatte sich dann die Wirtshaustür geöffnet, um für einen Moment das bekannte, völlig ordinäre Geräusch seines Innern herauszulassen. Zuerst war es erleichternd gewesen, dort zu verschwinden, in einer überfüllten Kneipe, laut und stickig und nichts von dem verratend, worin sie wie ein Samenkorn eingebettet war.

»Das geht ja!«, hatte er gedacht. Es war auch nicht nötig, wegen eines Bierkrugs lange anzustehen. Nur ein Fingerzeig und einer der Wirte schob mit flotter Bewegung ein frisch gefülltes Gefäß über den Tresen. Stühle indes gab es nur wenige. Die meisten waren von Würfelspielern besetzt und er wusste sofort, dass er sich von denen fernhalten wollte. Nicht nur wegen des Radaus, der alle Augenblick in Handgreiflichkeiten gipfelte. Er wollte überhaupt kein Gespräch und keine Unterhaltung. Er hätte es vorgezogen, ungestört in einem Winkel zu sitzen und nachzudenken, noch einmal in Ruhe zu überschlagen, was denn nun geschehen war, wie er denn aus seinem gewohnten Alltag so urplötzlich hierher versetzt werden konnte. Dieser Alltag, der ihn so oft angeödet hatte und der ihm jetzt fern und glücklich schien wie eine Kindheitserinnerung – unbehelligt auch, etwa von solchen Leuten, wie er sie jetzt um sich hatte, bemuskelte Idioten, wie er dachte, vor denen er sich liebend gern verkrochen und unsichtbar gemacht hätte, mit denen die Luft zu teilen ihm widerwärtig war. Es schüttelte ihn im Voraus bei der Vorstellung, er könne bemerkt und angesprochen werden. Aber es achtete niemand auf ihn. Selbst diejenigen, die sich gleichfalls von den Würfeltischen distanzierten, zeigten kein Verlangen danach, einen neu Hinzugekommenen zu mustern oder auch nur flüchtig anzusehen.

Immerhin ein Stuhl wäre angenehm gewesen. Er war auch nicht allein mit diesem Wunsch. Jedes Mal, wenn die Tür aufging und die nächste Liste verlesen wurde, lauerte man auf diejenigen, die auf Stühlen saßen, ob sie aufgerufen würden und ihren Sitzplatz freigeben mussten. Erhob sich einer, so entstand unwillkürlich ringsum ein verbissenes Gerangel, ein Fortstoßen und halblautes Anschnauzen, bis endlich einer mit seinem Hintern die Sitzfläche behaupten konnte. Allerdings war's nicht in jeder Hinsicht ein Gewinn. Mitten in der Masse der Dastehenden auf einem Stuhl zu sitzen, war in gewisser Weise unbequemer, als gleichfalls zu stehen. Nicht so sehr, weil man angemeckert wurde, als vielmehr weil auf Dreiviertelhöhe alles noch enger wurde, sich außerdem nichts sehen ließ, wenn wieder die Tür aufging.

Anfangs hatte er angenommen, es sei eine Panne, welche diese Enge verschuldete. Wahrscheinlich würde man demnächst den Missstand beheben und gleich ein halbes Hundert an Personen aufrufen und abtransportieren. Aber es waren selten mehr als fünf, bisweilen sogar nur ein einziger, sodass er sich wunderte über die Vorgehensweise. Aber auch die Reihenfolge schien ihm keinem Konzept zu gehorchen. Zumindest bei einer der aufgerufenen Personen war er sicher, sie wäre viel später eingetreten, hätte also bei einem gerechten Ablauf noch abzuwarten gehabt, bis er selbst an die Reihe kam. Die Namen waren nicht immer leicht zu verstehen. Einmal sogar hatte er geglaubt, den seinen zu hören, hatte sich zur Tür vorgequetscht, um dort zu erfahren, dass er sich vertan hatte. Vielleicht ja war ihm vor längerem der umgekehrte Irrtum unterlaufen. Man hatte ihn gerufen und weil er den Aufruf nicht verstanden hatte und stumm geblieben war, hatte man ihn kurzerhand aus der Liste gestrichen. Von einer sorgfältig durchgeführten Abwicklung konnte ja offenbar ohnehin nicht die Rede sein. Ein weiterer Irrtum, ein falscher oder auch nicht hergehörender Name hätte wohl kaum großes Aufsehen erregt.

Die Vorstellung hatte etwas Niederschmetterndes: Ein kurzer Moment der Unkonzentriertheit, vielleicht auch ein zufälliges Geräusch, das den aufgerufenen Namen unkenntlich machte und ohne viel Federlesens wurde er ausgestrichen, für nicht anwesend gekennzeichnet, vielleicht verloren gegangen, vielleicht auch niemals herbestellt und weil er den Moment verpasst hatte, würde er weiter warten, bei jedem Geräusch an der Tür aufmerken und hoffen, es sei endlich die Reihe an ihm, aus dieser Enge heraus befohlen zu werden.

Bei Gelegenheit ging er nach vorn zum Ausrufer und fragte nach, ob sein Name denn bereits genannt wurde. Aber der Kerl gab nur durch einen kurzen Seitenblick zu verstehen, dass hier niemand das Recht habe, Fragen zu stellen oder gar sich vorzudrängeln. »Ich müsste aber doch längst dran gewesen sein!«, jammerte er und auch zu anderen, die sich davon belästigt fühlten und ihr Gesicht abkehrten.

Nur momentweise erinnerte er sich, was es zu bedeuten hatte, an die Reihe zu kommen. Zurück nach draußen, wo er vom Wagen aus den Kahn gesehen hatte, der zur Insel hinüberfuhr. Zu dieser schwarz düsteren Felsenmasse mit ihren Lavazungen und dampfenden Schloten. Kein Mensch hätte sich mit Lust diesem Koloss genähert. Aber immerhin: die Luft im Freien zu atmen, für Augenblicke zumindest diesem dicht gedrängten Menschenpulk zu entkommen. Und doch spielte all dies nur eine sehr untergeordnete Rolle in seinen Gedanken. Vorrangig war in ihm das Gefühl, sich in einem Prozedere zu befinden, das sich nicht überschauen ließ, das sich nicht gegen Willkür verwahrte. Sein ganzes Leben schien ihm von eben diesem Unstern überschattet. Egal, was er in Angriff nahm, tauchte stets irgendein Haken auf, der alles stoppte und zurückwarf. Ein völlig unerklärlicher Haken, der streng genommen und logisch betrachtet, gar nichts verloren hatte an dem Platz, den er einnahm. Eine Minuskel von beständiger Zufälligkeit, die hereinrieselte, jeden Schwung lahm legte und alle Hoffnung vereitelte. Und das bereits sein ganzes Leben lang, mit geradezu öde werdender Beständigkeit und es wäre völlig konsequent gewesen, wenn er nun auch hier wegen einer geringfügigen Störung seinen Namen verpasste. Oder auch: wenn er nur immer weiter und weiter darauf wartete, dass endlich er in der Liste auftauchte, aus der Masse der Menschen herausgepickt und aufgerufen werde. Was denn war anders an ihm? Wieso wurde ihm ständig das Recht auf eine geordnete Abwicklung entzogen? Sogar hier noch rührte sich diese ewige, gehässige Minuskel, um ihn prompt aus der Reihenfolge hinauszuwerfen.

Der Gedanke fraß sich völlig in ihm fest. Wütend und schmollend stand er da zwischen den anderen, stellte den Bierkrug fort, der ihm wie eine fadenscheinige Ablenkung vorkam, ein kümmerliches Zuckerbrot, das ihn die Verkehrtheit seiner Umgebung vergessen machen sollte. Nicht etwa den absurden Anblick einer mit Schädeln gepflasterten

Straße oder auch die schwarze Insel, den verrosteten Kahn, vielmehr die Tatsache, dass selbst dieser Ort kein Hoheitsgebiet war, wo kleinere Missgeschicke nichts zu suchen hatten. Diese unscheinbaren Lächerlichkeiten, die wie Fliegen und Bazillen das Dasein vergällen. Denen stand also nicht einmal hier etwas entgegen. War das nicht Grund, jede Achtung fahren zu lassen! Sollte er sich still und bescheiden verhalten in einer Welt, die ganz wie die andere für kleinere Missgeschicke, Ausrutscher und Ungerechtigkeiten nur ein träges Schulterzucken übrig hat? Und da ihn nichts mehr ablenkte von seiner Empörung, brach es endlich aus ihm hervor: dass er sich das nicht gefallen lasse, dass man ihn schon längst hätte aufrufen müssen. Aber es hörte niemand auf ihn. Die Würfelspieler nicht und auch die anderen empfanden das Geschrei nur als belästigend, momentweise die eigenen Gedanken störend, weswegen man sich abkehre. Und endlich verrauchte auch die Wut, ungestillt freilich, war nur zurück in ihre Höhlen verschwunden, wo sie fortnagte, während er selbst nun doch wieder den Bierkrug in die Hand nahm und wie zuvor auf die Tür und den Ausrufer lauerte.

Die zerbrochenen Engel

Im Wohnzimmerschrank stand eine Schachtel mit Weihnachtsengeln, die ich oft hervor nahm, wenn meine Eltern ausgegangen waren. Mir gefiel die Bemalung und Griffigkeit der Figuren, wenn auch nicht aller. Eine, die auf der Bank einer kleinen Orgel festklebte, ließ ich jedes Mal unangetastet. Für meine eigenen Spiele schien sie mir zu beschränkt, weil sie eben aufs Orgeln festgelegt war und dem Diktat zu anderen Bewegungen nicht folgen konnte. So etwa: am Tischbein hinaufzuklettern, mit Indianern zu kämpfen, Bankräubern hinterherzusetzen – für solche Einfälle waren doch eher solche Figuren geeignet, die mehr oder weniger die Hände frei hatten, die sich in möglichst neutraler Pose darstellten, in welche sich dann der Bewegungsablauf für andere Aktionen ohne allzu große Härten hinein fantasieren ließ. Normalerweise griff ich immer nur drei aus der Sammlung heraus. Der eine hatte die Arme ausgebreitet und den Mund zum Singen aufgesperrt, was für meine Zwecke akzeptabel war. Der zweite blies in eine Trompete, womit er sich zwar für Nahkämpfe nur unter Vorbehalt gebrauchen ließ, weil aber ein ordentliches Schlachten nicht ohne laute und am besten auf einer Trompete geblasene Signale auskommt, war er ganz ohne Zweifel eine nützliche Bereicherung. Der dritte endlich stellte den Dirigenten der Engelsgruppe dar, hielt also einen Stab in die Luft, in den sich ohne Schwierigkeiten ein Dolch hineindenken ließ. Zum Glück auch hatte man sein Notenpult nicht mit der Standfläche der Figur verbunden, denn natürlich wäre ein solches Pult ebenso hinderlich und einschränkend gewesen wie eine Orgel.

Drei waren es also, die ich gewöhnlich aus der Schachtel nahm, wenn meine Eltern außer Haus waren. Dass es sich um Kostbarkeiten handelte, in mühseliger Handarbeit geschnitzt, geklebt und mit Farben ausgestattet, hatten mir meine Eltern zur Genüge eingebläut. Stets zu Weihnachten eben, wenn die Figuren offiziell hervor genommen und auf der unteren Schrankborte aufgestellt wurden. Nicht zum Spielen seien sie gemacht, sondern allein, um angeschaut zu werden. Durchaus möglich, dass ich mich andernfalls gar nicht für sie interessiert hätte. Schließlich besaß ich eigene Figuren zuhauf und es waren genügend darunter, mit denen sich die drei Engel beim Besten Willen nicht messen konnten. Möglich auch, dass ich sie der Sammlung nur hinzutat, um das Spiel mit dem Kitzel des Verbotenen anzureichern. Normalerweise standen die drei nur tatenlos am Rande des Schlachtfeldes, also der im Kinderzimmer aufgebauten Landschaft, worin die Figuren einmal eine Welt ganz nach meinem Diktat aufführten. Keine grundsätzlich neu erfundene, vielmehr die gehabte, die ich zwar in meinen wenigen Jahren noch nicht begriffen haben konnte, über deren Räderwerke aber selbst ein Kind Bescheid weiß, weil es sie schließlich selbst im Kopf trägt. Und also wurde inszeniert, was gemeinhin stattzufinden pflegt. Es wurde gestohlen, hinterher gejagt, auf windigen Klippen gerangelt und unentwegt unter Geröchel und Geschrei das alte Leben ausgehaucht. Und ganz wie in der Wirklichkeit entstand trotz des vielen Sterbens nie ein Engpass an Darstellern. War die Kiste mit den Figuren aufgebraucht, wurden eben die Toten zurück auf die Bühne diktiert, um sich frisch ins Getümmel zu stürzen, dem die Qualität eines ewigen Kreislaufs hätte zugesprochen werden können, wenn nicht schlussendlich meine eigene Ermüdung das Geschehen vor solch einem Wunder glücklich bewahrt hätte.

Zur Landschaft gehörten auch mehrere Steine, aus denen ich Grotten aufzubauen pflegte. Und in eben eine solche Grotte unterhalb meines Schreibtischs hatte sich eine kleine Kompanie amerikanischer Soldaten vor den Indianern geflüchtet. Einer der Indianer kauerte auf der Tischplatte, von welcher er, sowie die Soldaten sich verkrochen hatten, einen Stein auf den Höhlenbau herab warf. Das heißt: Ich erleichterte ihm die Arbeit zwecks größeren Effekts, indem ich selbst den Stein in die Höhe hob und dann hinab krachen ließ. Was die Soldaten anbelangt, die waren allesamt aus Hartplastik und für eine unabsehbare Reihe von Wiedergeburten geeignet. Nicht so allerdings die Engel, die sich, wie mir jetzt erst wieder einfiel, irgendwann zu Anfang des Spiels gleichfalls in der Höhle versteckt hatten. Während ich die Steine der bombardierten Grotte beiseite räumte, entdeckte ich zuerst den abgebrochenen Kopf des Dirigenten. Dann verschiedene Flügel, die Trompete – jetzt aber nicht mehr als der große Inszenator, der jedes Dahinsterben nach Lust und Laune wieder rückgängig machen kann, vielmehr als der Sohn meiner Eltern, dem so gut wie keine Befehle zustanden und der nun also die Weihnachtsengel kaputt gemacht hatte. Die gespielte Welt zerstob augenblicks wie ein Traum, um mich zurück in diejenige von Schule, Strafen und Aufgaben zu werfen, in der ich einmal wieder, wie mir der Anblick der zerbrochenen Engel verkündete, eine gotterbärmliche Rolle innehatte. »Die sind nicht zum Spielen, sondern nur zum Anschauen!«, hörte ich die Stimme meines Vaters. Und ich wusste sehr wohl, was mir bevorstand, wenn herauskam, dass ich die Ermahnung nicht beherzigt hatte.

Allerdings wollte ich das Sammelsurium an Strafen und Predigten nicht ohnmächtig abwarten. ›Wenn man alles wieder zusammenklebt ...!‹, dachte ich und war dann in den nächsten Stunden mit dem Versuch beschäftigt, den Schaden wieder gutzumachen. Ein Beruf kündigte sich hierbei nicht an. Wäre es nur zum Zeitvertreib gewesen, ich hätte dankend darauf verzichtet. Die winzigen Bruchstücke schienen mir ungnädig und widerborstig. Nichts wollte auf Anhieb kleben bleiben, wo ich es hin platzierte. Die Trompete sank immer wieder herab, den halb getrockneten Teig des Klebstoffs zu langen Fäden ziehend und erst nachdem ich sie für mehrere Minuten fest in einen dicken und vorquellenden Klumpen der Masse gedrückt hatte, gab sie ihren Willen auf und behielt die anbefohlene Position. Von einer tadellosen Reparatur konnte natürlich trotzdem nicht die Rede sein. Auch der Versuch, die abgesplitterte Farbe durch solche aus meinem Malkasten zu ersetzen, schien den Schaden eher zu markieren, als zu beheben. Am Ende zweifelte ich, ob es nicht doch klüger gewesen wäre, alles zu lassen, wie es war, statt diese geradezu grotesk zusammengeflickten Figuren zurück in die Schachtel zu räumen. Weil aber die Zeit drängte, trug ich sie dann ins Wohnzimmer, stellte sie zurück und natürlich in die hinterste Reihe. Anschließend prüfte ich noch, ob jemand, der kurz die Schranktür öffnete, die ramponierten Engel in der offenen Schachtel sogleich bemerkte. Wahrscheinlich nicht, weil jeder andere, im Gegensatz zu mir, an den Weihnachtsschmuck überhaupt nicht denken würde. Aber dies war nur eine vereinzelte nüchterne Überlegung, die sich schwach in einem Wust von Befürchtungen regte. Sowie meine Eltern nach Hause kamen, war ich aller Logik zum Trotz davon überzeugt, sie hätten von dem Unglück bereits erfahren. Wenn sie vorerst nichts sagten, so allein darum, weil sie sich noch nicht darüber abgesprochen hatten, wie ein so ungeheuerliches Verbrechen zu ahnden sei. Ein Verbrechen, zu dem man nicht impulsiv seinen Unwillen äußert, das vielmehr erst einmal die Sprache verschlägt und zum Nachdenken verpflichtet.

Wir saßen dann noch im Wohnzimmer zusammen. Mein Vater hatte eine Flasche Wein geöffnet und erzählte etwas, das sich auf den verbrachten Abend bezog. Es war mir aber, als wenn er nur erzählte, um den Termin einer unangenehmen Pflicht zu verschieben. Sobald er innehielt und Luft holte für den nächsten Satz, glaubte ich, nun sei es soweit, die Gerichtssitzung begänne. »Jetzt möchte ich aber doch einmal erfahren, was du mit den Weihnachtsengeln gemacht hast!«, hörte ich ihn bereits. »Hab ich dir das nicht oft genug gesagt!« und »Bist du dir eigentlich im Klaren darüber ...« Aber er schien das unselige Thema noch vor sich herzuschieben. Wenn er nach meiner Mutter sah, dachte ich, er frage sie mit Blicken, ob es denn nun an der Zeit sei, die Sache anzusprechen. Machten meine Eltern ein ernstes Gesicht, so war ich überzeugt, sie würden an die zerbrochenen Engel denken. Und wenn sie lächelten, so schien es mir, als trachteten sie nur, sich für kurz von dem bitteren Gedanken zu beurlauben.

Dann wieder leuchtete mir ein, dass sie doch in Wahrheit unmöglich vom Geschehenen wissen konnten. Schließlich nahmen auch sie nur teil am Leben und waren hier so wenig wie ich für die Regie ausersehen. Momentweise erleichterte mich diese Einsicht. Und ich krallte mich daran fest, weil sie mir das Zittern im Magen nahm. Aber diese reale Sicht der Dinge öffnete auch sogleich die nächste Befürchtung, diejenige nämlich, einer der Beiden könne aufstehen und aus irgendeinem zufälligen Grund die Schranktür öffnen. Ja, warum sollte nicht eine plötzliche Laune meine Mutter auf die Idee kommen lassen, jetzt im Herbst und gleich noch an diesem Abend die Weihnachtsengel hervorzunehmen und auf der Regalborte aufzubauen. Und ich begann auch schon, mir alles auszumalen: wie mein Vater den Einfall nur mit einem belästigten Brummen kommentierte, wie meine Mutter die zuvorderst stehenden Engel herausnahm und zurecht stellte und endlich bis zu den hinteren vordrang, zunächst einen ernst zweifelnden Blick tiefer in Schrank und Schachtel warf, ein halblaut gemurmeltes: »Wie sehen denn die Engel aus!«, worauf mein Vater ein flüchtiges »Bitte?« und »Was ist denn mit den Engeln?« hervorstieß.

Ganz gegen die sonstige Gewohnheit war an diesem Abend kein Aufruf nötig, mich ins Bett zu schicken. Allerdings wär's mir lieber gewesen, wenn sich dieses Bett fernab der Wohnung, an einem nur mir bekannten und zugänglichen Ort befunden hätte. Noch stundenlang horchte ich in den Flur und nach den Stimmen meiner Eltern. Jedes Mal wenn sie lauter wurden oder gar die Wohnzimmertür aufging, glaubte ich, es sei alles entdeckt, gleich stünde mein Vater im Zimmer: »Kann es sein, dass du am Schrank gewesen bist!« Aber es kam nicht dazu und während ich gegen die Zimmerdecke starrte, wo das Licht der unter dem Fenster vorbeifahrenden Autos über die Tapete wanderte, quälte ich mich mit Einfällen, wie sich dem drohenden Unglück entkommen ließ. Da fiel es mir ein, die Schranktür müsse solcherweise verschlossen werden, dass sie niemand wieder aufbekommt. Dann wieder war ich überzeugt, das Klügste wäre es, für immer von zu Hause zu verschwinden. Am besten noch in dieser Nacht, sobald meine Eltern sich schlafen gelegt hatten, mir in der Küche ein paar Butterbrote zu schmieren und dann davon zu laufen. Nur momentweise schlief ich ein und träumte davon, wie in die dunkle Stille der Wohnung ein Klopfen drang und dann ein dumpfes Rufen: »Sieht denn keiner nach uns! Wie wir aussehen!« Und dann ein hektisches Türenklappern und Aufschreien, als wäre Feuer ausgebrochen.

Es dämmerte bereits, da ich hellwach auf der Bettkante saß und endlich ohne zu wissen warum, noch einmal ins Wohnzimmer schlich, den Schrank aufzog und nach den Engeln sah. Und plötzlich wurde mir klar, was ich zu tun hatte, wie sich diese Tortur abschalten ließ. Ich nahm die geflickten Figuren heraus, versteckte sie in meinem Ranzen und machte dann auf meinem Gang zur Schule einen weiten Umweg bis in ein Stadtviertel, das ich bis dahin noch nie betreten hatte. Dort suchte ich nach einem Papierkorb und vergrub die elenden Engel darin. »Hier könnt ihr schreien, soviel ihr wollt«, dachte ich noch und ich ging auch gleich nach Schulschluss wieder hin, um nachzusehen, ob der Papierkorb inzwischen geleert wurde. Mit welcher Erleichterung sah ich auf den blanken Boden der Tonne, ein ausradierter Spuk, der mich nicht länger erdrücken sollte. Und tatsächlich war ich im Augenblick so froh und aufgeweckt, als hätten die Ferien begonnen. Man denkt vielleicht, der Wegwurf wäre nur ein Aufschub gewesen und spätestens zu Weihnachten sei doch alles herausgekommen. Aber ich hatte mich gründlich genug verabschiedet. Meine Mutter fragte zwar verwirrt, da sei doch noch ein Dirigent gewesen und einer, der auf einer Flöte blies – aber ich dachte nicht daran, mich durch eine Miene zu verraten oder auch die Flöte zu korrigieren, suchte zum Schein ein wenig mit im Schrank, bis meine Mutter einen der anderen Engel vors Dirigentenpult platzierte und die Sache gut sein ließ.